一声雄浑的虎啸响起——低沉、庄严，又无限旷远，久久在山谷里回荡，仿佛来自世界边缘，又仿佛来自时光深处。

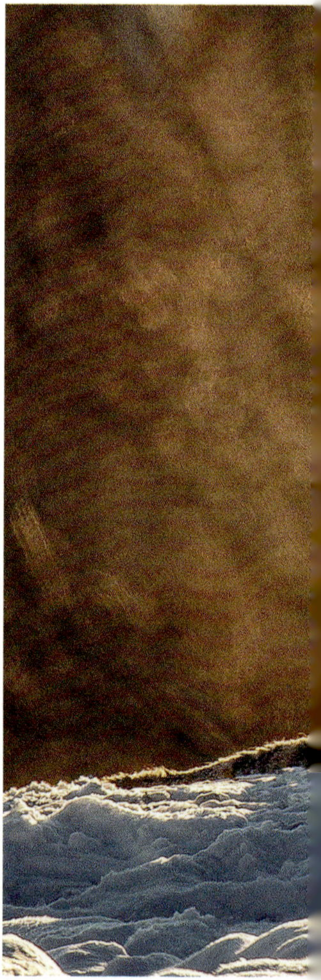

于人，于动物，老虎身上一直具有一种强大、原始、不可名状的威慑力。

一声深远的虎啸，是另一种形式的语言、回答或宣告。

虎啸

——野生东北虎追踪与探秘

任林举——著

北京出版集团
北京十月文艺出版社

足迹掩埋了足迹

落叶掩埋了落叶

岁月掩埋了岁月

就在钢铸铁打的光阴表层

让我们俯下身来

倾听

那隔山隔水的灵魂

——题记

目 录

小　引　至高无上的声音　1

第一章　王者归来　7

第二章　神一样的存在　34

第三章　家　域　75

第四章　山野江湖　97

第五章　突变的和弦　126

第六章　剿　杀　160

第七章　复　仇　205

第八章　忏　悔　237

第九章　清理与侍奉　273

第十章　冲突与退让　311

第十一章　千里归心　339

第十二章　命运共同体　380

尾　声　415

后　记　420

小　引

至高无上的声音

早春的最后一场雪，在通肯山和珲春河谷之间弥漫。

翻滚起伏的山脊、落光了叶子的树木、银灰色的天空和洁白的大地，交织、互融，浑然一体。放眼这片苍莽的北方山林，一如它所经历的岁月一样幽深。

亿万年以来，这古老的山系以母亲养育儿女的方式，以土地滋生万物的方式，以江河承载舟船的方式，以大海涵养生命的方式，孕育、收纳、包容、埋葬着无数生灵；见证着物种的兴衰；维系着周行不殆的秩序；也默认了生与死、取与舍、去与留等残酷或温情的法则。

雪落无声。

冬天在以最后的寒冷与白色强调着自己的威严和领地，而春天则回以最深刻、最广阔无边的沉默。这是冬天和春天的最后一场对话。这是最后的击打与锤炼、最后的剥夺与给予、最后的肆虐与隐忍、最后的沉寂与躁动。在漫天白色的掩映之下，鲜红与翠绿正沿着树木暗黑的枝干一点点升上来，像无数条看不见的河流，漫过枝，漫过杈，漫过纤细的丫儿，从最末端枝条的表层和芽苞里渗透出来。

高大的蒙古栎开始舒展它僵硬了一个冬天的筋骨，在风的推动下加大了摇摆幅度；倔强的“水冬瓜”并不在意人们对自己的命名是否贴切，已然越过了季节的起跑线，争分夺秒，进入了又一个生长周期的慢跑；金达莱呀金达莱，永远保持着女性的妖娆，在河边，在山腰，在峰顶，无处不在地依偎着它们心仪的高大乔木，情思暗寄，春心涌动，冒着早春的寒冷，悄然而坚定地膨胀着自己一天大似一天的花苞。小草们唯一的信仰就是活着，就是在任何残酷或祥和的环境下尽其所能保全自己。哪里温暖、安全，它们就把头摆向哪里，哪里有可供维系生命的养分，它们就把根伸向哪里。求存无罪。谁也没有理由要求它们无条件地以弱小无力的身躯支撑或扭转乾坤。好在时节已近，不知不觉间，它们已把翠绿的芽尖探出落叶的缝隙。你可以怪怨它们是精致的利己主义者，也可以谴责它们是无骨的投机取巧者，但却不能否认，正是它们，充当了季节的风向标。

大地如磐，以厚达6400千米的信心与耐力，悄然释放着自己的热度和能量，从积雪之下、落叶之下开始，渐渐融化、瓦解和颠覆着冬的围剿；而谷底的江河与小溪们终于敢流露出对封杀的不满和对忍受的不甘，依托大地和即将炽热起来的阳光，以一颗不死之心和一副饱受摧残的身躯勇敢地对抗起无形的桎梏。微小、断续的碎裂与疼痛，不过是小小的序曲，终有一天，山系中所有冰封的水域都将在一个无声的号令下集结、奋起，爆发一次响彻山谷的崩裂与哗变。水，将还原出水的柔软与刚强。

雪，终于在傍晚时分停了下来，宇宙万物复又变得边界清晰、气象澄明。天归于天，地归于地，山峦归于山峦，树木归于树木。流云如沙，又如一面随风而逝的旌旗，迅即消隐于包容一切的蔚蓝之中。

两只狍子，距我们站立的不远处，匆匆跨过山梁，像是急着赴什么集会，在没有下坡之前，蓦然回首，一个有趣的表情，仿佛人类的嫣然一笑。而从我头顶飞过的三只花尾榛鸡，叫声中却明显地蕴含着兴奋和喜悦的情绪……

种种迹象表明，一个具有象征意味的巨大存在，正在悄然苏醒，公开的推测或隐秘的传闻不胫而走，已传遍整个山林。

我站在高高的山脊上，在眩晕中感受着群山竞相奔腾带来的巨大颠簸；感受着某种秩序一边瓦解、一边重建所发出的隐约、坚决、沉闷的撞击之声；感受着时光如水，在奔流中留在耳畔的呼啸……遥望前方越来越暗的山谷，揣度着这茫茫无际的丛林、这深不见底的幽谷，究竟藏匿了多少关于生命的秘密和关于世界的隐喻。

突然，一声雄浑的虎啸响起——低沉、庄严，又无限旷远，久久在山谷里回荡，仿佛来自世界边缘，又仿佛来自时光深处。

久违啦，这山林中至高无上的声音！自200万年前起，这声音就一直如法令、如号角、如一面生命的旗帜，代表着山林中的秩序、尊严和荣光。在那些逝去的时代里，这声音引导着山林里的生灵遵循自由、自主、独立、均衡和共生共荣的自然法则，也争斗，也和谐；也伤害，也成全。

后来，就有了更多贪婪、不义、残忍和邪恶的力量打破了山林的均衡，改变了山林原有的规则和秩序。随着时光的推移和各种力量的博弈，那古老的声音经历了由盛而衰，由衰而弱，由弱而绝，以及绝处逢生的戏剧性演化历程。

如今，这声音重返山林，长啸中包含了复杂的意蕴和无尽的沧桑。它让我想起脚下这片与它休戚与共、命运相关、苦难深重的山林和大地。想起了那么漫长的黑暗时光，想起了侵犯、屈辱、流血、死亡、衰败和沉沦，也想起了不甘、觉醒、愤怒、抗争以及最终的宽宥、和谐与繁荣。

那么后来，它们又是如何，又是依凭着什么，向死而生，从危亡、贫弱中振作起来，再现生机并终于走上了复兴之路的呢？

寂静中，仿佛有一个声音传来——

地上要生出活物来，各从其类；牲畜、昆虫、野兽，各从其类……

紧接着，似乎又有一个声音传来——

要保护自然生态系统的原真性和完整性，给子孙后代留下一些自然遗产……

最后，仍然是那一声深远的虎啸，久久回荡在我的耳畔和心间。我终于明白，它是另一种形式的语言、回答或宣告。

这声音一起，便群山、万木肃然。残留在枝头的雪，因其震撼萧萧而落；林中觅食或归巢的鸟儿停止了欢快的歌唱，静静地仰望着天空；所有奔跑或行走的生灵纷纷停下脚步和进行之中的咀嚼，竖起颈项，侧耳倾听——

此前，我还一直在内心怀疑自己，为什么要不辞辛苦地在这片荒凉的莽林中行走，我到底在追逐什么或寻找什么？我能否给自己的行动或行为找到一个合理的理由和解释？

现在，我似乎听到了一声不容拒绝的呼唤。

我要循着这声音，从锡霍特山脉西麓到珲春河谷，走遍这片莽原的每一个皱褶、每一条经过的道路与河流、每一个能够遇到的村庄，直至走入大山深处和岁月的深处，去探寻、发现声音背后的影像和痕迹、影像和痕迹背后的真实存在、存在背后神秘的灵魂——这莽林中古老而唯一的王者——它们留在大地、山林、时光中的身影和梅花般点点足迹，已经为我们暗示或表明了生命之道、自然之道、兴衰与共的和谐之道。

第一章

王者归来

（一）

山称雪岱山。清晨8点钟的山口，一半儿被太阳照亮，一半儿仍然埋在右侧那座大山的阴影之中。可供现代化交通工具行走的路，只能到此为止。

我们这个由不同身份人员组成的山林调查小组，经过简短的合议，决定弃车，徒步前行。就在下车的一瞬，暗影中一棵高大的核桃树上，有两只我分不清类别的鸶，腾空而起，在空中稍微打了一个盘旋之后，降落在200米之外的另一棵树上。这山中难得一见的猛禽，一般情况下都是独往独来，很少结伴或成群。那些成双结对或成帮结伙的行为，似乎只是鸳鸯或野鸭的事情。在这片很讲究规矩的山林，这些从来都拒绝合作和驯服的鸟类为什么会一反常态？莫非它们有特殊的使命在身，正担负着守护山口的哨兵职责？我们追踪的目光，还没有来得及随着它们收拢的翅膀在枝头“立足”，它们又展翅飞上了天空，与另一个方向飞来的三只鸶并作一处，奋力飞远，隐没于大山深处。

这情景让我想起《西游记》里的某一个细节——一行人饥肠辘辘在路上行走，被正在巡山的小妖们看个仔细，飞身跑回洞府，禀报正在酣睡的大王——如果现实真像神话那样生动有趣，我推测，一段时间之后，那五只担负着飞行侦察任务的鸶，是不是也会气喘吁吁地大叫一声“禀报大王”？

可是，在这里谁可以当之无愧地被称作“大王”呢？谁才是这山林真正的主宰？

如果时间倒推至20世纪初或再向前，毫无疑问，这片大山的真正主宰就是惯常被人们称作“山林之王”的东北虎。在东北这片土地上，北起黑龙江北部的小兴安岭，南至长白山余脉辽宁省境内的千山山脉，广大区域之内，只要有山有林，都是东北虎的家园。特别是位于吉林省境内的长白山山脉，更是它们生活的核心区域。

那时，全世界共有多少只虎，眼前这片山林里又有多少只虎，由于还没有科学的调查手段，也没有谁刻意去做这样的调查和统计，并没有一个准确的数字。但有专家根据当时的猎杀记录和其他零星信息判断，推断全世界至少还有超过 10 万只老虎。这些虎大部分栖息在亚洲区域，而中国是当年老虎的主要栖息地之一。境内不仅有东北虎，还有华南虎、孟加拉虎和新疆虎。华南虎，当时不仅分布在华南，还包括华东、华中、西南的广阔地区以及陕南、陇东、豫西和晋南等个别地区；孟加拉虎则主要分布在西双版纳的勐腊、打洛、勐遮、西盟、普洱等地。

相对而言，东北虎还是幸运的。它们主要分布在中国的东北和俄罗斯的远东，这是一个跨越国境的广大区域。由于这一地区在历史上一向人烟稀少，属于“蛮荒”之地，少数以狩猎为生的边民又有崇虎和敬虎的习俗，所以，尽管老虎的“王者”尊严也会偶被冒犯，但总体上仍然能够保持相对良好的生存环境和雄厚的种群基础。

在中国境内，从顺治元年（1644）到1860年，大清政府封禁长白山长达216年。这期间,也只有自称为“天子”的人类之“王”，才敢在长白山区的野生动植物以及老虎的身上打主意，“闲杂人等”别说打猎，谁敢靠近山林一步都将被以触犯王法论处。

1681年初,27岁的清圣祖康熙平灭三藩之乱后,四海承平，国家安定，无后顾之忧，便开始了他著名的东巡。此行，他率领三千弓箭手、七万多人的车马队，逢山开路，遇河搭桥，浩浩荡荡，过遵化、古北口、滦河，出山海关，到盛京（沈阳）祭拜祖陵，又到吉林遥拜祖山——长白山。一路上，皇帝一边行围打猎，一边吟诗作赋，以向文武百官显示其文韬武略。据南怀仁《鞑靼旅行记》记载，康熙此行共打虎60只，最多时日射三虎。进入辽西之后，仅400余里行程、6天时间，竟射杀8只老虎。康熙曾作诗记录打虎逸事，其中两首便是：

层冈翳荟乱高低，骏马迎风不住嘶。
碛里草深行潦阔，迟回应惜锦障泥。

路转山环杂古柯，覆茅苫舍傍坡陀。
疆隅湮没辽金界，虎穴鹰巢处处多。

可见当时东北地区生态之好，野生动物资源之丰富。正是这良好的自然生态，成就了一代帝王赫赫的狩猎“战绩”——康熙一生共亲手猎虎 135 只、熊 20 只、豹 25 只、猞猁 10 只、麋鹿 14 只、狼 96 只、野猪 132 只、兔 318 只，“哨获之鹿凡数百”。

尽管如此，他所猎获的野生动物总数，仍不足山林里总存量的百分之一。至 19 世纪末，全世界东北虎的总数有 2000~3000 只，而中国境内就有 1200~2400 只，并且多数都集中在长白山山脉。因为整个长白山区只有皇家这一伙可以擅自杀生的合法“猎人”，况且，冷兵器时代的人与野生动物之间的较量，仍处于游戏级别，“杀”的速度明显落后于“生”的速度，所以老虎种群并没有因为人类的伤害而崩溃。

那个时期，是东北虎生存史上一个短暂的黄金期。在老虎的领地之内，可食的野生动物丰富，“子民”众多，根本没有饥饿之虞，它们完全可以在这片山林里安然地繁衍生息，堂堂正正称王。

在我们一行五人中，珲春自然保护区管理局科研中心主任郎建民是一个专门从事东北虎保护的“动保”专家。18 年的山林工作经验，不但让他对东北虎的历史、习性、生存状态有了全面了解和把握，而且还给自己“赚”下一个响亮的外号——“郎老虎”。

“郎老虎”不但长得浓眉大眼、虎头虎脑，就连他的行走姿态也异于常人，很像一只在寻找食物的老虎，走走，停停，嗅嗅，百分之九十的时间，要让目光在地面上搜寻。不同的是，虎把主要心思用于寻找其他猎物，他则把主要心思用于寻找虎的踪迹。多年的职业习惯，使他像一个死心眼儿的寻宝人一样，时刻低着头走路，时刻在搜寻着什么，唯恐遗漏一点点有价值的细节。有时，就是去省城开会走在大街上，他也会习惯性地低着头走路，目光紧盯路面。直到有人开他的玩笑，告诉他大街上没有任何动物走过，他才不好意思地抬起头说：“刚刚有人和狗走过去呀！”

在一片落叶的塌陷处，郎建民俯下身，趴在地上嗅了又嗅，然后告诉我们：“这里是老虎的趴卧处。”据郎建民判断，这只虎离开这里的时间不超过一天。意外的发现，让“郎老虎”情绪一下子高涨起来，又来了“虎劲”，一改进山后的专注和沉默，兴致勃勃地谈起了虎的历史和渊源。

我一边静静地倾听，一边在脑海中勾勒出一幅横跨岁月的老虎生存版图——

（二）

大约200万年前，在今天的中国中部和南部地区，特别是长江和黄河这两河流域之间，出现了地球上第一批老虎。从这里，它们开始繁衍、迁徙，远走土耳其、西伯利亚、印度半岛，甚至印度尼西亚群岛，最后形成了8个亚种：里海虎、孟加拉虎、印度支那虎、东北虎、华南虎、爪哇虎、苏门答腊虎以及巴厘虎。也就是说，地球上的虎，只有唯一的一个本源，那就是中国。时至100年前，世界上老虎的种群还十分兴旺，可仅仅是100多年之后，一个生存了200万年的物种竟被摧残得支离破碎、奄奄一息！

这世界，到底发生了什么事情？

是的，这世界发生了很多的事情，但最大的事情就是人类的崛起。随着社会生产力水平和征服自然的能力大幅提升，倏忽之间，人类就跃到了众生的头顶，所向披靡。虽然没有利爪，却拥有比利爪尖锐百倍的刀枪和火器；虽然没有巨大的体能，却可以借助机器和武器的力量把一切动物“撕”成碎片；虽然身体仍不堪一击，却可以借助钢铁的盔甲或“外壳”把自己严严地包裹起来……于是，一个比任何动物都更加脆弱，却比任何一种动物都更加强大、凶险的“新物种”，借助外力和“武装”，“脱颖而出”。这就是高度现代化的人类。这个“新物种”，正是很多野生动物逐步走向衰亡的灾祸之源。

19 世纪中期。

那是世界上所有老虎厄运和衰微的起点。

从那个时期开始，人类的工业化意识和商业意识开始大幅抬头。高效率、大杀伤力的火器进入快速研制和大量生产阶段。人们不仅将这些火器广泛应用于同类间的杀戮、争斗和战争之中；同时，也受利益的诱惑和驱使，广泛应用于猎杀各种野生动物。虽然早有人类的先知先觉者预言，人类最终必然要发展成羊角过分发达的盘羊，威力强大的现代化武器，将如一只畸形疯长的盘羊角，先是角尖朝外，刺入敌手的胸膛，最后要弯过来，深深地刺进自己的头骨。但在最后的结局还没有显现之前，人类是不会停下竞相向前飞奔的脚步，即便前方正是预言家预言的悬崖峭壁。

越来越多拥有枪支的人群，把越来越多的枪口对准了森林。其中直接对准老虎的枪口，自然对老虎造成直接的杀戮；还有一些枪口对准老虎之外的其他动物，夺去了老虎口中的食物，对老虎也构成间接的杀戮。

除此之外，威力和“杀伤力”更加巨大的是急速膨胀的人群、城镇和村庄以及以惊人的扩展速度吃掉森林的农田和各种经济林。这些因素不但以不容商量的态度挤占了老虎的栖息地，使老虎无处藏身，而且也无情地断绝了老虎的食源，逼迫它们不是来与人类夺食，自寻死路，就是忍饥挨饿，在消瘦、虚弱中结束生命。如此，多管齐下，渐渐把昔日的森林之王推上了不归之路。

世界上最先消失的虎，应该是新疆虎。据文献记载，新疆虎主要栖息于塔里木河流域，由库尔勒沿着孔雀河东至罗布泊一带。但由于新疆虎灭绝的时间较早，这一地区的虎究竟是原产于新疆本地还是从高加索地区迁徙而来的过路虎，至今学界尚无定论。其中，有一种推论比较可信，认为新疆虎就是里海虎的本族先祖。虎从中国向四处扩散时，其中向西的一支，一部分留在了新疆地区，一部分通过新疆抵达伊朗北部和高加索南部，至土耳其。这就是已经灭绝的里海虎，实际上它们本是一个族群，并不是另一个分支或亚种。只可惜，这是一个早夭的分支。

想当年，塔里木河流域水草丰茂，绿洲林立，下游的罗布荒原在 2000 多年前还是水乡泽国，境内曾有一个面积为数千平方千米的内陆湖，史称蒲昌海或罗布淖尔，近代称罗布泊。位于罗布泊西岸的楼兰王国曾是“水大波深”的泽国，世居罗布泊的罗布人则“皆水居打鱼自活”。当时的楼兰王国有 1570 户人家，共 14100 口人，生态环境极佳——“地沙卤少田，寄田仰谷分国。国出玉，多葭苇（芦苇）、柽柳（红柳）、胡桐（胡杨）、白草（芨芨草）……”

直至 1876 年，俄国人普尔热瓦尔斯基来到渭干河与塔里木河交汇处以东考察时，马匹还被密林中的虎啸吓得脱了缰。他在《走向罗布泊》一书中写道：“北疆的老虎较少，而南疆的老虎则比北疆多得多，大片的原始森林为老虎提供了安全、隐蔽的场所。温暖的气候，遍地的野猪以及牧民放养的牲畜为老虎提供了丰富食物……那里的老虎像伏尔加河的狼一样多……老虎最多的地方在塔里木盆地的塔里木河、罗布泊、和田河、叶尔羌河、喀什噶尔河流域……”

但由于塔里木河两岸人口激增，水的需求加剧，人们不断修建各种水渠用于农业灌溉，从塔里木河无节制地取水，造成土地大面积缺水，植被大面积死亡。于是，野生动物数量锐减，老虎因为猎物锐减，失去了基本的生存条件，加之人们的肆意捕杀，仅仅过了大约半个世纪，新疆虎就走向了末路。

1916年，另一位著名探险家瑞典人斯文·赫定来到新疆。在遍游了西北大漠之后，用十分惋惜的笔触记录了新疆虎不幸的归宿："最后一只年迈的新疆虎慢慢吞吞地沿着日渐干涸的塔里木河，向上游走去，从此不见踪影。"

接下来就是世界上种群最为巨大的华南虎，也就是我们在各种文学作品中见到的"大虫"或"吊睛白额大虫"。由于当时中国的"工业文明"不够发达，对野生动物的杀伤能力尚显不足，所以，活跃于中原大地上的华南虎厄运来得也稍晚一些。

华南虎多的时候，具体有多少，一直没有准确的数字，模糊描述，大约可以使用"不计其数"。历史上，很多地方虎多为患，官府则以驱虎打虎为政绩之一。直到1956年，中国皮毛市场的不完全统计数字还显示，全年全国共收购虎皮1750张。由此可以推测，当时还有数量相当巨大的华南虎生活在山林。但从此，全国开始对华南虎展开了大规模捕杀。这一时期，江西、四川、陕西、湖北、湖南、安徽、广东、贵州、河南等各个省份每年都有几十只甚至近200只的捕杀记录。仅仅十多年时间，国境内华南虎的生存曲线便从一个数以万计的峰值衰减到几乎贴近零轴。

如今，再打开华南虎的生存细目，很多省份的名字之下几乎都有一条标注：“地区性灭绝。”1964 年，陕西佛坪山一山民猎杀过一只野生华南虎之后，迄今就再也没有人看见过成年华南虎的身影。到 1970 年后，江西的华南虎年捕猎量已经少于 10 只，1975 年后再没捕猎到过华南虎。70 年代初期，河南省平均每年捕虎 7 只；浙江省平均每年捕虎 3 只；广东省年平均猎虎则不足 10 只。山西省最后捕获的虎在 1974 年 1 月；湖南最后捕到野生虎是在 1976 年……1979 年全国全年只收到一张虎皮，有专家估计，全国野生华南虎的数量只剩下 40~80 只。

1990—1992 年，原林业部与世界野生生物基金会开展的全国性野生华南虎及其栖息地调查中，并没有找到野生华南虎的活体。但根据零星的痕迹和粪便等证据推测，估计还有少量华南虎存在，在之后的岁月里，华南虎便彻底销声匿迹，至今未发现野生华南虎的任何活体和痕迹。

命运的乌云飘到东北虎头上的确切时间是 1901 年。

随着“中东铁路”的正式通车，大批俄国军官和猎手来到中国，纷纷把他们手中急于派上用场的贝尔登步枪对准了那些可以使他们名利双收的珍稀动物。

据说，当时一只虎的价值完全可以买下一座房子。在所有虎的亚种中，东北虎是体形最大，毛色最鲜艳也最威猛有力的一种，所以不论从猎获难度和实际价值上都远远高出其他亚种。据可查考的资料记录，最大的雄性东北虎体长可达 3 米，最大体重达 400 公斤，比其他亚种的虎差不多大出三分之一。由于稀少而珍贵，到 1915 年，一只成年雄性东北虎在德国汉堡的售价可高达 1000 英镑。狩猎者在大发横财的同时，又可以以一个勇士的身份到处炫耀自己不以为耻反以为荣的“战绩”，这大约正是东北虎遭到大肆杀戮的强大推力。

在旧沙俄时代，曾有一个叫尼古拉·巴依科夫的人，著有《在满洲里的密林中》，书中透露，那个时期俄罗斯猎人每年都会在中国猎杀 50~60 只老虎，甚至还出现过所谓的打虎世家——米哈伊尔·伊万诺维奇·杨科夫斯基和他的两个儿子结束了西伯利亚流放生活后，移居朝鲜，专门以猎虎为业。由于猎技高超，杨科夫斯基一家被朝鲜人称为“四眼”。后来，杨科夫斯基的儿子尤里·杨科夫斯基写了一部回忆录《打虎半世纪》和一个中篇小说《四眼》，但不论他想记录或纪念点儿什么，这些文字都毫无疑问是令人发指的东北虎血泪史。

在同一时期的其他国家，一些争强好胜的“绅士”为了炫耀自己的威猛和勇敢，也在四处出击，猎虎，猎豹，猎熊。这一时期，世界上出了很多关于狩猎的文学作品，最为著名的是美国作家海明威的系列小说和俄国作家屠格涅夫的《猎人笔记》；当然，也出了很多风靡全球的打虎“英雄”和狩猎事件。人们竞相以对动物的残酷杀戮为时尚、为英武。据说，连英国国王乔治五世也不能免俗，他曾在一次为期 11 天的狩猎中射杀 39 只老虎，创造了罕见的世界纪录。

至此，世界上有关虎的噩耗便接踵而至——1887 年一只老虎在伊拉克的摩苏尔附近被射杀，这是在伊拉克有记载的唯一一只老虎；1906 年巴基斯坦最后一只老虎被射杀；1937 年最后一只巴厘虎在巴厘岛西部的森林里被猎杀，宣告巴厘虎绝迹；20 世纪 50 年代朝鲜最后一只老虎死亡；1970 年土耳其最后一只老虎死于猎枪，里海虎从此绝种；1980 年最后一只爪哇虎在雅加达的动物园去世……

据有关部门的统计，至 2018 年底，全球野生虎的数量仅剩 3900 只左右。其中印度约有 2970 只野生孟加拉虎，拥有世界上最大的老虎种群；中国东北和俄罗斯远东共有 500 只左右野生东北虎；其余的野生虎零星分布于印度尼西亚、马来西亚、泰国、越南等国家和地区；而我国境内各亚种的野生虎加在一起也不足 50 只。

应该说，在大的运势上，东北虎和全世界的老虎几乎同步经历了命运的波折，但在小周期上，还有着属于自己的遭遇和节奏，具体描述，就是三次重大劫难。

第一次，当然是中东铁路修建时期。那时，俄罗斯士兵不但猎杀中国境内的虎，而且也疯狂猎杀本国境内的虎，他们的军队甚至把射杀老虎作为军事训练内容的一部分，以提高士兵的作战勇气。直到苏联时期，由于境内老虎数量减少至不足40只，他们才幡然醒悟，一改往日的行为，开始对老虎实施严肃认真的保护，成为世界上第一个明令禁止猎杀老虎的国家。

第二次劫难是日本侵华战争时期。因为大规模砍伐森林将木材用于战争和向本土运输，以及猎虎牟利，造成东北虎种群数量进一步锐减，但这场荼毒随着日本战败而终止，东北虎的处境还没有糟糕到濒危状态。有资料显示，1949—1951年，国内多家动物园在小兴安岭林区和吉林等地还收集了100多头野生虎活体。同期，还猎杀许多老虎制作成标本供出口、教学使用。事实证明，此时的东北虎还有余“命”可伤、可害。

第三次大劫难发生在20世纪50年代。为了解决农业的粮食问题和工业的钢铁问题，全国开展了大规模的伐木开荒、大炼钢铁运动。仅以吉林、黑龙江为例，一下子就成立了接近2000个国有和地方林场，几万台油锯发出巨大的轰鸣，日复一日向森林的纵深推进；与此同时，又把虎、熊、豹、狼、野猪同列为“害兽”，大举围歼。至此，自古以来一直享有尊崇和敬畏的森林之王，彻底被打成败北的“流寇”，大部分命丧黄泉，幸存下来的也由于无处藏身而远走他乡，沿中俄边境退缩至俄罗斯远东地区。

1975年，有关部门搞了一项调查，结果显示，吉林境内尚有东北虎数48只。由于仍没有采取保护措施，至1984年，辉发河流域、鸭绿江上游集安县境内已不再有老虎的踪迹，长白山的主峰区也很难见到东北虎的踪影。然后是1998年，那次调查确定东北虎的数量为7~9只，主要分布在珲春、汪清和蛟河一带。

由此可见，当时中国境内的老虎种群正在以雪崩之势急剧坍塌……

（三）

冗长的讲述，很显然已经干扰了郎建民的正常工作。当我感觉兴趣正浓时，他却突然停止了对老虎历史的回顾。回过头，望着我们身后一棵倾斜的黑桦树，愣了一会儿神，感觉他的大脑正在飞速旋转或做着某种判断。

是我们在聊天和行走的过程中，不自觉地错过了什么吗？少顷，他一个人走了回去，抱着那棵碗口粗的树，嗅了又嗅，并围绕大树进行了一番仔细查看。最后，从树干上摘取了一些微小的东西。那是些什么呢？我们一时无法判断，只能站在原地等他走过来。等他过来时，我仍然没有看清他手里拿着什么。

他看出我的疑惑，将紧紧捏在一起的手指冲着阳光举起来：“你看，这是老虎留在树上的毛。”

果然，一小撮金黄色的绒毛，像阳光一样在郎建民的两指之间散发出暖色的光芒。随即，郎建民要去我的日记本，翻开，将虎毛夹在其间，笑着对我说：“这几根虎毛送你做个纪念吧！你可要知道，能赶上我们这个时代还是很幸运的。我们这片山上还有野生虎存在，并时不时让我们发现一些珍贵的痕迹。在我之前的几茬动物保护人员，工作十几年，连个毛都没有看见过！”

我猜，他一定是在说虎毛的时候，特意省略了“虎”字，便忍不住内心的哑然失笑。没想到一个野外动保工作者，不但如此渊博，如此热爱自己的事业，而且，还没有把自己搞成一个老怪物，竟然会如此幽默！

转过黑熊岭，再向前，地形突然变得复杂起来。郎建民走在队伍最前端，特意回过身来叮嘱大家一定不要掉队。根据他以往的经验，这种复杂的地形十分有利于大动物们隐藏、捕猎或休息。如果时间在20世纪中期，这样的地带连最有经验的猎人都不敢轻易进入。一般情况，人类只要保持三五成群，不擅自“拆帮”，动物们会主动避让的。特别是虎、豹这类猫科动物，生性十分谨慎，绝不会贸然袭击人群。为了保证安全，我们谁也不敢掉队。

从早晨到现在，我们一行人已经跋涉近三个小时。除了郎建民，其余的人都露出了疲倦之态，有的大汗淋漓，有的扶腰喘息。我也感觉到腰部有些许的胀痛，稍稍下弯，便感觉到剧烈的疼痛。平时不经常运动的老李已经快支持不住了，只见他脸色发暗，手捂胸口，停在队伍的后边垂着头不停喘气。见此情景，大家决定扶着老李，快速转移到一个地势稍高一些的宽敞处，暂时停下来，歇一歇，恢复一下体力。

在一块平整的大石边，我们席地而坐。郎建民用手一指我们右前方的一丛山石，说了一声“你们看”，大家都以为发生了什么情况，立即把目光集中到那个方向。郎建民用诧异的眼光看了看我们，显然并没料到此时我们的内心会如此紧张。他笑了一下，调整了一下表情，接着说：“你们看，前边那堆乱石就是著名的‘老虎砬子’，它之所以叫这样的一个名字，就是因为从前这里经常有老虎出没……”

虽然老虎正常的活动范围都在200~800平方千米或更大，且各有领地，很少交叉，但在食物比较丰富的地域，老虎的领地会显著缩小，偶尔也会出现领地交叉的现象。

郎建民曾听山里的老人们讲，这一带从前总是“闹”老虎，并且绝对不止一两只。远处的村庄，时常能听到这边的山谷里传出虎啸。说到这里，郎建民深深地发出感慨：“这老虎，不愧是百兽之王，真霸气呀！只要一声吼叫，其他动物全都不会出声啦！”

郎建民这样说，并不是虚张声势。关于老虎的威严和王者风范是从古至今都毋庸置疑的。以前我曾翻阅过明代博物学家谢肇淛的《五杂俎》，里边就有好几处写到老虎的威风。其中有一段是这样写的："虎据地一吼，屋瓦皆震。余在黄山雪峰，常闻虎声。黄山较近，时坐客数人，政（正）引满，唬然之声，如在左右，酒无不倾几上者……"又记："马见虎，则便溺下不能行，惟胡马不惧。猎犬亦然。"

"唬"就是啸，音同意近，专指老虎的怒吼。老虎一声怒吼，在屋子里闲谈的人们立即感觉到屋瓦被震得哗啦啦直响，正在喝酒的人，也壮不起那个传说中的"英雄胆"，满座的人无不大惊失色，手抖，酒倾；马和狗更是因为感觉敏锐又懂得兽类的语意，吓得便溺齐下，无法行走。说是胡人的马和狗还稍好一些，实际上也未必。

有一年，吉林省蛟河一个猎户家的院子进了老虎，把牛栏里一只牛拖走吃掉，猎户家里养了五条训练有素的狗，包括一只德国牧羊犬和一只串种藏獒，一个晚上，别说狂吠和护卫，连一点儿声音都没敢发出，像什么都没有发生一样。由此可见，于人，于动物，老虎身上一直具有一种强大、原始、不可名状的威慑力。

"可惜呀！"郎建民的表情突然转暗，"这么高贵、神圣的生灵，差一点被人类彻底消灭。到 1998 年，在东北这片唯一有虎的山林里，仅剩下东北虎 7~9 只、东北豹 3~5 只。要不是国家及时采取措施，于 2017 年成立了东北虎豹国家公园，恐怕这虎豹现在都已经成为一个传说了！虎豹公园建立后，动物保护力量进一步加强。干我们这一行的人比以前增加一倍以上。现在算算，我们这一大伙子人，差不多平均 20 个人为一只虎服务。年年防盗防猎，月月巡山清套，手把手摁，好歹让东北虎的种群在我们这片山林里扩大到了 37 只，东北豹扩大到 48 只。太难啦！

“你们想想，一个没有了老虎的山，不就是一个寂寞的山、死气沉沉的山吗？还有啥意思啦？”郎建民意犹未尽。

我们都有同感，但望一望四周的空山，我们都没有说什么。是的，东北虎豹种群能从极度衰弱状态转而复原，达到今天官方公布的规模，已经差不多是个奇迹了。

（四）

“那么，狮子和老虎谁更厉害呢？”

这个突然在头脑里冒出的问题一出口，我就有一点儿后悔。固然，按照庸常人的庸常思维，一定要在两个强者之间进行一个明确的比较，似乎不决出一个胜负高低，心中就块垒难除。但我自知这是一种可怕的对立思维，也是人类难以克服的局限。对我这样还有一些自然常识的人来说，到了这样的年岁，再问这样低级、幼稚的问题，确实有一些可笑了。

出乎我的意料，这样一个问题，郎建民并没有在意。他可能认为很有必要向一些不懂专业的人，耐心地普及一下有关知识，所以他解释起来显得十分详尽、细致——

狮子和老虎，都属于猫科动物，都是猫科动物中的佼佼者，也是动物界站在巅峰的霸主。可是，谁更强大、更厉害呢？

在西方人眼里，狮子肯定要比老虎更厉害。因为狮子主要生活在非洲地区，而老虎主要生活在亚洲地区，西方人经常可以接触到狮子，却很难见到老虎，眼里心里自然就没有老虎的地位。在许多西方国家里，狮子一直被视为战无不胜的王者。他们崇拜狮子，将狮子称为神兽，并赋予狮子神圣不可侵犯的威严和权力，自然不会允许别的动物凌驾于狮子之上。

而在东方人特别在中国人眼里，自然老虎更厉害。狮子虽然想灭什么动物，就去灭什么动物，但狮子依靠的是群体的力量，善于“打群架”，合起伙来“欺负人”，单打独斗的较量就没那么厉害了，并不能算作真正的英雄。而老虎是森林之王，它是独行侠，完全依靠自己的力量捕杀猎物。并且从来不打无把握之仗，一旦发现目标，便潜伏起来，等待一个合适时机，直到最后时刻才果断出手，一击致命。比较起来，老虎更像一个英雄或侠士。

实际上，自然有自然的运行秩序，生命有生命的生存规则。老虎和狮子各有各的领地，一个在草原，一个在森林，本来可以相安无事各做各的王，为什么要千山万水地凑到一起决个你死我活呢？在真实的、自然的动物世界，不是极特殊的情况，很少发生狮子、老虎、大象等大型动物之间的争斗和冲突。它们都有自知之明，懂得和平共处，各安天命。

我现在担心的是，此行会不会一直奔走在关于老虎的传说之中，而无法捕捉到真实可感的信息。

我知道，眼见为实有时的确不是唯一的事物判断标准，但我还是在心里一直期待着能有幸一睹老虎这山林之王的真容。

队伍继续向前，为了获得更多的生态信息，我紧跟在郎建民的身后，以便随时向他请教。当我们行至两道山梁间的过渡带时，眼前出现了一条光滑平展的林间小路。在这无人的山野，是谁反复地走来走去踩出一条这样的小路呢？郎建民告诉我，这就是人们常说的“兽道”，是山中的那些动物，包括虎、豹、熊、狍子、鹿、獾、兔、豹猫等在每天的不同时段，从这个共用的通道上走过所留下的痕迹。这样的“兽道”，既是小动物们觅食和交往的必由之路，也是虎豹等大型动物捕猎的最佳路线。

走在前头的郎建民突然蹲下来，一只手臂高高举在空中。我们理解他的示意，知道一定有什么重大发现需要我们赶去分享。

距离很远我们就已经看到，在郎建民面前的残雪上，有几只硕大的动物足迹，准确地说，应该是三个半足迹，其中有一只半在雪中半在雪迹外侧的泥沙之中。郎建民掏出随身携带的钢卷尺仔细量过，足印宽超过 13 厘米，印在雪上的图案呈梅花状开放着。四个前趾如水墨梅花图中的花瓣，中间的掌垫如花萼，看上去都是一种浑圆的感觉。

“这是一只成年雄虎！”郎建民指着雪地上的梅花图案，“这是非常典型的大猫脚印。”

和许多犬科动物不同，老虎的前趾印上并没有尖锐、锋利的爪尖。足印上看不到尖儿，并不是说老虎没有利爪。相反，它们的爪比犬科动物的爪更加发达、尖锐，只是老虎的脚趾上有一个特殊机关——爪鞘。它们的爪，像武士的剑一样，平时不用就收在鞘里，只有在关键时刻才“剑拔弩张”。这与猫科动物内敛、隐忍、谨慎的性情有关，它们一般不会像犬科动物一样，让杀气外露于尖利的爪牙，它们把巨大的杀伤力隐藏于优雅、从容的步履背后。

雄虎的足迹在沙土山梁上延伸了十多米之后，突然神秘地消失了。我们几个人跟着郎建民在风中茫然地瞭望了一阵子后，继续前行。路随着山梁起起伏伏，如我们久久平静不下来的心情。

大约十分钟之后，郎建民在一棵倾斜的黄檗树对面停了下来，那里有一台远红外摄录仪绑在树上。按规制，这种摄录装置要在野生动物可能经过的路线两边成对设置，一个负责摄录，一个负责拍照。郎建民打开了照相机，一边倒片子查看，一边不由自主地变化着表情。我们禁不住诱惑，也凑过去一起观看。

真是很奇妙的感觉！平时怎么也想象不出来，就在这看似空无一物的山中，竟然有那么丰富的内容，发生过那么多的事情。存储器的画面中，一会儿出现几只黄鼬，一会儿出现一只狍子，一会儿出现几只野猪，一会儿出现一头黑熊，一会儿又出现两只梅花鹿……摄录仪的时间显示，这些画面，大多都是拍摄于清晨、黄昏和夜晚。有光的时候，动物们的毛色、花纹鲜艳、清晰；而在黑暗中，动物们大约只有一个比较清晰的轮廓和姿态，却都闪着两只像小电灯一样亮晶晶的眼睛。

终于，有一个我们一直期待的大动物出现。

“老虎！”郎建民马上把画面定格在那里，眼里闪动着兴奋的光芒。他拿着摄录仪，绕着圈儿展示给大家看了一回之后，突然停下来，像想起了一件重要的事情似的，把手里这个摄录仪交给了身边的同伴，跑到对面那棵树下，取下并迅速打开了另一个视频摄录仪。我们几个人不约而同地屏住呼吸，目光聚集在一个小小的画面上——

那是一个明媚的清晨，或一个美丽的黄昏，一枚枚金色的落叶均匀铺展在林间，有风吹过，阳光随着落叶微微抖动，一晃一晃的，宛若一地闪亮的金币。天空透过树木的空隙，投射一片纯净的蔚蓝。仿佛有沙沙声从画面外很有节奏地传来，不知是画面里的大地还是郎建民的手，在微微震动。紧接着，有一只粗壮的虎腿插入画面，然后是那个威风凛凛的虎头，独有的“王”字斑纹从侧前方隐约可见。其实，不用通过那个权威的标记，也没有人不确认它的身份。仅从它无喜、无忧也无怒的神情，就能推测出它内心的无畏、无惧和高傲。

当它的身姿和斑纹完全呈现于画面的时候，我们看到了它“黄质而黑章”的全貌。特别是那条长尾，虽然随身体的曲线上翘为一段弯曲的弧线，却在相对静止中保留了足够的动感，看起来果然像一条钢鞭或一截哨棒，会随时挥动起来砸向敌手。眼前的一切不由得让我发出由衷的赞叹。不知道造物主把一个生灵造得如此漂亮和完美意在如何！

整个视频时长不过9秒，只是记录了这只老虎的7步行走和一次回首，但它从容的步伐、沉稳的姿态和俯瞰一切的威仪，却令人难以忘怀。它四脚优雅而稳健地起落，透出不容置疑的坚毅与自信，仿佛它不是从山林中走来，而是从众神的宫殿中走来。

特别是那意味深长的回首一望，更是仪态万方，令人遐想，没有人能揣度得出，那是在回望遥远而不堪回首的历史，还是警惕暗藏在身后看不见的危机，抑或是特意向这些年为了迎接它回归家园付出心血的人们致意？

不论如何，这历经磨难终于归来的王者，此时就在我们眼前！

顺着那目光的指引，只轻轻一瞥，一道厚重的岁月之门竟轰然开启——

第二章

神一样的存在

你不能见我的面

因为人见我的面不能存活

（一）

一展眼就是遥远的唐朝。

贞元九年（793）。那是1200年以前的事情，由于故事是书上记载的，且活灵活现，所以我不但深信不疑，而且感觉就发生在不久以前。

《太平广记》里说，贞元九年，有一个叫申屠澄的人，自黄冠赶往汉州什邡县，去赴县尉之任。行至真符县东十里许的林间，遇到了大风雪。向晚，雪大，风疾，奇寒，冻得座下的马都迈不动脚步了。这时，忽见路旁有一座茅舍，舍中光影浮动，炉火通红，一片诱人的温馨景象。申屠澄不由得下马移步，见舍中有一老父、一老母，还有一少女，正围火而坐。看那少女，也就十四五岁年纪，虽穿戴俭朴，却肌肤如玉，面若桃花。

老者见有客来，马上起身让座，邀申屠澄一起来烤火驱寒。申屠澄坐下来，同一家人在炉火前烤火聊天，不知不觉间，天彻底黑了下来，雪却越下越大，没有停息的迹象。申屠澄也许无奈，也许心中暗喜，便请求在茅舍中住下来。二翁媪欣然应允："苟不以蓬室为陋，敢不承命。"那小女子更是心有灵犀，春心暗寄，特意进了内室修饰打扮一番，女为悦己者容嘛！再一次撩帷而出，自然是一番别样的风韵，妩媚与俏丽迥异初时。申屠澄被震惊得几乎说不出话，当即向二老表白了对少女的倾慕之心，并鼓起勇气自己做媒，向人家求婚。老先生也没有犹豫，随即表态同意："不期贵客又欲援拾，岂敢惜？"

于是，申屠澄当晚行了子婿之礼，算正式成了亲。夜间之事略去不提，第二天一早，就用自己的坐骑载上新妇，一路走马上任去了。申屠澄官职不大，俸禄微薄，幸有美妻相伴，互敬互爱，又生得一双儿女，日子倒也过得舒适、欢心。三年任满，申屠澄即将离任归乡，不免心生感慨，遂作了一首《赠内诗》云：“一官惭梅福，三年愧孟光。此情何所喻？川上有鸳鸯。”其妻见诗后终日沉吟，似乎心中有和，但并未出口。

当申屠澄正式辞官，“罄室归秦”之时，妻子忽然怅然对丈夫说：“见赠一篇，寻即有和。”于是，便一字一句吟来：“琴瑟情虽重，山林志自深。常忧时节变，辜负百年心。”

返程路上，自然要经过那座旧日茅舍，妻子正好要看望一下久别的双亲。及抵旧家，茅舍依旧，却不复有人在。见此情景，为妻的难免要一番难过，“尽日涕泣”。

忽然，发现壁角有一张虎皮，妻遂破涕为笑曰：“不知此物尚在耶。”便随手抖开虎皮披在身上，即变为老虎，啸吼一声，破门而去。申屠澄惊恐之余，携一双儿女追至林间，早已杳无踪影，望山林大哭数日，终究不知去向。

故事体现的是一种人、虎“亲和”的美好意愿，而另一段出自清代《广虞初新志》的故事，情感取向则大相径庭。故事记载了安徽省徽州歙县的一段民间传奇，虽说是传奇，却是纪实的笔调，主要反射了当时人们对老虎的恐惧心理——

有为予谈虎者云，歙居万山中，多虎，其老而牝者，或为人以害人。有山氓使其女携一筐枣，问遗其外母。外母家去六里所，其稚弟从，年皆十余，双双而往。日落迷道，遇一媪，问曰："若安往？"曰："将谒外祖母家也。"媪曰："吾是矣。"二孺子曰："儿忆母言，母面有黑子七，婆不类也。"曰："然适簸糠蒙于尘，我将沐之。"遂往涧边，拾螺者七，傅于面。走请二孺子曰："见黑子乎？"信之，从媪行。自黑林穿窄径入，至一室如穴。媪曰："而公方鸠工择木，朋构为堂，今暂栖于此，不期两儿来，老人多慢也。"草具夕餐。餐已，命之寝，媪曰："两儿谁肥，肥者枕吾而抚于怀。"弟曰："余肥。"连枕媪而寝，女寝于足。

既寝，女觉其体有毛，曰："何也？"媪曰："而公敝羊裘也，天寒衣以寝耳。"夜半，闻食声，女曰："何也？"媪曰："食汝枣脯也。夜寒且永，吾年老不忍饥。"女曰："儿亦饥，与一枣。"则冷然人指也。女大骇，起曰："儿如厕。"媪曰："山深多虎，恐遭虎口，慎无起。"女曰："婆以长绳系儿足，有急则曳以归。"媪诺，遂绳系其足，而操其末。女遂起曳绳走月下，视之则肠也，急解去，缘树上避之。

媪俟久，呼女不应，又呼曰："儿来，听老人言，毋使寒风中肤，明日以病归，而母谓我不善顾尔也。”遂曳其肠，肠至而女不至。媪哭而起走，且呼，仿佛见女树上，呼之下，不应。媪恐之曰：“树上有虎。”女曰：“树上胜席上也，尔真虎也，忍啖吾弟乎！”媪大怒去。无何。曙，有荷担过者，女号曰：“救我，有虎！”担者乃蒙其衣于树，而载之疾走去。俄而，媪率二虎来，指树上曰：“人也。”二虎折树，则衣也，以媪为欺己，怒，共咋杀媪而去……

14岁之前，我生活在北方的乡间，在那些发黄的古籍里，“听”了很多关于老虎的传奇故事。有时，老虎摇身一变就成了人，或侠肝义胆，或情深义重，或凶残恐怖；有时，摇身一变又成了神，镇守一方或决定一个人的生死和命运，或成为天意的代表、正义的化身。

当然，凭我的智商还不至于分不清事实和虚构，奇怪的是，不论是来自口口相传还是书中记载，那些离奇的民间故事，都会深深地将我吸引，不由自主让我的情感和情绪随着故事的情节起伏跌宕。直到今日，我仍然不愿意否定那些故事存在的合理性，也一直坚信老虎身上一定承载着我所熟知和敬畏的人性或神性；并且，坚信这种充满灵性的动物，已经把自身所承载的精神要素和能量，在漫长的岁月里，以浸染、渗透的方式悄悄注入到许许多多人类的心灵。

为了搜寻更多关于老虎的“人文”信息，3月的一个下午，我循着一条模糊的线索，去永吉县土城子，见一个萨满的后裔老马。

据说，从前老马的爷爷和父亲都是当地有名的萨满，能跳非常神奇的“飞虎神”。来“神”时，可以从一棵树跳到另一棵树上。到了他这一代，虎“神”已“走”，不再灵验，萨满的家传也断在了他的手上，但他却熟悉“跳神”驱邪的程序，有时，还能唱几句“虎神词”。

老马的院子很大，需要经过一个长长的过道才能到达正房的门。由土夯、砖砌混合构筑的方法建起来的房子，有很长一排，远远望去，墙皮斑驳、门窗暗淡，已有明显的破败感。如果是一个漆黑的夜晚，有人隔着长长的黑暗，看窗子里透出昏黄的灯光，一定被激发出关于“老虎精”和“狐狸精”的民间想象。遗憾的是，这次造访很令人失望，老马并不是我所预想的状态。年前，他得了脑血栓，落下了严重的后遗症，神情呆滞，吐字不清。

老马的妻子，是后嫁给老马的，对家里过去的事情了解甚少。好在，她是一个热情、开朗的人，尽量搜罗一些她觉得对我们有用的信息。老马没得病之前，她曾听老马支离破碎地讲过一些家族往事，老马也当着她的面唱过几次“搬杆子”的片段。可是，她一听那神秘的调调和不太好懂的词儿，就感觉“头皮发奓”、浑身发冷。后来，老马就不再当着妻子的面唱那些“神曲”了，不过，家里的祭祀活动却持续了很多年。直到几年前，每逢年关，家里还在最西边那间空房子里给虎神“上供”。她记得，除了“飞虎神”，家里还供过“卧虎神”和“金虎神”。

无味的交谈持续了一个多小时，不得不草草收场。就在我们起身告别时，老马的妻子突然想起了一件事。翻箱倒柜找了好半天，找出了一个发黄的小本子，本子上字迹虽然并不规整，尚可辨认。经过仔细“研究”，我发现，本子上记录的内容正是我感兴趣的东西，总算不虚此行！

那是一份旧日萨满“跳神”时唱的《虎神》神歌——

虎神哪里生来哪里长，
哪生哪长有家乡。
深山生来老峪长，
深山老峪有家乡。

白天打食高山过，

夜晚涧下寻水喝。

寻了三天并三夜，

未见獐狍野鹿在哪坡。

撞上大鹿活吃了，

撞见小鹿囫囵吞。

三天未得生肉吃，

脚登山头骂阎罗。

肚里饥饿难忍受，

三天未得生血喝。

山前山后扎下营，

大虎下山害头疼，

二虎下山背膀疼，

三虎下山害腰疼，

四虎下山害腿疼，

只有五虎年纪小，

雕翎箭下一命终。

花虎狸虎

养儿五虎

青脸虎神

花脸虎神

穿山跳涧

坐山为王

十二群虎

云里飞虎

行堂坐堂

老祖师父

师哥师兄

八大本坛

烧纸钱来如灵神，

壶里有酒奠三巡。

在往昔漫长的岁月里，萨满就是靠这些唱词，把虎神“搬”来，帮助“病人”将附着于身上的“妖邪”祛除。虎神一到，其他的小神、小灵纷纷退让、败北，望风而逃，人之为人的尊严和“自在”又重归于人。然而，对这些拥有固定含义的词语，我们却很难解读它们所承载的真实信息；作为一种隐秘的咒语，我们更没有办法破译其密码；更不知道通过这样一些似是而非的叙事，人与虎之间遵循着怎样的逻辑，竟穿越时空的阻隔实现了沟通和“共情”，进而合一的。

不经意间，就触及了人、虎关系的高级境界——虎已不再是虎，更不是“精”，而是神。现在，让我们从虎到虎神之间画一条连线，只倏然一笔，竟然是几千年的跨度。

几千年来，人与虎之间，虽然在生存空间上一直处于对立趋势;在精神关系上,却不是单纯的对立和恐惧,而是爱、恨、敬、畏交织。怕极而畏，畏极而敬，敬极而崇。这就在精神路径上，勾画出了一条由恐惧、对立到分立共存，到合而为一，再到出神入化的清晰轨迹。

（二）

1987年5月，河南濮阳西水坡发现大规模古墓葬群，包含仰韶、龙山、东周和汉代等几个时期的文化遗存，尤以代表仰韶文化的45号墓最为显耀。

墓主人的左右两侧分别摆有蚌塑龙虎图案，虎图在左，为大，龙图在右，为小。经科学鉴定，距今已有6400多年。这一考古发现说明，从那时起，中华民族就已经有了龙虎崇拜的雏形。云从龙，风从虎，由于当时的人类社会还比较原始，尽管已经出现了农耕文明，大部分先民还没有彻底脱离山林，所以崇虎习俗当时应该还占有原始崇拜的主导地位。也就是说，在人类文明的童年期，部分人类已经发现并确认老虎身上承载着人类一直在追求但却无法企及的能力和品质，开始在精神上或“理想”上向虎“靠拢”。

到四五千年前的夏商时期，虎崇拜的形式超越了简单的图腾崇拜，发生新的变化。人们不再像45号墓时期一样，人是人虎是虎地分立着，而是合而为一。

出土于安徽省阜南县“龙虎尊”上的那个双身虎纹饰表达得最为清晰、透彻。图案上，一个人的身体在下，肩上无头，取而代之的是两只抵额相对的老虎。拆分开看，对称的两只老虎分别耸耳侧目，形象威猛生动，线条完美流畅，很像人的头部都被两只老虎分食，全部含在口中。整体看，把两只老虎的头合在一起，正是一个正面的完整虎头，竟然是一头双身的虎。这样，那个虎头变成了人头，而两个虎身却像生在人头上的一对翅膀或蹲在肩上的两个守护神。如此，两虎一人，三位一体，完美地结合在一起。

另一件文物——湖南宁乡出土的“商虎食人卣”，也具象地记录、表达了那一时期人与虎之间的心理关系。一个提梁卣，全形塑为坐虎形，前肢紧抱一断发文身人物的腰部。人头置于虎的下颚之下或胸前，上臂紧抱虎肩，臂弯挡住虎颚，看起来，虎并没有下颚，而以人的手臂替代；人的双脚踩踏着虎足，呈相抵或交缠状。总体上是一种相契、和谐的抱合之态，似虎乳人或人虎交合。完全不是以往学界命名的“饕餮食人卣”的概念。在巫文化盛行的古代，人们干吗要费尽周折把自己送到老虎口中让它吃掉呢？一个纹饰、一个器皿不过就是一个坚固的符咒，借此实现人与虎之间的精神媾和与能力嫁接。

随着时代的更迭，人类的生产和生活方式发生了翻天覆地的变化。全面进入农耕时代后，社会形态也进入了封建君主制。这时，华夏民族的龙文化逐渐崛起，一方面龙不是凡间之物，是天上的司雨之神，主管风调雨顺，利于农耕；另一方面，龙是极度稀缺之物，其稀缺性只与地上的帝王相对应，所以龙理所当然被皇家垄断，成为农耕文明时代帝王的象征和保护神。神奇的是，虎崇拜并没有因此而变得式微，而是在一定的领域内得到了升级、升华。虎在人们的心中成为活生生的神，被授予生杀予夺的权柄，干预、掌管起人们的命运。只是其“势力范围”偏于山林和民间。

《编年通录》记载，从前有个人姓虎，名景，号称圣骨将军。家境殷实，富而无子，常以打猎为乐。一日，与九个乡里一起去平那山捕鹰。平那山在哪里不太好考证，但路途一定很遥远。天已黑，一行人看看无法返回，就寻一个岩洞过夜。半夜时分，来了一只老虎，站在洞口大吼，久久不去。看样子十人中应有一人“当死”，于是十个人商量，按山林里的老规矩都把自己的帽子丢出去，老虎叼了谁的帽子，谁就出去喂虎，以一“当死”之人的牺牲救九人之命。

帽子一投出，虎就把虎景的帽子叼了起来。没办法，虎景只能出去面对老虎。虎景想，事在人为，试以一身力气去与虎一搏，没准儿还能免去一死。谁知，虎景出了洞口，老虎却无影无踪，就在他莫名其妙之时，身后那个岩洞轰然坍塌。竟然是一人活，而九人亡。

虎景回去安葬九人，先要祭拜山神。结果，虎以一个妇人的形象显现，对他说：“欲与为夫妇，共理神政。”虎景也没有任何犹豫，仿佛心有灵犀。我们很难从这个故事里判断出是神的意愿胁迫了人的意愿，还是人、神意愿的共振。虎神说毕，虎景便与虎神一同在人们的视野中消隐不见……

此后，一个庞大的人类族群，由人与虎共同创造、繁育出来。

与虎相关的，民间还有一种传说：虎自然死亡后，骨架在山林里屹立不倒。虎景，之所以称圣骨将军，大约就是虎骨的隐喻，也象征着不死之骨，不倒之骨。

相似的故事也见于《古今图书集成》："大德（1297—1307）中，荆南九人山行，避雨入土洞中，虎来踞洞，目视眈眈。八人密议，排一人愚者出啖虎，虎当去。虎得人衔置他所，坐如故。须臾洞崩，八人死，愚者竟生。"不同的是，前一个故事里的幸存者是圣者，后一个故事里的幸存者为"愚者"。通过对很多这类故事的分析，大约可以归纳出这样一个"中心思想"——虎为神物，且不食王者和命大之人，尤其是有智慧、有德行、有重大使命的人。一旦得虎神"关照"，不但无虞、无恙，反而能成就一番大事业或一朝大贵。

相传，清太祖努尔哈赤发迹之前就曾于虎口逃生，遇难呈祥："太祖少年丧母，其父续妻佟佳氏，为人甚恶，屡难于太祖。太祖乃挟胞弟舒尔哈齐出户别居之。以采药贩马谋生，终岁居于山野间。一日结伴入山挖参，遇虎，时女真人信山神，逢虎而不敢敌，使自舍命奉之。太祖自出饲虎，虎耽而不食，太祖遂以石击之，数斗，虎遁，引太祖至有参处隐遁，所得山参颇丰。众人以为奇，推太祖为贝勒。人望由此始……"

由于虎的长相中正，步态庄严，又威武勇猛，在人们心中是勇敢和正义的化身，因而也常兼驱邪镇鬼的神职。

在中古代，人们认为门神——神荼和郁垒兄弟二人，就是专门抓鬼饲虎的。后来，经过民间的演绎和变迁，干脆就直接让老虎当了门神。《风俗通》有记载："上古时有神荼、郁垒，昆弟二人，性能执鬼。度朔山上有桃树，下常简阅百鬼。鬼无道理者，神荼与郁垒持以苇索，执以饲虎。是故县官常以腊祭夕，饰桃人，垂苇索，画虎于门，以御凶也。"

广东、广西一带，早年的习俗也喜欢于门上画虎头像，书"聻"字（"聻"音同"渐"），相传为鬼死后之称。《聊斋志异·章阿端》中就说："人死为鬼，鬼死为聻。"门上在虎头之下书"聻"字，是让虎吃掉恶鬼，咒诅恶鬼死去，使家宅平安。

藏传佛教之中，唐卡常常被誉为"卷起来的佛"。在大量的唐卡图画中，我们也经常能看到虎纹或虎的形象。"时轮金刚"和"金刚手菩萨"等唐卡上都有清晰的虎纹、虎爪、虎尾图案；莲花生大师、布达拉宫少女等唐卡上，甚至还绘有非常具象、清晰的虎。有一幅叫作"普巴金刚"的唐卡，金刚的手臂与虎爪高度重合，分不清虎从金刚而来还是金刚从虎而来，看上去金刚就是虎的化身。在藏语里，普表空性，巴表智慧，普巴即空性与智慧结合成不二体性。普巴法的修持，在于断除一切自我之贪执，消除内心之恐惧。传说，古时有一个三头六臂四足二翅的大力鬼神麻当鲁扎，他住在尸陀林中，危害三界。为降伏此大力鬼神，噶玛黑鲁嘎（金刚萨埵的愤怒相），化身为普巴金刚，一举将大力鬼神及一切魔众摧灭。普巴金刚的尊身为黑蓝色，具有三头、九目、六手，背后生双翼，如锐利的剑，面涂三色，表三毒清净，头戴五骷冠，表拥有五方佛的智慧。若身披象皮，表降伏一切愚痴；若身披人皮，表降伏一切贪爱；若身着虎皮，表降伏一切嗔恨。

云南的少数民族，如彝族、纳西族，因为图腾崇拜的关系，惯在祖宗牌上绘虎头像，也有于宅中设虎像、摆布老虎或挂虎画、虎字等习俗，都象征祖灵保佑。河北、山东、安徽、江苏、河南、四川等地小孩子穿虎头鞋、戴虎头帽、枕虎头枕、衣服上绣老虎纹饰等，也有祈祥纳瑞、镇“妖”祛邪的寓意。早年，东北辽西及黑龙江、吉林农村过年常于门侧悬两盏冰灯，曰“虎眼”，也是门头画虎的遗风，突出“虎眼”作用，更强调其正神的监守之威。

唐人段成式《酉阳杂俎》载：“虎威如乙字，长一寸，在肋两旁皮内，尾端亦有之，佩之临官佳；无官，人所憎嫉。”

但另有《茅亭客话》曰："无官佩之，无憎嫉者。"意思是说，虎身上有一种骨头，名曰"虎威"，佩戴在身上可保官事顺遂，威严永在。无官之人佩戴在身上，也不会遭人忌恨。

此外，还有烧虎皮灰治病，悬虎鼻于门可保佑子孙的传说。《风俗通义》曰："虎者，阳物，百兽之长也，能执搏挫锐，噬食鬼魅。今人卒得恶遇，烧虎皮饮之，系之衣服，亦辟恶。悬虎鼻门上，宜官子孙，带印绶；悬虎鼻门中，周岁取作屑，与妇饮之，生贵子。勿令人知，知即不验，亦勿令妇见之。"

老虎身上所承载的超自然力、高贵的禀赋以及高昂的实用价值，形成了代表精神属性和物质属性的两极；而人性本身也是神性和魔性的对立统一，有着相互矛盾的两极。所以，当人类与老虎相遇，四"极"相互作用，交叉角力，必然使人类对虎产生激烈的矛盾心理——既怕它，又拜它；既恨它，又爱它；既信它，又杀它；既把它看成凶残的猛兽，又把它奉为悲悯的神明。原来，人们惧怕的是实体的老虎，而喜欢、亲近和崇拜的是抽象的老虎、精神上的老虎。

如此，老虎的命运必然会如人类中的盖世英雄一样，备受器重和崇尚，也必遭嫉恨和剿杀。必死，必成神。

（三）

夜寂静，静得似乎到处都是声音。

我躺在官道沟村村部的土炕上，一时无法入睡，满脑子都是真实的或抽象的老虎以及与老虎有关的诸多事情。想着，想着，思绪回到了现实之中，渐渐地，眼前就浮现出村民曲双喜那张木然但又虔诚的脸。

从 17 年前那个不可思议的黄昏开始，曲双喜心里就只有一个真神——老虎。虽然他被老虎咬伤的右臂到现在还留着一道触目惊心的伤疤，并且绵软无力、不听使唤；虽然他曾因为那只把他叼出 20 多米远的老虎而入狱两年，他却对那只老虎没有一点儿怨恨，非但如此，反而觉得自己这条命是老虎送给他的。

17 年前的 2002 年，国家已经开始大面积禁猎，曲双喜却仍然以自己是一个出手不凡的猎人而自豪："收了枪，不要紧，我还有别的办法；只要山上还有'山牲口'，准有我曲双喜吃的和用的。哪怕口袋里只剩下一把短刀，只要我到山上转一圈儿，也不会空手而归……"

那年冬天，珲春地区全境大雪，马迪达山上的雪更是大得出奇，平地齐腰，山上最厚积雪可达一米半。对野生动物来说，那是百年不遇的大灾；对猎人来说，却是百年不遇的大好机遇。这样的天气，山上的灌木、可食之草和植物的种子都被严严实实地埋在积雪深处，动物们无食可吃，只能在林中无望地游走、寻觅。一些腿长而细的动物比如狍子和鹿,一旦误入“雪窝子”，就相当于跌入生命的陷阱。四只细细的腿深陷其中，向下探不到底，向上拔不出来，身体浮在雪上像一只没有桨叶的船，一动也不能动，只能在那里静静地等死。有时，一大群动物全部搁浅在雪地，等有经验的猎人来到山里，就会像拔萝卜一样，把它们从雪窝子里“拔”出来，一一宰杀。

那天下午，曲双喜的打猎伙伴尹石钟从黑龙江省五常县如约赶到官道沟。老“搭档”见面也不用客套，都知道应该干什么。简单吃过午饭，二人就迫不及待地拎起自制的滑雪板，急火火出门,要赶往山上“遛套子”。说是“遛套子”,这样的大雪，很多套子都已经被埋在了雪里，根本找不到，就算是套到了什么动物，也都无从寻觅。其实他们就是趁大雪封山去寻找那些被陷在雪中的动物。

刚刚走到门口，曲双喜和尹石钟心照不宣地对视一下，他们都想起忙乱中忽略了一件重要的事情。于是，两人同时反身回到里屋，曲双喜从“炕柜”里掏出一个一尺多高的小木头房子。小房子由六块松木板组合而成，两块斜搭成一个人字屋脊，两块立板相当于墙壁，一块背板还有一块厚一些的底板相当于房子的基础。前面没有门和窗，敞开着，里边立着一个小木牌，上书:“山神之位”。这是很多山里人家都有的山神庙，俗称“老爷庙”或“老爷府”。

按照当地的规矩，人们在进山前都要拜一拜“山神”。因为一进山，就意味着进犯了山神的领地，挖参也好，采蘑菇、挖野菜也好,行围打猎也好,砍伐树木也好,都相当于在山神“头上动土”,必须事前征得山神的同意或谅解,否则就得罪了山神,不但财路不通，恐怕还有安全和性命之忧。

曲双喜在地上铺了一块红布，找来一个馒头当香碗，插上三炷香，点燃，纳头便拜。两人嘴里念念有词，边拜边说一些祈求吉利的话；拜毕，起身再次匆匆忙忙地往外走。曲双喜边走边大声叮嘱妻子，等一会儿香“烧到头”时，把山神庙收好。

天色还早，但天空积了厚厚的云，似乎还有一场没有来得及下的雪，堆积在那里，等待一个合适的时机，再冲破云层，纷然飘落。曲双喜和尹石钟心里有数，这样的天气巡山的检查人员肯定不会上山来。如果不是像他们一样经常钻山的“老山狗”，上山就等于送死。只要大雪一下，天上地下一个颜色，这山那山一个模样，没有十年二十年的钻山经验，十有八九会“麻登山”（在山林里迷路），迷失在一片茫茫的白雪之中。结果就会像那些鹿一样，活活在山中“困死”。这山里，如今就是他们的天然仓库，想拿什么，去一个指定的地点拿来就是，如探囊取物一般。

进山不到一个小时，两人就在一道小沟塘里看到一头深陷雪中的马鹿。也不知这头马鹿在这里徒劳地挣扎了多久，见有人来，又进行了一番奋力挣扎，结果仍然徒劳。看那鹿的无辜、无助，一般人都会生出恻隐之心，但猎人不会，猎人本来就有嗜血倾向，见到猎物就兴奋，就会狂热地起动杀念。在他们眼中，猎物都是供他们食用的“菜货”，只能任人宰割。二人不由分说，上前一刀结果了那头可怜的马鹿，拖到雪浅的地方，半小时内利落地完成了剥皮、肢解“工作”，每人分别背上一筐鹿肉踩着滑雪板“滑”下山来。“滑”到山下清过雪的林间道时，二人决定摘下滑雪板，“脚踏实地”地把鹿肉背回家。

就在曲双喜刚刚卸下滑雪板，准备直身站起时，突然有巨大的恐惧从心里涌出，猛然抬头，一只老虎正从对面扑来，仿佛从天而降。只是瞬间，他还没来得及做什么和想什么，就觉得眼前一黑，耳边传来“咔嚓”一声，似乎骨头断裂的声音，紧接着浑身一震就觉得耳边起了风声，仿佛天空和树木一齐从眼前飞起来，晃成一片虚影。等他反应过来时，已身在20米开外。

侧目，一只巨大的虎头正死死地咬住他的右臂，此时此刻，这个一向胆大、无畏的猎人，一定是被吓破了胆，忍不住声泪俱下地向老虎哀求：“山神爷爷呀，求您饶了我吧！我从来都不想有意害您，我每次上山之前都给您老上供、磕头，求求您不要吃我呀！”

果然，那只老虎把他从口中“吐”出。恐惧、庆幸和巨大的疼痛一起向曲双喜席卷而来，让他在眩晕中不顾一切地向路边踉跄走去。他的右臂已经彻底折断，失去了知觉和控制，剧烈的疼痛从每一条骨缝里涌出来……

从此，曲双喜再也没有重返山林。

见到曲双喜时，这个当年远近闻名的好猎手，已步履蹒跚、大腹便便，臃肿、笨拙的老态中，早已不见了当年的英武之气。他朝我抬了一下右臂，似是调侃：“你别看这条胳膊像好的一样，一点儿力气都没有。”我象征性地朝他的手臂看了一眼，不知接下来应该说点儿什么，似乎，他一生的心气和力量真的从这条手臂上跑光了。

在监狱里接受了整整两年生态保护教育之后，曲双喜彻底改变了人生观念，出来后与老伴儿以务农为生。由于右手失去力量，劳动能力大幅降低，只能干一些轻便的农活。春季采一点山菜，秋天捡一季蘑菇，过着清淡而踏实的日子。反思那场劫难，他认为自己是罪有应得：“祸害了那么多生灵，早晚是要遭报应的，老虎是山林里的神，替那些屈死的动物申冤来了，要不是我诚恳地祈求山神爷保佑，这条命恐怕早就没了。”

其实，在东北地区的广大山林中，曲双喜的这些想法和认知并不算突兀。自古，这里就是游牧民族和游牧文化的重要发祥地与保留地，虽然可查可考的遗迹、文字不多，游牧文化底蕴却很厚重，山林里的山神崇拜更是由来已久。

俄罗斯人阿尔谢尼耶夫写《在乌苏里的莽林中》的时间，大约是20世纪初。他这部纪实性考察报告真实地记录了当时中俄边境的山水地貌、山林资源分布和边境居民构成及生活情况，书里也写到一个赫哲人叫德尔苏。德尔苏对阿母巴（老虎）的态度和行为，便是当时北方山民老虎崇拜的一例生动佐证。

当他以为阿尔谢尼耶夫要寻找暗中跟踪他们的那只老虎并对它开枪时，一向温和、顺服的老猎人态度非常激烈地说出了这段话：“不行，我先要对你说，我永远不会同你一起对阿母巴开枪，你好好听着这话。对阿母巴开枪，我们朋友的就不是了……”当他得知阿尔谢尼耶夫因为没有看到那只老虎而感到遗憾时，再一次表明了自己的看法：“不要。看见它很糟糕。我们这样说，没见过阿母巴的人是走运的人。他会永远好好地活着。我见过很多阿母巴。有一回，不应该地对它开了枪，现在我很害怕。总有一天，我会倒霉！”

实际上，到德尔苏那个时代，东北山林里的“山神”崇拜文化已经很成熟。不但老虎的神圣地位得到确立,而且有了“山神爷”的尊号。就老虎崇拜的程度而言，这里似乎比其他地域都来得更深、更重。

究其根源，应该不难理解。在“天高皇帝远”的山林里，人和动物一样，单独或小群体面对难以把握、不可控制的自然，有时是无依、无助的。山野草民，命薄福浅，这山林里的“玄事儿”又多，一闪脚滚了崖；一迷糊走“麻登山”（迷路）；一不留意被蛇咬；一不提防赶上冒烟儿雪；一不走运遭遇大“牲口”（野兽）……这么多如影随形的“无常”，哪一样靠个人的心智、能力能应对得了，能担得起呢？他们只能把命运交给离自己最近的具有超能的“神”来照料。

可是，寻遍山林，谁最具有神的禀赋呢？最后，很多山民便不约而同地把目光和心愿投射在老虎身上。既然是神，就要有神的威严、能力、无所畏惧和担当，这些品质，老虎身上都有，最重要的，还是老虎的神秘和不可冒犯。

在长期相处过程中，人与虎似乎已经达成了某种默契，那就是互相尊重，互相回避。不但普通山民，包括以打猎为生的猎人，也自觉避免进入老虎的核心领地，千方百计不在山林里与老虎相遇或发生冲突。老虎也是同样的原则，很多有山林经验的人都知道，老虎经常会在丛林中走到离人很近的地方，但它们会巧妙地隐藏起来，不让人看到它、感觉到它。既然人虎相遇必有死伤，还是不遇为佳，只有不遇、不见才有足够的想象空间和尊崇余地，才与宗教里的人、神关系有更大的可比性和相似性。

（四）

离开官道沟村，告别曲双喜之后，我继续向北，边走边停，很像一个没有目标的漫游者。但我的心并不迷茫，隐约有一种神秘力量就在前方，牵引着我，让我一路坚定不移地走下去。一路视野渐宽，思维渐开，一些遥远的记忆和奇特的感觉，如沉睡在干涸河底很多年的鱼卵，在水流的冲击和浸泡下，正一点点苏醒。

关于人类，关于自然，关于这山林中的虎豹，以及几者之间的关系和命运的关联，我虽然一时还不能清晰描述，但有一些隐约的轮廓却在渐渐显现。就如一幅图画，由许多面和线构成，而那些线又由许多点构成，我现在已经抓到了那些坐标和色彩各异的点，并正在尽我所能使它们呼应、勾连起来。

第三天，我到达了距中俄边境很近的东兴镇村。在全国的地名中，以镇为村命名肯定是极少见的个例。这个村之所以叫这样一个奇怪的名字，主要是因为它曾有一段曲折、复杂的历史。

在公元 1852 年左右，清咸丰年间，大量边民渐渐聚集此地，有人以耕耘、狩猎为业，有人则来往于海参崴与吉林、宁古塔之间，从事贸易活动。一时，这里成为中俄边境上一个比较繁荣的集镇。至公元1922年，开始划定市街，商贾云集，居民已达万余人，为珲春之外第一市镇。然后，日本人来了，东兴镇由方圆200里的商业中心转变为政治中心——日本宪兵队、警察署、税捐分局、鸦片专卖所、邮局、采金会社、伪中央报社记者站、基督教长老教会等等，应有尽有。这是东兴镇的鼎盛时期。再后来，出于战略和军事需要，日本人要另立集镇，便把一切机构迁至四公里外的西土门子村。从此，东兴镇开始走向衰落，逐渐冷清。此后的100年间，这里延续着颓势，一蹶不振，彻底由镇沦落成村。

镇子衰败之后，很多老房子的主人陆续离开，留下来的人却不能接管居住，年深日久，那些曾经威风、漂亮的房子不是坍塌就是被强行拆除。目前，只有一座100多年前的老房子，像一份不甘消失的记忆，坚守在村街旁。

1980年，李甲文从原房主手里把这座房子买来，成为最后的主人，居住至今。房子正面是青砖砌筑，其余三面山墙都是土坯，房顶则是在东北地区难得一见的“铁瓦”。虽然已历时一个多世纪，但在阳光的照耀下，仍然反射出幽幽的光芒。铁瓦之下，都是真材实料，从梁到檩，到棚顶的木板，到地上的地板，清一色是足尺足寸的红松料子。

不到70岁的李甲文认为自己已经足够老了，所以明显感觉到“腿懒”，不爱走路。李甲文虽说“腿懒”，嘴却不懒，讲起东兴镇的往事和山林故事，竟口若悬河，滔滔然，恣肆汪洋。

自从1951年出生以来，李甲文就从没离开过东兴镇村。年轻时，他是远近闻名的“小老虎”，凭一身神力，驰骋山林。一挂小马车，他一扬手就能掀翻。他曾背着百十斤鱼一口气翻过一道岭，外加两道沟。不仅如此，他还经历丰富、神通广大，什么事情都干过，什么事情都能干。打过猎，挖过参，种过地，还越境去俄罗斯境内“摸”过鱼。

说起山林里的山神崇拜，似乎提到了一个比较复杂的难题，李甲文立即打住了水一样哗哗流淌的话头。他神色悠远，似在沉思，许久，慢慢向我说出了自己的想法。他认为，山林里的事情，从来不太容易说清楚。所谓的“山神爷”，有人认为是老虎；有人认为是一个神秘的老“萨满”；有人认为是山林民族赫哲人的“白那恰”；也有人认为是老把头孙良；还有人认为，“白那恰”、孙良和萨满就是老虎的化身。不管怎么说，“山神爷”是有的，只要你信，他就能带给你力量和好运，心诚则灵，管他是什么物象呢？他本来就是神，变幻莫测，他愿意变化成什么就变化成什么，可能是一只虎，可能是一个人，也可能是一棵树，人们看重的只是神性和神的作为。

“我也信，也敬拜，在林子里混，谁敢不崇敬山神？但我有我自己的方式，我一般不像别人一样非做一个‘老爷府’或画一个小庙不可。我进山之前，只对着大山默默祈祷，相信山神是知道的，如果不知道，他也就不是神了……”

在东北的山林里，像李甲文这么想、这么做的人并不多见，多数人还是要借助仪式和供物来表达自己对山神的虔敬。当然，敬拜的方式和供品，一般也都不太拘泥什么排场和规模。大家有一个共同的想法，就是山神慈悲、大度，不会计较细节和小事。一切都要从实际出发，一切要量力而行。对于一个腰缠万贯的富翁，拿出百贯、千贯，也不算多；而对于仅有一个铜板的穷人，硬生生就掰下来一半敬神，也就不算少。所以，山林中随处可见的“山神庙”形式多样、五花八门，有的很隆重，建得如同永久居住的房屋；有的是由大木搭接起来的“木刻楞”；有的就是像儿童玩具一样的微型小庙；有的在向阳处寻一棵高高大大的树，在树干南侧挂一块九寸九分宽的红布代之；有的干脆捡几块石头堆一个锥形石堆就算“山神之位”；也有用随身的刀具在哪棵大树上刮去一块皮，刻上一个屋子的图案，写上“山林之主”即成。

早年，那些放山挖参的人要一连多天在山里“打宿”。每天休息，把放山拔草用的“索拨棍”往休息地的东南侧一插，就算是供山神的“大香”了。第二天早起，对着“索拨棍”拜一拜，拔下“大香”又成挖参工具。

至于祭拜的供品就更是随意、随心、千姿百态。有的很讲究，杀只大公鸡淋上鸡血、供上鸡头；有的很是简单，摆上三个水果两个馒头；有的在山里盘桓多日已经“弹尽粮绝”，采几枚野果或摆上几根香烟，虽然不成体统，也成敬意。

在过去很长一段历史时期，这一地区不仅个体山民，很多国营林场也明里暗里沿用着这个古老的风俗。每年开始采伐活动之前，都要举行“开山”仪式，拜完了山神再开始生产。否则工人们就会不安心，就会消极怠工，出工不出力。如果恰巧出了一些小小的插曲或意外，无论林场领导还是“领工”都觉得没法向工人交代。

从表面看，这是“山神”的力量，实际上是文化的力量。在工人的观念没有改变之前，领导采取了不肯定也不否定、顺水推舟的策略。定好了日期之后，没有通知，也没有动员，什么班组长、安全员、现场员、勤杂工等等，所有的男性职工纷纷“五更”早起，摸着黑，静悄悄地来到林子里，在事先选好的大树下，齐刷刷地跪了一地。焚香、上供，祈求山神保佑这一季的生产作业平安顺利。磕完头之后，还要在树干上的红布幅旁边轻轻砍上三斧头，按老规矩大喊一声“开山啦——”然后，便迈着轻松的脚步回到工棚，痛痛快快大吃一场，这是场长和书记特意为他们准备的誓师宴。

在离开东兴镇村之前，李甲文决定带我去山上看看。

山不远。出村口向南徐行 20 分钟即过山口。再向右，刚刚在一条隐约的人行小路上走不过百步，就遇到了一个已经长了一层青苔的大石堆。不知什么时候李甲文捡了一块石头拿在手中，趁我狐疑之际，挥手丢在了石堆上。这就是这一带山林里另一种形式的“老爷府”。过去人们进山，由于匆忙或不便，特别是那些大张旗鼓“破四旧”的年代，人们就只能采取这种简易的办法拜一下“山神”。也不知从哪里得来的秘籍，捡一块石头，往指定的地点一扔，就代表一次叩首和一个心愿，不用说什么，“山神爷”就心领神会。

保护区成立以后，进山的人骤然减少，偶尔有几个采蘑菇、挖野菜的山民，因为不走远，又没什么风险，没必要再祈求山神保佑，因此，山神祭拜之风渐衰，原来兴盛的“老爷府”基本成了遗迹。和其他的山民不同，李甲文认为，庙虽然不在了，神明还在，一切神圣之物都要始终放在心里，虔诚地敬拜，人有旦夕祸福，哪有不需要佑护的时候啊！

我们又向前行走了一段路程，在一棵大青杨下，看到了另一处、另一种形式的“老爷府”。大树的一块树皮被铲掉，伤口边缘已经愈合，但仍然能看到那个小房子的轮廓。李甲文说，当年,“小房子”里边还要用刀刻上或用笔画上“山神爷”名号。

足矣！此行的收获已经够大。我决定趁天色未晚，赶回春化镇。

回来的路上，我们遇到了一小片松林，李甲文没和我打招呼，就径自拐了进去，在两块小石碑前开始了默立。我还以为那是另一种形式的“老爷府”，他又去拜山神，便跟了过去。但从那两块石碑上所刻的字看，显然不是山神。

碑上的字并不是很周正、很专业，但刻得很深、很清晰。一块碑上刻了：“关荣海英烈之位”；另一块碑上刻着：“邢洁忱老英雄之位”。碑后并没有通常那样高高隆起的坟茔，只是用立砖围起来的一个小土堆。碑下仍残存着一些被雨水或雪水浸泡过的纸花、烟卷儿、酒盅之类的杂物，不是很整洁，但并不很“冷清”。

“这是什么？”我好奇地问李甲文。

李甲文说:“这是我们村出来的两个大英雄，一个叫关荣海，一个叫邢洁忱。其实，邢洁忱也不是我们村的人，但都与我们村有关……”

关荣海和邢洁忱，如果查珲春的地方志，就能找到这两个名字。他们是抗日战争末期牺牲的烈士，这两个人在东北地区抗日史上都不是很出名，但对东兴镇来说，却是十分重要的历史人物。

关荣海，珲春县英安村人，早年读过书，当过兵，加入过冯玉祥的抗日同盟军，后因抗日同盟军解体，关荣海所在的部队改为特警。1937 年 6 月末，经批准，他回珲春探望病重的父亲。料理完丧事后，重返前线，却发现已经找不到所在的部队，归队无望，只好回到家乡。可家乡英安村也被日本人强占，他便带着妻子儿女迁居到东兴镇。为隐蔽身世，他在春化村公所充当一名事务员。

1945 年 8 月，日本侵略者已经到了大溃败的前夜，但困兽犹斗，不愿意交出手中的劫掠。为了给日寇最后一击，苏联红军出兵珲春。8 月 9 日，兵临珲春城下，因不明城内日军兵力和部署，暂驻扎城外。

8 月 11 日上午，珲春城内各界人士在县城道院大厅集会，一致认为要积极行动，创造条件迎接苏联红军入城。但派谁为代表去红军驻地接洽？这个人至关重要，既要沉稳、机智，又要不怕牺牲，并且必须保证一次成功，否则，之后的难度会更加巨大。一时，现场的气氛异常紧张，如同凝固了一般。

突然，一个坚毅的声音打破了沉寂，关荣海从人群中站起来，一字一板地说道："珲春城内没有我一草一木，但为全城人民免遭战火之灾，我去迎接红军！"

主持会议的王新达询问了他的姓名、住址和经历，放心地点了点头，然后问他还有什么要求。关荣海说："我没有什么要求，现在已是燃眉之急，其他的事情已经无暇顾及，快把做信号的小红旗给我吧！"说毕，接过事先已准备好的小红旗转身就走。

"等一等！"这时，又有一个人站了起来，对着关荣海喊道，"我已 70 多岁啦，我不怕死，我陪你去！"二人紧紧握手，相视而笑。

老人叫邢洁忱。二人急行至东河堤，在河堤西侧，关荣海取出标有日军在珲春驻地、撤退路线、适宜进攻路线的略图，嘱咐邢老在原地等待。他负责上河堤观察，发现玉米地里藏有红军，便面向东方坐于河堤东坡上，点燃一支烟，故作镇静，扫视河堤南北，见无动静，从袖口内抽出小红旗，开始向东挥动。

骤然间，河堤西侧“砰”的一声枪响，接着枪声大作，日本人发现了情况，向他开火了。关荣海在密集的射击下，打了几个趔趄，显然已经负伤。但他坚持着没有倒下，不顾一切地纵身跃下大堤，涉过小河奔入玉米地。到达红军潜伏处时，他的衣裤已被血染红，两名红军战士搀扶他至一辆坦克侧面。坦克内出来一名军官与之对话，关荣海简单说了几句话，将图纸从怀里掏出后便倒在地上，两名红军战士到农家摘来一扇门板，将他抬至农家。按照他提供的略图，红军分两路攻入珲春城，全城解放，老百姓几乎没有什么伤亡。红军走后，邢洁忱老人到农家去看关荣海，他已经停止了呼吸。

关荣海牺牲后就埋葬在家乡东兴镇，当时的镇政府给立了块烈士碑。两年后，邢洁忱也过世了，由于他没有家人，立下遗嘱是要和关荣海葬在一起做个伴儿。可是不知道为什么，上边只打来一个电话，只让村里做一块石碑立在关荣海墓的旁边，遗体或骨灰并没有送来。村里就立了这么一个牌位。又过了几年，关荣海的墓迁到了烈士陵园，这里就只剩下邢洁忱的一块牌位，孤零零地站在那里。那些年，人们特别重视、敬重革命先烈和英雄。当时，有一个小学教师去找村领导，建议再给关荣海补一块碑，好用来当作学校的爱国主义教育基地，教育村里的孩子们懂得感恩和崇尚英雄。

事情没费什么周折，马上得到了落实。李甲文就是第一批来这里祭奠英雄的少先队员。从那时起，村里每年都有人来这里扫墓、祭奠；清明也来，过大年也来，相沿成习，像对待自家的祖宗一样，年年祭拜，视若神明！

“山里人性子直、心眼儿实，认准了的事情几辈子不会改变……”李甲文的话像是自嘲，但表情却十分庄重，我能感受到他内心里蕴藏着某种凝重的情感。

（五）

农历三月十六。一大早，我和民俗专家李老师，准时赶往珲春市下草帽村。

这一天，是他们认定的“山神爷”生日。从村民王强爷爷的爷爷那一辈开始，这个村就把这个日子当作一个特殊的节日固定下来。

关于“山神爷”的生日，我事先曾专门做过调查，全国各地有不同说法。彝族人认为，正月初八是虎神的生日；吉林永吉县天岗村在正月十六这一天给山神过生日；吉林蛟河县则把山神的生日定在农历六月初一。查考各地的地方志可以发现，三月十六这个日子,正是“老把头”孙良的生日。认为“山神爷”就是老把头孙良的山民，就在这一天举行祭拜活动。

据山里老人讲，“老把头”孙良是第一个进入长白山挖参的人。此人不但自己具有高超的找参、挖参的技艺，而且古道热肠，帮助很多来碰运气的穷苦人挖到了人参，解救过很多身处困境的山里人。只要他的身影出现在哪里，哪里就不会有受困的人。因此，山上挖参、采药、捡蘑菇、挖野菜和伐木的人们都十分敬重他。后来，“老把头”因执着地寻找失散的结义兄弟，过度劳累、饥饿，死在蝲蛄河畔。

临终前“老把头”用最后一点儿力气写了一首打油诗：“家住莱阳本姓孙，漂洋过海来挖参，路上丢了亲兄弟，沿着蝲蛄河往上寻，三天吃了个蝲蝲蛄，不找到兄弟不甘心……再有进山迷路者，我当作为引路神。”

“老把头”孙良这种坚韧不拔的意志和为兄弟、朋友两肋插刀的“义气”,正是那些远走他乡的“闯山人”心中的火把。“老把头”死后，人们在卧牛石旁为他修建了坟墓，又在山坡上修建了“老把头”庙,并尊他为“山神”,把他生日那天作为祭拜日。但下草帽村的村民们坚持说，他们祭拜的绝不是“老把头”孙良，而是虎神。在他们心中只有老虎是天经地义的“山神爷”，从来没有过其他的歧义。

每一年，当这日来临，就要举全村之力，集体举行一个隆重的祭拜山神仪式。之所以说“举全村之力”，是因为他们所选用的祭品——“全猪”，即便在最贫困的年份，大家也要集体出资，宰一口够全村人饱餐一顿的“肥猪”。作为牺牲和某种象征的猪，是有讲究的，不仅要膘肥体壮、饱满浑圆，而且一定是全身黑毛的公猪。

在这一天更早的时间，全村的精壮男子已经先我们一步齐聚在村庄的某一个庭院，开始为一个熟悉而又永远新奇的程序做准备。

时辰一到，几个壮实男子一齐上前，把那头系着红布条的大肥猪摁倒，抬到事先准备好的案几之上。伴随着一阵尖锐的嚎叫，太阳刚好从东方的山头上露出红色的脸。如果这也是一种特殊的召唤，估计隐在山中的山神也已经耳有所闻、心领神会。接下来的动作如行云流水，放血、煺毛、开膛、拆解……当猪肉扔进沸腾的开水中，全村的妇女儿童和老人也已经到齐了。

所谓“全猪”只是一种象征意义上的全。上供时并不会将整头猪都摆上，只需要一个煮熟的猪头，在猪嘴里插上猪尾，这叫有头有尾，最多，再摆上四个猪蹄，就意味着“全”了。此外，还要在山神的牌位前摆上雪白的馒头，烧上三炷香，敬上三杯酒，点响一挂鞭，全村的老少男人便一齐跪在山神牌位前祷祝，行祭拜礼。礼毕，趁“全猪”热气未消，即从供案上把供品搬下来，大吃一顿，名曰“吃神惠”。据说，吃得越干净，神就越高兴。大概，人饱了，他们的山神也饱了；人心满意足，他们的山神也随之心满意足。

如果说各种祭拜仪式表达了人们的虔敬、心愿等精神内核，那么接下来还得有必要的山林规矩和处世标准，规范人们的行为。山神的眼睛是明亮的，并不是随便哄哄就可以蒙混过关，他会从芸芸众生中甄别出谁是好人谁是坏人；神也是公正、清明、有原则的，只有那些心怀敬畏、知行合一、言行一致的好人，他才予以佑护，否则还会杀无赦。

在这个山林的文化生态体系中，最要紧的是诚信和善良，这是基础，是底线，其次才是一些表层的形式或行为。一个人如果想在“山神爷”那里得到佑护和关照，不但要“懂事”，还要会“行事”。必须保持始终如一的诚信，绝不可以有虚伪、诓骗、欺诈等口是心非的行径；一定要保持心地善良，绝不可做伤天害理、泯灭良心的事；进入山林后，不能坐在树墩子上休息；不能砍拜祭过山神的树；不能直呼老虎的大名；不能说不恭敬的话……如果有谁坏了规矩，就证明这是一个见利忘义或忘乎所以的人，并没有时刻把山神放在心里，就得罪了山神，不仅会殃及自身，还会连累同行的人。

一个不懂规矩或破坏规矩的人，在人群中是无法立足的。往往，这样的人、这样的行为一出现，便会立即遭到人们的“白眼”与呵斥。如果凑巧，这人在短时间内莫名其妙地肿了嘴、扎了脚、伤了手，或出现其他反常情况，人们就会认定，那是来自山神的惩罚，不但得不到同情，还要被人借题发挥狠狠数落一番。如果同行的其他人遇上倒霉事儿，毫无疑问，众人一定要把账算到坏规矩的那人头上，轻则将其赶回家去，重则拳脚相加以泄众怒。从此，再也不会有人与他结伴进山。

20 世纪 60 年代，一场史无前例的运动席卷全国，很多传统风俗和文化都被列为封建迷信的“牛鬼蛇神”，统统被“革”了“命”。那些打着造反大旗的年轻人，走到哪里砸到哪里，走到哪里打到哪里。山外数百年的庙宇被拆掉了，家家户户摆在明面儿的“老爷府”被烧了，一些带着传统文化印记的文字、图画、器物被“砸个稀巴烂”，公开的或大规模的山神祭祀活动也被取缔了，但人们进入山林之后的个体活动却依然在悄悄延续。毕竟，谁也不愿意冒着个人生命、资财或运势的风险去维护一个空洞口号。就是那些“造反派”自己进山干活，为了安全起见，也还会偷偷搞一些祭祀和祷祝等“迷信”活动。至于山林里那些各种各样的“老爷府”从来没人敢动；那些画着山神爷牌位或拴着红布条的树木也没人敢去砍伐。

依凭着这幸存的敬畏之心，一些老树在生态遭到严重破坏的山林中幸存下来。东一处、西一处，高大伟岸但零零散散地分布着，成为森林中为数不多的“母树”。历尽沧桑与劫难，它们像一根根“定海神针”，屹立不倒，为山林、为后世，保存了可贵的生物基因和鲜活的生命样本。

第三章

家　域

（一）

一只斑斓大虎，从一簇浓密的灌木背后转出，跨过浅浅的沟坎，跃上平坦的林间小径。今天，它似乎并不急于赶路，也不想追逐刚刚过去的几只野猪，至于慌张中惊飞的那两只山鸡，它连看都没有兴致看上一眼。它就那么不紧不慢地摇动着一身火苗似的花纹，穿过斑驳的树影，将眩晕甩给背景上匀速退去的天空。

在一棵倾斜的黑桦树下，它停下了脚步，迟疑了大约一秒钟，突然直立起身体，两只前爪高高举过头顶，用力一抓，顺势以头蹭了一下树。像一种仪式，并没有过多停留。双腿落地的同时，掉转身躯，将钢鞭一样的尾挥向空中。稍停，又有一注液体从身后疾速射出，如透明的子弹，准准地击中身后的树干。当这一连贯的动作完成之后，它低下头，在快要抵近地面时，似无意，又似刻意，一声低吼——

相传，南朝僧昭“记人吉凶，颇有应验”，曾陪王郊猎，“中道而还，左右问何故，答曰：‘国家有边事，须还处分。’问何以知之，曰：‘向闻南山虎啸知耳。’俄而使至”。

千年以前的那一声虎啸，是对戍边大将的提醒或呼召，但今天国无战事，这一声低吼又蕴含着怎样的意义呢？是叮嘱，是警示，还是自言自语？从它渐去渐远却坚定有力的步伐里，我隐约体会出几分持重、庄严的意味。

这一次进山，我们的向导是从小在山林里长大的薛延刚。

这是一次漫长而又混沌的探寻之旅。在昼与夜、走与停、兴奋与迷茫的交替中，我已经记不清到底进行到第几个时间和情绪的周期了。在森林里行走，似乎时间也变得和森林一样，完全失去了惯常的边界，浑然成片。日子和日子之间，只是一整块时间的黑白相间，如明暗交错的树影，如高低起伏的山峦，衔接得天衣无缝。对此，要想找一个最合适的表述方式，那就只有“这段时间”几个字。

这段时间，我不是在山林里行走追寻着老虎的踪迹，就是昏天黑地抓紧一切时间看与老虎有关的影像和资料。有时甚至恍惚，分不清行走和静止、影像和实景、文字和影像间的界限。

由于东北虎数量稀少，且行踪隐秘，野外调查和研究非常困难。有一些动保工作者在山林里辗转了二三十年，连老虎的影子都没看到过。为了更好地观察和体会这些神秘的大猫，我琢磨出一个自认为效果很好的方法——先翻看用现代科技手段捕捉到的影像，再到实际的拍摄地点去“复位”，靠想象进行“情景再现”，像公安干警侦破案件一样。不同的是，我不但捕捉到了“案主”留在现场的痕迹，而且还能知道它具体的身形和长相，在哪个位置上做了什么动作、发出什么声音，甚至神态、情绪。

从大荒沟29号摄录仪中导出的一段视频，深深地吸引着我。对我来说，简直是妙趣横生，但我当时还不能理解视频中那只老虎究竟在做什么。

当有着丰富经验的动保专家老薛对我说出“家域”这个词时，我立即就明白了那只老虎一系列动作的含义。对于一个动物保护人员，这当然是一个极其简单的常识，ABC 级别。即便是一个普通人，如果想象力不差，“家域”这个词也应该不难理解，大约也就是可以叫作“家”的那个区域或领域。对于很多人来说，这确实是一个陌生的概念，即便懂得了字面含义，也未必知道它真正的分量。

为了让我深刻理解“家域”这个词对东北虎的重要，老薛给我打了一个比方。

他问我：“你知道几十公里外边境线上那些端着枪走来走去的军人在干什么吗？”

我说：“知道，不就是在站岗巡逻嘛！严肃一点儿说，是在保家卫国！”

老薛笑一笑说，对，就是那个意思。老虎每天都要花费很大一部分精力维护它的疆界，巡查、挂爪、喷尿……通过各种方式在领地的边界上留下自己的气味和标志。那个直立抱树的动作，术语叫“挂爪”，正是老虎在郑重其事地标记、维护自己的“家域”。

超强的“家域”意识，或叫领地意识、领土意识，是老虎性格、行为中最重要的特征。不论实际的虎,还是神话中的“虎”,这一特征都可以作为一种显著标志，与其他物类区分开来。

《集仙录》载，黄帝“讨蚩尤之暴”，蚩尤“吹烟喷雾，师众大迷”，正当此时，天神西王母及时出手相助，帮助华夏始祖黄帝战胜蚩尤并建立起自己永久的领土：九州之国。

> 王母乃命一妇人,人首鸟身,谓帝曰:“我九天玄女也。”授帝以三宫五意阴阳之略，太一遁甲六壬步斗之术，阴符之机，灵宝五符五胜之文。遂克蚩尤于中冀。又数年，王母遣使白虎之神，乘白鹿集于帝廷，授以地图……

从这个传说中可以看出，人类最初的领土意识正是启蒙于这位天神。而虎神助人，并不仅仅助于征战，而是要通过征战助人建立起稳定的疆土和国家，以使征战之后不要再继续征战。上天有好生之德，悲悯才是神的意志和情怀。当黄帝统一各部之后，西王母又派白虎之神“授以地图”，就是要他择吉地建立起稳固的疆域，“以土德王”，安居乐业，只有这样才能免于生灵涂炭和民不聊生。

至于神话之外真实的老虎，更是这样，一生中似乎没有一刻会忘记或忽视自己的“家域”。毫不夸张地说，老虎的一生，除了捕猎和休息，基本只做一件事，那就是维护自己的“家域”。

“家域”是老虎的家，也是老虎的国，只有在自己的“家域”里捕猎和进食才是安全的，才不会被别的动物偷、抢，才不会被袭击，所以这确实是一件十分重要的事情。

一般情况下，老虎捕到野猪、狍子、鹿等猎物后，会在自己的“家域”里连续吃上几天，直到把动物彻底吃完，只剩下少数几块骨头。吃饱之后，它会找一个安全舒适的地方好好睡上一大觉。再起身，便开始沿着一个相对固定的路线巡视或巡查自己的“家域”。

它们会边走边在领地内一些特殊的地点、特殊的树木上做标记。在一些有特点的地方刨上几爪，刨出一个坑，外加一堆土，这相当于立下一个界碑。隔一定的距离，它会停下来，趴卧一会儿或在树木上“喷尿”，留下自己的体味，这就能提醒有意或无意越过边界的其他动物，这是某某虎的领地。在一些或粗大或倾斜或颜色特殊的树木上“挂爪”，狠狠地挠两下，留下明显的痕迹，这相当于刻下了“边境重地，请止步”的文字……

动物们是自然界的精灵，无论种类、大小，都有特殊的本领。它们不用去医院或专门机构做什么鉴定和实验，一闻地上或树上的气味，就知道这是谁留下的标记，以及留下气味的主体是否健康、是否强壮。这些气味,就是它们用以指导自己行动、行为的信息或情报。

如果遇到不识趣或别有用心的入侵者，不管来者是无赖型的还是强盗型的，老虎都不会有半点儿含糊，会坚决采取果断措施予以驱逐,轻则怒吼震慑,重则出手拼杀。要么你给我滚蛋，要么我认输走人。虎性柔韧而又刚烈，遇到这样的情况，一定要决出一个结果，胜留败走，甚至你死我活。

（二）

接近中午，我们来到一块高地歇息。

从这里向东，离大彼得湾仅有几十公里的直线距离，那里就是可以通向更加广阔世界的大海了。穿越透明而凝重的天空，我似乎能闻到风从海上带来的咸涩。

此地、此情、此景,让我不由得想起了那段“土”字牌的往事。

康熙五十三年（1714），大清帝国在这一地区设立了珲春协领，其辖区范围大体在图们江以北，乌苏里江以南，西至哈尔巴岭，东到日本海的广大地区，本只与朝鲜交界，并不与俄国为邻。1860年，沙俄乘英法联军发动第二次鸦片战争之机，强迫清政府签订了不平等的《中俄北京条约》，承认《瑷珲条约》有效，又割占了乌苏里江以东40万平方千米领土，仅珲春辖区内就侵占了三分之二的中国领土。从此，珲春失去了沿海地区，多了一个新“邻居”，并成为名副其实的“望海之地”。

1861年，清朝廷又派户部侍郎成琦为钦差大臣会同吉林将军景淳，抵兴凯湖与俄国全权代表卡札凯维奇和副代表布多戈斯基等人举行进一步的勘界谈判。这一次，俄方一手炮制并抛出了《中俄乌苏里江至海交界记文》，规定自乌苏里江口至图们江口设立“耶”“亦”“喀”“拉”“那”“倭”“怕”“土”八个字牌，标明国界。“土”字牌正是这八块牌中的一块，并且是一个重要的焦点。

实际上，这次俄方玩了一个“得寸进尺”的小把戏。这里有两个关键点，一是将当时距图们江口20里的这块“土”字牌，向内地延伸至40里；二是将原来的“乌”字牌化为乌有，领土全部划归俄方。比较来看，这比原来《中俄北京条约》时的И（耶）、I（亦）、К（喀）、Л（拉）、М（玛）、Н（那）、О（倭）、П（怕）、Р（啦）、С（萨）、Т（土）、У（乌）12个字，又少 4 个字，算一算，无形之间，“失地二千七百余里”。

据说，签署协议的那天钦差成琦喝了点儿小酒，醉眼蒙眬。签字桌前，他提起笔扫了一眼虎视眈眈的俄方代表，顿觉心灰意冷，唉！管他是 20 里还是 40 里，管他“乌”字去了哪里，反正割一寸也是割，割一尺也是割，随便吧，大笔一挥，就把自己钉到了历史的耻辱柱上。

1886 年，在成琦草草应付了勘界使命的 25 年后，朝廷派吴大澂为钦差大臣到吉林督办边务，他发现界牌位置不对，沙俄不仅偷挪了界牌，还公然在我方黑顶子设卡、屯营，侵占了沙草峰以北广大濒江地区。

当时正是民族危难、国家积贫积弱的时候。然而，再穷再弱，也不能丢了国格、人格、尊严和骨气呀！都察院左副都御史吴大澂，这个瘦弱的书生，面对支离破碎的边境，当时就愤慨了。事关千秋万代，怎么可以如此不负责任！义愤之下，他一天也不肯歇息，踏遍了边境的每一寸土地，把边境的实际情况摸了个一清二楚。

调查结束，吴大澂秉烛奋笔疾书，给光绪皇帝上了一道大义凛然的奏折。力陈谬误，并请缨重启边境谈判。虽然事实如此，朝廷又能怎样？无力，也无奈！战场上没有解决的事情，谈判桌上能扭转乾坤？你吴大澂逞能，就由你来弄吧！死马当成活马医，弄好了于朝廷无害，弄不好，哼，成琦他们可是在端枪等着呢！

在天时、地利、人和一个不占的困境中，吴大澂面对强势的对手，无所畏惧，仗义执言。首先，他据理力争，要求按《中俄北京条约》确定的位置重立“土”字牌。俄方强词夺理，说海潮涨到哪里哪里就是大海，现在这个位置就是“土”字牌最合适的位置。吴大澂驳斥道，全世界都知道江口就是海口！按照你们的道理，哪天遇到海啸，海水倒灌到长白山，那长白山也是俄国的啦？由于他依据的是正式条约，俄方又讲不出新鲜道理，僵持了一个阶段之后，俄方很不情愿地做出了让步。于是，“土”字牌大步向外推进，使中国距离日本海只有 15 公里，大海已清晰可见。

接着，吴大澂提议中俄两国共享图们江出海权。俄国人非常吃惊：这位清廷代表与他的北京同僚不同，竟然具备了现代海权意识，于是极为敏感地断然拒绝。但吴大澂却不屈不挠，不放手，最终达成了这样的妥协：出海权虽不能共享，但中国船只可以借道出海，俄国不得阻止。128 年后的 2014 年 5 月，中俄两国在上海亚信会议期间，签署了共建共享扎鲁比诺港的协议。海港离中国珲春只有 18 公里，建成后将是东北亚最大的港口，也是中国与欧亚之间新的海上丝绸之路。这个协议最终得以签订，与当年吴大澂所奠定的基础应不无关系。

最让俄国人瞠目的是，吴大澂竟然大胆向俄方索要黑顶子山地区。把到嘴的肥肉再吐出来，这在整个沙俄历史上也没听说过呀！但吴大澂来了个以攻为守，故意先说要滨海土地，这等于要出海口，俄国人顿时火冒三丈。就在谈判拉锯战进行到最激烈、最艰难的时候，夜里俄国人把海参崴港军舰上的氙气大灯一起打开，炫耀武力，警告中国人要见好就收。

然而，吴大澂并不是成琦。他早有安排，当天，整支北洋舰队及时赶来进行友好访问，吴大澂热情地把俄方请上定远舰参观。入夜，吴大澂突然命令舰队打开所有电灯，比俄舰的氙气灯不知耀眼多少倍，照得海参崴如同白昼。记得美国人安布罗斯·比尔斯所著的《魔鬼词典》里有这样一个词条：“大炮——校正边境线的仪器。”这应该属于强盗逻辑吧？但这样的逻辑似乎已经成为人类发展史上不得不遵从的“潜规则”。既然如此，俄国人只好叹口气，心不甘情不愿地在这一回合认输，将黑顶子山地区完璧归赵。这就是今天珲春的敬信镇。

看来，官不分文武。一个文弱书生之所以能表现出如此胆略和浩然之气，定有猛虎在心矣！

我问正在仰头喝水的老薛，“土”字碑离我们所在的位置有多远。老薛说：“挺远！”

可是，我怎么总觉得近在咫尺呢？

（三）

老薛对东北虎性情和生存习惯十分熟悉，对珲春一带的山林、村庄、过去的猎人和动物分布情况也十分了解。之所以能够如此，完全得益于他早年的生活经历。从少年起，他就随父辈们行走山林，赶山、挖参、打猎……后来又长期从事动保工作。只要一进入山林，不管有几个人，老薛都是理所当然的向导和主心骨，凡事都要听老薛的建议或指挥，不明白的或吃不准的事情也都要问他。

北方的 12 月，正是白昼最短的时节，我们从山上往下走时，已经是下午 3 点多钟。老薛说，天黑之前，无论如何也赶不到镇里了，只能就近到英安镇荒山村去过夜。那个村里有一个过去的老猎人，叫王贵发，现在是一个民间“爱虎小分队”的主要成员，每年做一些“清套”、护林和监视偷猎的工作，与管理局的人关系熟络、相处融洽。正好，我们可以利用晚上的时间听老王讲一讲山林里的故事。

我们赶到荒山村老王的家里时，天已经黑透。最先和我们“搭话”的，是老王家那条个头不大的土狗。狗小声高，激烈的声调里蕴藏着几分兴奋、几分紧张。我当时想，这是遇到了人，如果老虎来了，它一定会吓得哑口无言，一头钻进狗窝里。

可能老薛事先给老王打过电话，等老王把我们迎进屋子的时候，一桌简单的饭菜已经备好。老王近些年日子过得不错，自己养了100箱蜜蜂，每年会有几万元的固定收入。房屋庭院收拾得也还算体面，三间瓦房只有他和老伴儿两人居住，子女们都已经分家另过。闲下来的一间空房，就是我们一行四人的“客舍”啦。

山里人家，在一些领域里仍然还是靠山吃山，老王家用于烧饭、取暖的柴火还是从山上拖回来的倒木。只要往灶里塞进一抱劈柴样子，点着，半个小时之后，火炕就会烧得滚烫。屋子是稍微凉了一些，我们吃过晚餐后，可以一边聊天，一边等着它慢慢热起来。

老王果然是一个“故事篓子”，知道很多天南地北的事情，尤其是山上那些和野生动物有关的事情，他更是如数家珍，似乎没有什么他不知道的。老王说，最优秀的猎人一定熟悉各种动物的习性和生活规律，知己知彼才能百战百胜嘛！

他提到了通古斯人，但我不知道他的确切所指。这个称谓现在已经没有多少人使用了。最早，“通古斯”一词是雅库特人对鄂温克人的称呼，后来则泛指生活在中国东北及俄罗斯远东一带的山林民族，包括锡伯族、赫哲人、鄂伦春人、鄂温克人等。他说，通古斯人世代以山林为家，深晓兽道和狩猎之道。

老辈人听通古斯人讲，在山林里，力量匹敌、能够相互竞争的就是人、虎和熊。如果一只虎占据了某一谷地，人和熊就不可以再来这里打扰它。如果有人误闯了它的领地，来到这个地方宿营，那虎就会咬死他的马，或到他的帐幕附近吓唬妇女、小孩，但很少伤人。如果这个人迁往附近另一谷地，虎就不再袭扰他的家庭和马匹。属于熊的领地，很容易从它的窟穴周围树木上的特殊记号识别出来。熊在离窟穴一定距离的树木上轻轻咬出记号，人若来到它的领地，它也同样会像虎一样进行恐吓和驱逐。

虎性孤独，每一只老虎都有它自己独立的领地，领地一旦建立，就不允许任何竞争对手入侵。一般地，人类一向很聪明，懂得审时度势，懂得回避。以山林为家的人们，如果没有特殊情况，不会与那些大型动物发生正面冲突。而虎和熊，却时常会狭路相逢，争夺同一地方。但熊和虎也不会蛮干，它们自有一套规矩和办法，用以规避不必要的冲突、消耗。熊会在树木尽可能高的地方咬出一个特殊记号。如果虎能够用爪子够得着熊在树上留下的记号，并在这记号上方留下自己的爪印，就算战胜了熊。熊看到这个位置更高的记号，认识到了对手的厉害，就会选择马上离开。

如果不想放弃自己的地盘，还想留下来，第二年春天，熊就会回来再留下一个印记。在同样的情况下，虎也照样行事。如果虎又在熊咬出痕迹的地方，留下一个位置更高的记号，那么这个问题的解决就要延期到来年。这种结果，就是双方互不服输，互不相让。

第三年，大约在同一天，两个对手会出现在同一地点，见了面双方就会展开一场凶杀恶战。搏杀时，如果虎在第一次进攻中取胜，扑倒对方，虎就能战胜敌手，把熊咬死。如果一击不成，熊就能慢慢地显出耐力和优势，战胜虎，甚至把虎杀死。经过这场决战，“领土”要求的问题，便获得了最终的解决。

这种争夺领土的方式，让通古斯人找到了一种特殊的狩猎方法。如果他们发现一棵树上有两种记号，就会在第二年、第三年，接连来这里等候，一直等到熊、虎搏斗。一般来说，搏斗的具体日子大约在四月的下半月，至于具体哪一天，只有通古斯人知道，但多少年来一直秘而不传。

“鹬蚌相争，渔人得利。”通常，这两个动物最终都逃不掉被猎手猎杀的命运。

听了这样的故事后，我突然有些难过，深深感慨于生命的执着和某种悲剧性的宿命。为了一片终究虚妄的领地，付出如此惨重、悲壮的代价值吗？也许并没有谁能正确回答这个问题，因为宿命并不给任何身在其中的生命以思考和选择的余地。

自上古以来，很多部族的先民们都认为自己是虎的传人，所以常以虎作为部族或氏族图腾。于是，人的行为和虎的行为、人的命运和虎的命运，在很早以前就通过想象、类比、崇拜等精神渠道纠缠在一起，难解难分。

先秦时，四川盆地东部有古巴国，那里的先民认定自己身上流着白虎的血。这是一个由五氏族部落联合形成的大型部落，五姓包括：巴氏、樊氏、瞫氏、相氏、郑氏，皆出于武落钟离山。“其山有赤黑二穴，巴氏之子生于赤穴，四姓之子皆生黑穴。未有君长，俱事鬼神。”于是几姓人约在一起，以掷剑之技推选首领，结果只有巴氏子务相击中目标，众人叹服。接下来，又比试驾船本领，约以能浮者为君，结果又只有务相坚持到了最后。因此，众姓共立务相为廪君。为扩大领土，务相率众乘土船向上，从夷水至盐阳。盐水有神女钟情于廪君，对他说：“此地广大，鱼盐所出，愿留共居。”堂堂一神女竟然放下架子，以身相许且陪送领地，多么难得！但廪君志不在美色，而在疆土，无论盐水女神如何挽留，廪君执意不从。

盐水女神为留住廪君，就使了一个小伎俩，一边诱惑，一边阻挡。晚上陪廪君共度春宵，早晨化作小虫集结无数同伴飞上天空，以身体蔽掩日光，致使“天地晦暝”，让廪君找不到前行的道路。不料,没什么能让廪君改变自己的志向,情急之下，他想出一个绝情的狠招儿，趁夜晚与神女幽会之机，悄悄把自己的头发系在盐水女神的身上。第二天，当盐水女神再次化作小虫，阻挡去路，廪君就弯弓搭箭，瞄准那只系了青丝的小虫，一箭将其射杀。立时，虫云消散，天开日朗。故事的结尾就是廪君“君于夷城，四姓皆臣之”。

从情感上，廪君真的忍心亲手杀死于己有恩的女神吗？肯定不是，但情感又怎么能拗得过宿命和使命呢？

接下来，老王又讲了一个老虎和黑熊为了争夺领地在林中大战的故事。其实,这个故事早有人讲过。清末刘建封所著的《长白山江岗志略》一书中曾经记述:“熊虎沟，西距浅水汀十二里，源出龙岗北，下流十六里，入锦江。土人云，此沟系熊虎相斗之处。每见斗时，数日不分胜负。虎饿，他往索食，饱返复斗。熊则不知也。斗方酣，虎去。熊即就近拔树，恐树碍斗，终日不息。虎再至再斗，无暇时。数日后，熊疲败，被虎噬者十之九。沟内斗场数处，故名之。”

有所不同的是，老王讲的故事里，熊是三只，虎是两只，属于群殴。过程和情形差不多，结果也是二虎利用战略和战术打败了三熊，但两只老虎并没有把敌手当晚餐吃掉，而是把它们埋到了土里，让敌手的死有了尊严，这让我有一点儿感动。

很难说老王讲的故事是不是刘建封故事的翻版。这种为了利益和领地而殊死搏斗的事情在森林里经常发生。就算是不同的两个故事吧，情节上如此雷同，也显得毫无新意。

然而，细想起来，自以为智商很高、很有创意的人类所做的事情和所犯的错误不也在不断地重复吗？经典早已断定 :“已有的事，后必再有;已行的事，后必再行;日光之下，并无新事。”有史以来，人与人、族与族、国与国之间以相似和相同的理由发动的争斗和战争，不知已经重复了多少个世代，也不知重复了多少回，哪一次会更有新意、更有创造性呢？

（四）

夜已经很深了，众人在哈欠声中很自觉又很不习惯地躺下，一个挨着一个“排”在又硬又烫的火炕上。

靠近电灯开关的那个人伸手把开关一摁，整个世界就一下子坠入了黑暗。寂静的山区，不但没有任何光源，仿佛一切声音也都随着灯光的消失而消失。有那么一瞬间，我甚至怀疑，一个黑暗的浪头涌来，这世界还是不是原来的世界。

这么想着，就渐渐地失去了睡意。我试图睁开眼看看这世界在黑暗中到底是什么样子，可是我最后发现，睁着眼和闭着眼竟然没有什么差别。什么也没看见，仿佛什么也不存在。

突然，寂静中传来一声隐约的虎啸，我以为自己在极度的寂静中产生了幻觉。可是,过了几分钟之后,又有两声虎啸传来，这次比前一次清晰了很多。我确认，那是毋庸置疑的虎啸。

在一年中的大部分时间，老虎是沉默的，它连走路都尽量不发出声音。只有遇到特殊的情况，比如，愤怒、恐惧、发情等情绪激烈时才会虓然而吼。算一算时间，这季节正是东北虎的发情期，很有可能是在呼唤它远方的伴侣。

每年11月至翌年2月，北方的山林仍然天寒地冻，但老虎在体内沉睡了200多万次，也醒来过200多万次的基因，却隐隐地听到了春天的脚步。冻土融化、冰河开裂，响在大地深处的躁动之声已经将它们惊醒，在老虎的每一寸肌肉和神经中，奔跑着、撞击着，寻找着能量宣泄之门。火一样燃烧的渴望，催逼着老虎灼热的身体，让它以最大的激情和音量对着远方，对着空旷的山谷,发出绵长的呼唤。数天之后,或者数十天之后，来自两个山谷里的云,来自白昼和夜晚的风,交汇、交合在一处，独往独来、孤独冷峻的两只老虎终于沉浸于短暂而激烈的温情之中。

雌虎受孕，怀揣着生命的种子告别了短暂的缱绻和流星一样来去匆匆的伴侣，再一次走上亘古孤独的旅途。105天或110天之后，两只、三只或四只小虎带着和父母亲几乎一样的斑纹，来到了这个吉凶难测的世界。它们将形影不离地陪伴或拖累它们的母亲整整两至三年的时间。

在此期间，雌虎不再发情交配，不再接受异性的呼唤和亲昵，而是把全部的潜能和母爱都倾注在自己的孩子身上。这期间，母虎的母性会表现得更加极端，它将以加倍的小心谨慎和无情拼杀，对子女进行悉心护卫和养育。它将教会它们玩耍；

教会它们撕咬；教会它们隐匿；教会它们忍耐；教会它们捕猎；教会它们防范、应对各种可能的危险；最最重要的是，要教会它们选择和守护好自己赖以生存的“家域”。

告别的时刻，母亲会根据平时的观察和考核，对每一个子女的未来做出方向性的安排。对儿子，不管条件如何，一律扫地出门，必须离开母亲的“家域”开辟自己的领地，决不迁就“啃老”，是男儿或生或死都要活出个雄气；是女儿则要区别对待，如果身体健康强壮，也要和兄弟们一样出去独闯天下；如果身体羸弱，建不起新的“家域”，就只好将自己的“家域”让给女儿，自己出去另立新家。总之，还是要让自己的孩子独立支撑起门户。

从分家的那天起，母子之间便彻底前缘了断，各奔东西，相忘于江湖。他日相见，不再相认，谁都不用记得或念及曾经的亲缘和温情，一切都按丛林法则进行，该争时争，该抢时抢，该战时战，该伤时伤。一去不再反身、回头。

终于有一天，每一只老虎都会拥有自己独立的“家域”。这是它们生命所出之地，也是它们最终的葬身之地。拥有了独立的“家域”，就拥有了独立的生存空间，就是一个当之无愧的王。但从此，它必须为捍卫这块领土日夜奔走，为它拼搏、厮杀，哪怕有一天要为它付出伤痛和鲜血，哪怕终于有一天身后会传来可怕的枪声！

又一声虎啸传来。

这仁慈的夜，开始微微颤抖。此前，它已把所有的利器并它们的主人都掩埋在自己的黑暗之中，掩埋在各种各样的梦里。在黎明到来之前，整个山林和世界都应许给这无眠的生灵，让它尽情表达自己的快乐、孤独、渴望或内心的不平。

终于，夜渐渐地露出疲倦，快要撑不住它黑色的幔帐，发白的微光正从天边的某道缝隙中溢出，以包抄的方式，缓慢而不可阻挡地收复起自己的失地。

第四章

山野江湖

（一）

冬天已经过去，但春天仍没有到来。

在东北，这是一段最难说清是什么季节的日子。寒冷的势力太强大了，即便到了它应该退去的时间，也不会心甘情愿、顺顺当当退让。最后的挣扎和争夺在所难免。就像两个势均力敌的对手打成一团，一会儿你占了上风，把对手压在身下；一会儿他又占了上风,反身在上。此时,就算你手里拎着一条木棍,想找个机会帮谁一下,都感到无从下手。相邻又相克的两个季节就这样,来来去去地翻滚、拉锯,在疆界上留下了一个宽宽的过渡带——既是冬天,也是春天;既不是冬天,也不是春天。三天前,山上的气温还在零上几摄氏度徘徊,只一夜,就骤降十摄氏度,还覆了一场白雪。

转眼半年的时间已过,我仍然没有机会目睹老虎的真容。它们行走的痕迹我见到过,它们留下的气味我闻到过,它们身体的一部分——毛发和粪便我也见识过,它们的声音和气息也仿佛就在离我不远处。可是,我和它们就如隔着一堵透明的墙或一个抽象的维度,我在时间的这头,它们在时间的那头。此前,曾有动保专家告诉过我,人是轻易不会和老虎见面的。它们是著名的隐形大师,只要它们不想让人发现,即便你已经闻到了它们的气味,也很难看见它们躲在哪里,而一旦见面就必然是人虎相伤的时刻。尽管如此,我依然心有不甘,还是暗暗地抱有幻想,并一次次寻找各种机会重返山林,继续我执拗的追寻之旅。

这一次与我同行的是省城的一个六人调查小组,牵头人叫吴景才。我决心和他们一道,一直走到春暖花开。

集结的第二天一早，老吴急匆匆地把我们从床上叫起，简单吃过早餐就踏着积雪上山。几个人揣着内心的期盼埋头前行，沉默无语，只有雪在脚下吱呀作响，仿佛此起彼伏的交流或问答。当我们刚越过山脚下一处结着冰的水塘，突然惊起了一只躲在草丛中睡大觉的野兔。

事情在瞬间发生，还没等我们回过神来，野兔已经一跃而出。紧接着，雪地上便出现了一串间距很大的印记，两两成双，看起来不太像动物的足迹，倒像石块砸出或棍子戳出来的，印记边缘的雪完全失去了轮廓，呈开放状向前方炸裂。当我们反应过来时，那只学名为“东北兔”的兔子已经奔跑在 50 米开外的山谷里，流星一般，并逐步向左侧的丛林靠近。一只雪白的短尾附着在剧烈颠簸的背影上，在我们视野中划出一道道流畅的弧线。

突然，流星陨落，飞行中断，像遇到了什么撞击。一点白，通过一个大幅度的折转，变成了一片白。我看见野兔整个身体翻转过来之后露出大片白色的腹部，但背景却是空的，那只不幸的野兔似乎一头撞上了坚硬的空气或一面透明的玻璃。接下来的冲突和挣扎更是奇怪，野兔的身体向左复向右，跃起又跌落，棕色和白色交替显现，树枝摇晃，雪霰飞扬，一片凌乱……

“野兔被套子套住啦！”有人惊呼，声音很大，夹带着几分慌乱和惋惜。

我们一同向野兔被套的地方奔跑。有一个人手快，一下子抓住野兔的两只长耳朵，耳边马上响起了婴儿啼哭的声音，那是野兔的叫声。真是奇怪，一只兔子怎么能发出这样令人心疼的声音呢？好在野兔的伤势并不严重，几个人七手八脚把套子解下来，撒手将野兔放开。望着野兔踉踉跄跄跑远的背影，我开始为这只受伤的兔子担忧，很难确定它还能跑多远，还能活多久，下一段路或明天，它还会不会遇到同样或不同的凶险。看来，一切都要看运气，都要听天由命啦！

野兔已经不见了踪影，我的心仍在剧烈地跳动。这时，我发现站在我身边的孟新表情已经恢复平静，只是眉头紧锁，显出几分沉郁。他说，保护区里连续大规模清套已经有几年的时间了，却仍做不到百分之百清除，一些残留的老套和一些新下的小套还会时不时遇到。显然，这件事让他或他们很烦恼。

这一天，我们就从野兔遇险的地方起步，直接向山上攀爬。这段山体有30度至40度的倾斜，由于坡度较大，一般的动物也很少光顾。在很长的一段跋涉中，除偶尔遇到一行雉鸡的脚印和不知名的小鼠的脚印，我们几乎没发现其他兽类的踪迹。

估计，这样的地方连野生动物们也嫌无法立足、行走。大约 40 分钟之后，我们终于爬上了一道山间平坝。

现在，我们可以沿着同一个等高线继续前行，也可以停下来喘口气，感受一下紧张、疲惫后的轻松。此次野外调查已经进行到第三天，身体的疲劳期差不多已经过去，但几十分钟冲刺式的攀爬仍然让人在内心里对没完没了的坡路感到隐隐的畏惧。突然遇到了平缓的地势，纵然脚下仍凹凸不平，我们还是觉得走起来比平时走在平坦的马路上还要轻松、惬意。

几棵碗口粗的松树很突兀地从岩石和灌木丛中耸立起来，然后是柞树、桦树和青杨的交错排列，看起来像一片花色均匀的织锦。从这片林子的形态看，比别处更多了一些原始的味道。虽然也属于次生林，但形成的年代或更加久远，至少在日本侵华时那次大规模破坏之前或同一时期。算来，有接近百年的时光。如此看，一片森林的恢复，特别是森林中生物多样性的恢复是何其缓慢与艰难。套用日常生活中的一句谚语，病来如山倒，病去如抽丝，用在这里，就应该是“砍伐如山倒，再生如抽丝”。凡事朝好的方向发展时，过程总是漫长和艰难的。

记得作家徐刚曾著书《伐木者，醒来》以唤醒人们的环保意识。我知道，作家的意思是让伐木者清醒过来，赶紧住手。

但我看到这几个字时，心里还是不由自主地折了一个“个儿”，字面上产生的歧义让人心惊胆战，误以为让伐木者从睡梦中醒来继续作业呢！这片山林给我们留下的记忆太深刻、太沉重，也太可怕了，只要那些手持现代化采伐工具的工人一觉醒来进入山林，森林就有了灾殃。哪棵树长得漂亮、高大，哪棵树品种珍稀，哪棵树就死期临近。若如此，还真不如让那些伐木者整天在屋里睡大觉呢。

这是一片典型的针叶、阔叶、乔木、灌木混交林带，虽然这个季节大部分树木还没有生出叶子，但依据常识对针叶、阔叶、乔木、灌木的判断却一目了然。在没有树叶做参考的冬季，我一直沿用着自己的方法，判断虽然不一定科学、精准，却很有效，总体上不会有太大的出入——高大、粗壮的是乔木，低矮、纤细又成簇的是灌木。当然也有例外，比如，乔木的幼苗也很纤细，冬天里不好根据体形大小简单推断。长着叶子的树木一定是针叶，而没有叶子的树木都是阔叶，例外情况就是落叶松，虽然是针叶，却没有一个坚定的立场，冬天里也跟着阔叶树种一同脱尽了叶子。

按照均衡、丰富和多样性的原则，这样的混交林是资源分布最合理，也最适合野生动物生存的山林结构。夏季，树木们生发出浓密的叶片，大部分食草或杂食性动物几乎不用费什么力气，就可以在很小的活动范围内吃饱。冬天，除了一些结果或结籽的阔叶树种，比如核桃、橡子、榛子、胡桃等树木的果实可食，一些小灌木的枝条、树皮也可以食用，红松、冷杉、樟子松等针叶树木的种子则可以做重要的补充。如此，动物们便少有饥饿之虞。特别是这种地势舒缓的山间平地，不但几种类型的树木均衡分布，落在地上的种子也便于寻找和取用，所以很容易成为各种野生动物喜欢光顾的场所。

从坡底一上来，立足未稳，我们几个人就不约而同地发现了地上的足迹。有雪的山林，像一张干净的白纸，很多的信息和故事都清楚地记在上边。只要雪还没有消融，一直向前走，就能在这部自然之书中读到很多意想不到的内容。专业的“野调”人员就喜欢这样的季节，只要有雪，必须上山。现在，就连我这个并不专业的人，也能从雪地上辨认出几个野猪和梅花鹿的足迹。

此次调查的主题，是野猪专项调查。

近年，随着山林禁猎，野猪种群迅速扩大，在整个长白山区呈现出泛滥的趋势，很多野猪不仅大肆践踏农田，与农户发生密集冲突；有一些地方的野猪甚至成群结队地进入农户拱食垃圾。庞大的数量和种群，已经成为山林资源中至关重要的部分。

2017 年 3 月，俄罗斯远东地区伊尔库茨克州发生非洲猪瘟疫情，疫情发生地距离我国较近，仅为 1000 公里左右。2018 年 8 月至 11 月间，中国境内，又陆续在辽宁沈阳、河南郑州、江苏连云港、北京市房山区，接连发现四起非洲猪瘟疫情。一旦非洲猪瘟通过某种直接或间接渠道传染到野猪群体，可能会对保护区的生态产生重大影响。不但会导致野猪种群的大规模崩溃；很可能还会影响到食物链上端的东北虎和东北豹。为了及时掌握目前野猪的种群规模、活动范围和种群健康情况，由国家林草局委托吉林省立项开展了这次野外调查。我们这个小组的组长由省林科院动物研究所的专家吴景才担任。

兴奋中，我很想循着这些足迹继续向前跟踪，吴景才却在我眼前伸出手臂做了一个制止的示意。紧接着，他指示身边的工作人员用 GPS 打出一个坐标，然后记录：三棵刺五加、一棵紫椴、两棵胡枝子、一棵柞树……然后接着记：一只梅花鹿、三头野猪、一只狍子、一只豹猫。说是关于野猪的专项调查，但野外调查人员，一旦进入山林，就不会放过任何与野生动物生存、活动有关的信息。

在那些纷乱的动物足迹中，像吴景才这样的专家一眼就能分辨出哪种足迹对应着哪种动物。几天来，我对他们的本事一直心怀艳羡，但自己却一直无法做到像他们那样，尽管我也在不断努力。如果说，狍子和鹿的足印很相似，容易混淆，也就罢了，像豹猫这种猫科动物的足迹很好区分，我怎么也没有注意到呢？等几个人走过去之后，我特意找一个不那么凌乱的区域仔细查看了一下。在那些杂乱排列的偶蹄类足迹中确实有一行淡淡的小“梅花”，很像家猫的足迹。实际上，豹猫体形和步幅的大小确实和家猫的差异不大，或许只略大那么一点点。按照这样的间距和节奏，用目光把那些特殊的足迹重新整理排列一下，向远一看，这只豹猫的行走路线就一目了然了。

（二）

我们沿着豹猫走去的方向继续行进了大约半小时，在一小片红松林附近，突然有一个棕黑色的小动物，拖着长长的尾巴从我们前面的一小块空地上迅疾掠过。只见它身影一闪，就消失在一棵粗大的松树背后。松鼠，我们中有人小声叫道。附近的某棵松树上，很可能就有松鼠居住的洞穴。

在东北的山林里，这种俗称黑狗子的松鼠，随处可见，但平时却很少有人对这小动物的生活习性和生存意义进行关注和研究。大概只是在动物专家的眼里，这种不起眼的小东西才有研究价值。

同行的张岩，是专门研究鼠类的专家，在他看来，像松鼠、仓鼠、鼯鼠等这些微不足道的小动物，在物种存在的意义和价值上，与那些大型的或珍稀的物种，比如虎、豹、棕熊等具有同等的重要性，有时可能更有现实意义。一看到松鼠，他就有一些迈不动脚步，立即建议我们随他观察一下这只刚刚过去的松鼠。吴景才看看手表,没说什么,算是对张岩这个建议的默许。

如果在夏季，这些小东西会整天在树上、地下以及树枝间窜来窜去，一刻也不会停下来，但现在是寒冷的冬天，它们也是深居简出，尽量待在自己的洞穴之中。在天气更加恶劣的严冬，它们干脆就用干草把洞口堵严，抱着自己毛茸茸的大尾巴睡觉或发呆。只在上午 9 点左右和下午 1 点钟左右出来“放风”，或者只是为了进食。松鼠有一个很特别的习惯，就是不管天气如何寒冷，它都不在窝里吃食，而是坐在洞外的树枝上，慢慢享用。

在冬天到来之前，松鼠们早早就做好了越冬准备。它们会利用秋天食物丰富的大好时光，每天拼命地寻找和储存食物，什么果仁、种子、蘑菇、植物根茎、风干的野果等等，都在它们的搜罗之列。对采回来的食物它们要按照自己的方式，分别在各处藏好，有的藏在树洞之中，有的需要在地上挖洞埋藏，最多时它们会“设立”几十个储藏点儿。

如此安排，主要是预防粮仓被那些不讲规则的家伙发现后偷窃或盗抢，来一个“连锅端”。一个身小、势弱者，为了能好好活下去，也只能多些风险、防范意识。而对于这些分散而隐秘的仓库，它们都会牢牢记住，一个都不会遗漏。非但不会忘记，对一些容易腐烂的食物，它们还会定期从洞里搬出来在阳光下晾晒。

林中还有一种小鼠，学名未及仔细考证，当地人俗称“花鼠”，和松鼠一样，花鼠也有着储藏食物的习性，也会定期晾晒，只不过它们不会爬树，只能将窝巢建在地下。但由于有黑熊这样一个邻居，花鼠们的命运就远远赶不上松鼠。

黑熊这个家伙，如果不在休眠期，就拖着笨重的腰身，整天在森林里翻来倒去，挖来挖去，没有一刻闲着的时候。它们凭借一身蛮力，一会儿把一棵粗大的倒木推到一边，仔细地搜寻、捡拾倒木下的虫子、菌类等东西，边捡边往嘴里塞；一会儿又挖开一个树洞，一边驱赶着围攻的蜂子，一边吃蜂巢里的蜜；一会儿又将一双巨大的熊掌对准一个蚂蚁的窝巢使劲儿地挖。有时，遇到山里的养蜂人，也不管是否有人，是否同意，抱起蜂箱就往林子里走，走到僻静处砸开蜂箱就是一顿大吃……倒霉的小花鼠们，窝巢经常会在黑熊的翻腾中遭到灭顶之灾。黑熊一来，伸出巨爪，不消十下八下，就把小花鼠的窝巢捣烂，吃空里面的一切东西。有时，竟连窝巢的主人也被它当作午餐，一起吞进肚子。

一般情况，森林中的小鼠们，比如松鼠或花栗鼠，储存的食物足以应付一个漫长的冬天，就算有那么几处被盗，也不会危及它们的生存。但事情总是会有出乎意料的极端情况。当某一年大雪封山，地面上裸露不出任何食物，松鼠的粮仓又大多被盗挖，实在挨不过一个冬天，它们就只能选择自杀。在某一处树丫上，像人类“上吊”一样，结束自己的生命。相反，当食物储备丰足有余，消耗不尽，下一个春天一到，它们就不再去继续寻找、消耗去年的“仓储”，而是任由那些种子在地下受潮、发芽，再长成一棵树，长成又能结很多种子的树。很多必须通过深埋才能发芽、繁衍的树种，就这样借助松鼠的搬运、埋藏之功实现了基因传续。

现在是早晨 9 点半，正是松鼠上午活动的时间段。我们刚才遇到的那只松鼠，一定是从窝巢中出来，去某一处树洞或地穴取它的早餐。离我们站立的位置不到 20 米距离，有一棵直径约 30 厘米的大松树，距地面三米左右的地方有一个小小的洞口，估计就是它的家。张岩示意我们不要作声，坐在树后耐心等待。七八分钟之后，有一个机灵的小脑袋果然从树洞中探了出来。由于距离的关系，一时还很难看到更加清晰的细节。就在这时，张岩把他手中的 40 倍望远镜调好，递给了我。

我最先看到的是小松鼠那两只明亮的眼睛。它机警地向四周扫视了片刻之后，试探性地把毛色光亮的身体和两只前爪探了出来。随后,又向周边望了望,像某人手扶门框朝外打望一样。确认没有什么异常，才一跳跳到了洞口的一段松枝上，背靠着树干“坐”在那里。少顷，不知从哪里“变”出了一个有一点发黑了的果子，用两只前爪抱着啃了起来。咬一口，以飞快的频率咀嚼一会儿，然后竖起耳朵听听动静，转动两只明亮的小眼睛向四周环顾一番，未见异常，继续它津津有味的早餐。

在森林里，松鼠和大林姬鼠、黑线姬鼠、棕背鼠、大仓鼠、花栗鼠等其他鼠类，还有兔子、原麝等小型食草类动物，因为天生没有锋利如刀的“犬牙”，也没有以其他动物为食的天性和能力，就只能处于食物链的最底端，以一些植物的叶片、根茎、果实和一些小昆虫为食。似乎，所有的食肉和杂食类动物都可以把它们当食物。像紫貂、香鼬、青鼬、伶鼬、黄鼬等这些体形较小却凶悍、凌厉的鼬科动物，就更毫无疑问地成了它们的天敌。

曾有人在野外拍摄过黄鼬猎杀野兔的视频，证明一只体形较小的鼬科动物，完全可以依凭尖利的牙齿和凌厉的攻击，制伏、消灭比自己体量大五六倍的食草类或啮齿类动物。为了延续种群，山林里的“素食者”只有以超强的繁衍能力来应对个体的快速消耗。抓紧一切可利用的时间繁殖，抓紧一切可利用的时间进食，以不断增加的“口数”和肉体总量，维持着山林的活力和繁荣。

（三）

从松鼠的家向前行进大约500米，一道浑圆、舒缓的山梁斜插着横了过来，与我们这道平坝成50度角交叉。一条清晰的“兽道”出现，不仅光滑，而且已经在松软的山体上踏出一个明显的凹槽。不难想象在某些隐秘的时段里，这一带的热闹和复杂。一只野兔或亚成体的狍子走过去，一只猞猁或豹跟在后边；一只梅花鹿或几头野猪走过去，相隔不久，又有一只老虎跟踪而来……现在已接近正午，太阳最大时，是猫科动物的瞳仁缩到最小的时候，强光如芒刺激着它们的视觉神经，这也正是它们最不愿意面对的时段。如果没有意外的打扰，它们干脆就找一个安静、隐蔽又舒适的地方，闭紧双眼睡大觉。经过一个上午的行走和进食，其他食草类动物也到了隐蔽和歇息的时候。偶尔有少数贪吃或饥饿的个体，还在林中觅食，它们也会凭借着灵敏的嗅觉和听觉，早早地感觉出危险的来临，悄无声息地躲到我们的视线之外。

稍稍留意，就会发现，“兽道”的两侧，从被雪覆盖的地面和落叶上，总是不时有一两行狍子、鹿、野猪等足迹汇集进来，但“兽道”上的薄雪已经被踏光，根本分辨不出谁在上边走过，行走的足迹是正向的还是反向的，走过几回。

这时，走在前边的吴景才停了下来，指着地上两条墨黑色的东西说：“这是豹猫的粪便！”孟新很快从后边赶上来，用专用的样本袋拾起、封存一条。另一条，他拾起旁边的一块有棱角的石头切开，初步辨认一下豹猫粪便里的成分。似乎也没有什么意外，无外乎一些小动物细碎的骨骼或毛发，但其间有一块角质类的硬物，经几个人共同确认，是一只松鼠的脚趾。

从吴景才发现豹猫粪便的那一刻起，我就在头脑里暗暗地勾画着那种动物的形象和神态。这种被称作铜钱猫或石虎的小东西，差不多是山林里体形最小的猫科动物。虽然它们体形较小，但也和老虎、豹、猞猁等猫科动物一样，长着一颗圆圆的头颅、尖利的牙齿和一双明亮、锐利的眼睛。在身体结构的合理性、耐受性、协调性和灵活性上，比起那些体形较大的同类，豹猫更是有过之而无不及。只要它们起了杀心，不管瞄准的是鼠类、兔类、蛙类、蜥蜴、蛇类还是小型鸟类，都难逃劫难。它们往往会在静伏中耐心等待，一旦猎物进入“射程”，就会像一颗长着牙齿的炮弹一样，突然凌空跃起，疾如闪电的一个飞跃，煞是惊心动魄、优美漂亮。常常，都会有一个小动物为这个难度系数很高的“动作”付出生命的代价。

看来，附近的这片红松林已经成为这个冬天里豹猫们经常光顾的“餐厅”了。而它们的口中餐正是那些以松林为家的松鼠、花栗鼠和其他小型动物。偶尔，也许会有野兔或原麝等被它们猎杀。弱肉强食，这是丛林中亘古不变的法则，但我还是不由自主地担心起刚刚看到过的那只松鼠。因为我仔细地观察过它，它就和我的情感有了某种关联，它的未来和命运就牵动着我的心。我知道这是一种同情弱者的本能或自己内心的软弱，可我还是忍不住在内心发出这样的感慨："那些可怜的小动物啊，一生的平安，根本无从保障，不管多么小心谨慎，到头来都无济于事，只能依赖或祈求有一个好运气。"

（四）

这是我随调查组行走山林的第四天。

我们连续翻了两道岭，午后三点多钟遇到了一道和前一天十分相似的山梁，但坐标显示绝不是同一条，两者相距的直线距离还有 20 多公里。这是一道清晰的"丫"字形山梁，在三岔路口，我们选择了向左。这条路延伸不到 1000 米，通过一个缓坡开始向斜下方延伸。

这时，右前方的林间空地上突然出现了两行青鼬的足迹，它们离开了"兽道"拐向树林，消失在一棵粗大的黑桦树下。黑桦树的另一侧，是一些狍子的脚印，很凌乱，一时判断不出这只狍子当时处于怎样的情形，是偶尔经过还是在树下逗留觅食。吴景才走过去仔细观察了一会儿，抬起头告诉我们，这是一个猎杀现场。

两只正在觅食的青鼬，应该是一雄一雌，它们经常是这样，相伴而行，配合捕猎。走到此处时，可能发现有一只狍子从远处朝这个方向走来，它们预料到那棵黑桦树是狍子的必由之路，便提前跳到树上等候。当狍子刚好经过树下的时候，两只青鼬先后跳到狍子的身上。狍子被这突如其来的袭击搞蒙了，先是来了一个急刹车，然后打着旋儿努力挣脱。它哪里知道对手是何等厉害的爬树、攀岩高手，只要被它们贴上，就别想甩掉。非但甩不掉，二青鼬已经同时在狍子的背上开始了撕咬。巨大的恐惧和求生的欲望，来自不同方向的两种动力，推动着这只倒霉的狍子，让它在慌乱中随便选一个方向，开始疯狂奔跑……

我们沿着狍子留下的足迹跟踪了一段距离，发现雪地上有血迹出现，说明狍子在跑动的过程中已经被两只青鼬咬破了颈项或后背的皮肉。狍子的足迹虽然跨距仍然很大，但可以看出，并不顺畅，有一些踉跄，有一些错乱，行走的路线也呈现出不规则的摆动。在一处灌木丛旁，它甚至还停了一下，原地打了几个旋儿，又换了一个方向接着向前跑。两只青鼬加在一起，体重五六千克，这相当于一只成年狍子五分之一的体重。很难想象，两只青鼬是以怎样的姿态附着于狍子身上的，是两只一同趴在狍子的背上？还是一只在背上、一只死死抱住了狍子的脖子？不管怎么说，狍子一边流血，一边忍受着巨大的疼痛和恐惧，还要负重五六千克向前奔跑。这是一件多么痛苦且悲伤的事情！但狍子是有名的傻狍子，并没有其他有效的办法应对或反击，只能奔跑，奔跑，一直跑到精疲力竭或因失血过多而轰然倒地。

吴景才判断，经过一大段距离的奔跑，这只狍子百分之百会成为两只青鼬的口中餐。因为以小胜大的诀窍就是打消耗战，耐心等待着对手将力气用完，将血流干，以时间换胜利。看来，我们要预测到的结局绝不会在短时间内出现。因为时间的关系，我们决定放弃对这场猎杀的追踪，赶在天黑之前走完预定的路线。

结果，紧赶慢赶，我们到底还是“贪了一个小黑”，晚上8点才赶回驻地。

第二天清早，我们按时进入了下一段行程。

进山不久，我们就在一棵大松树附近的一块石头下看到了一个碗口粗的洞，洞口被一些落叶和浮土虚掩着，看上去很像一个废弃的洞穴。这是一个假象。这样的一个小把戏肯定瞒不过身边的几个“老江湖”，他们一眼就看出了这洞穴的“玄机”。在他们的指点下，我对洞穴进行了仔细观察，发现洞口的上沿，还留存着不易察觉的白霜。将手向洞里再深探一点，便触及了更加厚重的冰霜。由此完全可以断定，这洞穴肯定不是空的。

这样的一个洞穴之中，很可能有两种动物——獾和貉同时在里边冬眠。

森林里的动物都精通生存之道，很多都成为了取长补短、互惠互利的合作者。其中，最完美的合作者莫过于獾和貉。獾，在长白山脉的山林里，基本就是一个种类——狗獾。它们拥有着一对尖锐的前爪和一副锋利、强健的牙齿，不仅在关键时刻能一口将对手的肉体咬穿，肢体咬断，还能在不太长的时间里掘出一个四通八达迷宫一样的洞穴。

曾经有人带着三条狗去打猎，遇到了一个出洞觅食的獾，按理说，那三条出色的猎狗对付一头百十斤重的野猪都不成问题，可遇到獾就有了问题。有一条猎狗不慎被獾咬住了前爪。性情凶悍的獾，一旦咬住什么，至死也不会松口，一直到咬断为止。最后，虽然这只獾还是没能幸免于难，但那条猎狗却因为彻底失去一只前爪而成了废物。

林子里的獾，经常很聪明地将自己的洞穴建立在一棵大树下面，四通八达的洞穴和盘根错节的树根相互对应，于是就彻底排除了被人类或其他动物挖掘的风险。獾在开展造洞工程时，并不是孤军奋战，独立完成。它们大多都有一个得力的帮手，那就是貉。一些有着丰富经历的山民，比如李勇和曲双喜等，都曾亲眼见证过獾与貉的合作。獾在打洞的时候，貉会四脚朝天躺在那里，让獾把挖出来的土堆在它的肚皮上，堆满后，獾借助貉一身顺滑的皮毛做“滑道”，将貉拖出洞去，貉一翻身，土就卸在洞外。如此往复，貉实际上充当了獾的运土工具。

长着一身厚厚长毛的貉，天生没有发达的前爪，不会自己打洞，但靠着和獾的配合立下了“汗马功劳”。当冬天来临时，獾也念及貉的贡献，便善心大发，允许貉和它们一起，在同一个“家”里冬眠。结果，獾却因为自己的一个“善念”又得到了一项恩惠——貉一身柔软、保暖的长毛，让獾在黑暗冰冷的洞穴里享受了额外的温暖，节省了很多的能量。

在紧靠运柴道的一棵树上，我们与编号为 0008 号的相机相遇，刚好孟新带着这台相机的钥匙。我们顺便打开视频查看，发现老虎先过来做了标记，并在树干上留下了尿液。老虎离开后，相隔不到 20 分钟，摄录又一次开启，录到了一只赤狐。它到树上闻了闻，顺着虎的方向走去。老虎和狐狸相继出现，这不禁让人想起“狐假虎威”的成语。

实际上，人类一直有一个误会，认为虎和狐狸是要好的朋友或合作者，所以形影不离。其实，老虎和狐狸之间只是一种特殊形式的“共生关系”。凭老虎的性格，肯定不愿意身后始终跟着这么一个蹭吃蹭喝的偷食者，可又有什么办法呢？狐狸们真是太狡猾啦！

对于老虎来说，狐狸简直就是个幽灵。它们总是远远跟在老虎身后，靠着超级的机灵和智慧将自己和虎之间的距离把握得恰到好处，让老虎既“够”不着，又赶不走。即便老虎发怒，很想一掌将它们消灭，它们也不害怕，因为老虎根本抓不到它们的影子。既然狐狸的存在对自己也没造成什么大的损失，而花太多的心思和力气予以驱逐又不值得，还不如顺其自然！于是，老虎就只能“睁一只眼闭一只眼”任由狐狸就天天跟在身后，趁自己离开食物的间隙，偷吃一些“残羹剩饭”。

经过两天的风吹日晒，山上的积雪基本在这一天的中午时分彻底消融。当我们进入那片乱石堆积的山间低地时，地上已经完全看不到积雪的痕迹，但林子里的一些重要变化，还是一眼就能看得出来。树木间厚厚的一层落叶，本来应该平整、均匀，现在看起来却有一点波涛翻滚的感觉，东一处、西一处凹凸不平、“沟壑纵横”、杂乱不堪，很像好好的一个店铺刚遭到一场洗劫。那是野猪们干的。至少有十头野猪，埋起头，扫雷一样，从低地的这端一直拱到另一端，把底层的树叶和泥土翻到表层；又把表层的叶子和少数没有吃尽的树种压在下边……

世世代代，野猪们就这样在山野间行走、生息。既用它们坚硬的四蹄对森林实施着践踏，也用它们勤奋的嘴巴对林间的泥土进行着孜孜不倦的“耕耘”。很多植物的茎叶、根块和种子，在它们那张大嘴中变成食物，最后又化作粪便；很多种子因为它们的翻动和掩埋进入泥土，在下一个春天到来之后得以生根发芽。而它们自己的身体和种群，也借助山林的滋养，由小变大，由少变多；最后，又在其他动物的口中或时间的流程里陨灭、消失，把在山林中所得逐渐或全部归还山林，为下一个周期的生发、成长埋下伏笔。

（五）

“请记录，20头野猪的拱痕、橡树5棵、榛子树3棵、红松2棵、大石7块……坐标……”

今天，调查组临时换了“头头”，由郎建民客串担任调查组组长。郎建民一来，组内的工作节奏和工作风格都随着他发生了相应的变化。他的到来，意味着我们这一调查组有关老虎的信息会成倍增加，这也是我几天来在心里暗暗期盼的。

果然，还没等随行人员记录完毕，郎建民突然双目圆睁，竖起耳朵，注意力高度集中，用不大的声音提醒大家："我闻到了空气中大动物的腥气！大家马上聚拢，向开阔处转移。"对郎建民捕捉野生动物特别是野生东北虎豹信息的能力，从来都没有人不信服。凭借长期与野生东北虎豹相伴相随所得的经验及直感，在过去的许多年里，郎建民所言之事从来不虚。这是他个人的本事，也是他和老虎之间的缘分。郎建民这个人，似乎天生就和虎豹有着"说不清、道不明"的关系。

记得那年，省里来了几个搞摄影的人，非磨着郎建民带他们去拍摄老虎不可，起誓发愿，不拍到老虎绝不离开。郎建民知道，他们这些想法纯粹是外行人不懂山林规律的胡闹。真正的野生东北虎怎么能说见就见得到呢？就是运气极佳，偶尔得见，也是一闪而逝，还不等你把相机举起，它已经消失得无影无踪。出于礼貌，郎建民不得不答应陪他们到山林里转一转。碰一碰运气吧！让他们感受一下山林里的环境和气氛，也算是尽了自己的心。

一行人驱车进山，路过离城市最近的一个老虎的"家域"，郎建民突然有了一种特殊的直感，觉得那一天、那一带，一定会有不同寻常的事情发生。就在一片玉米地和山林的交接地带，郎建民叫车子停下来。车一停，几个人就急着要跳下车，郎建民马上举手示意，叫他们不要动，他似乎感到有一只老虎就在附近。

车上的人开始调动自己的感官，隔着车窗向外搜索、观察。突然，坐在司机位置的另一位动保专家薛延刚从倒车镜里，看到了位于车子侧后方的那只老虎。它正趴卧在玉米地的垄沟里向这边张望。这让一行人都感到了莫大的幸运和后怕，刚才如果贸然下车，正好把自己送到老虎的口边。

兴奋、紧张之余，几个人毫不迟疑，赶紧把身体探出车窗，对准后边的那只老虎，就是一顿乱拍。忙乱中哪能顾得上角度和构图，只要能抓到老虎那难得一见的影子，一个劲儿地按动快门儿就是了。十几秒钟之后,老虎站了起来,换了一个“姿势”,这给几个拍摄者另外一次机会。在一阵更加疯狂的“咔嚓”声中,那只亚成体老虎,摇摇摆摆、不慌不忙地走出了人们的视野,回归山林。从此，有关郎建民的传说更是神乎其神。

我们紧随郎建民撤到前方的一道土岗上，还没走出 20 步，郎建民突然惊叫：“果然是一个大家伙！”在那道土岗的一段松软的沙土上，相隔不到 5 米，郎建民发现了两朵巨大的“梅花”，根据足迹的尺寸和经过的时间推测，就在此前的不久，有一只成年雄虎从这道土岗上走过，它的身体长度在 2.5 米以上。

“这只老虎就在附近，”郎建民脸上露出了少有的紧张神色，“我感觉老虎的气味比刚才还要浓重，如果估计不错的话，它现在应该离我们不足 100 米。”我们几个人顿时紧张起来，又是四处环顾，又是用鼻子对着树林猛嗅一阵。郎建民笑了笑对我们说：“它如果不想和我们发生冲突，就算离我们仅仅 30 米，我们也看不见它。”说着，他回身从背包中取出了一个驱逐大型野生动物专用的喷火筒，迅速把拉环套在右手的无名指上。

没走出几步，郎建民又往地上一指：“老虎的粪便。”这是一块已经发白、风化了的陈旧粪便，至少在空气中暴露了数月之久，粪便中野猪和狍子的毛发都已经裸露出来。综合分析各种动物在这一带留下的印迹，似乎为我们提供了这样一条信息——这一带正是这只老虎的核心活动区域，它已经长期在这一带盘桓不去。

这只东北虎之所以会在这么小的一个区域内留下了这么密集的生命信息，也比较符合野生动物的生存逻辑。因为这一带植物资源丰富，不仅能满足小型素食类动物的生存需求，更重要的是，可以长期、不间断地为野猪、狍子、鹿等大型野生动物提供食物。

就食物链的简单分层来说，鼠、兔之类仅仅是豹猫、猞猁和鼬类等中小型动物的食物，老虎对鼠类和鼬类等小型动物毫无兴趣，但小型食草动物和它们的天敌以及大型食草动物往往会呈“胶着状”生存在同一个区域。老虎跟随野猪、狍子、鹿等大型动物来到这里，也就在客观上与那些处于食物链中端的食肉类小动物为伍了。

一片好的山林，各种动物都能在这里满足自己的生存需求。当食草类大型动物存量不足时，老虎也可以顺便拿其他猫科动物或中小型动物作为食物补充，打一打“牙祭”。这样一来，大餐、小菜、荤食、素食一应俱全，老虎完全可以随兴取用，当然会盘桓不去。

来不及做更多的分析和思考，郎建民提醒大家抓紧从这一区域撤出。我们跟随他，向左侧的另一道山梁快速行进。大约20分钟之后，警报解除。我们绕了很大的一个弯子，才回到了本次调查的既定路径上去。

这一天的傍晚时分，我们在离荒沟岭沟口约5公里处的一个远红外摄录仪里发现了两段十分难得的视频。我问郎建民能否把这段视频“拷”给我，让我回去在屏幕较大的电脑上好好看看。他很坚决地回答:“不可以，因为我们有严格的纪律约束，没有解密的图片和视频，坚决不能外传。”那好吧，我只能按照他的提议，晚上回到驻地，用手提电脑和他一起观看。

由于画面儿上的光线较暗，感觉色彩黯淡，可喜的是，图像却很清晰。看片子上自动生成的时间是下午5点，这一天的黄昏时分。画面上突然有一个动物飞驰而过，但看上去只是一道模糊的影子，草黄色或浅棕色。很多野生动物，差不多都是那种颜色，狍子、马鹿、梅花鹿还有某种野羊。到底是什么，郎建民一眼也没有看出来。于是我们不断地倒片子，一遍遍重看，差不多有十来遍，终于确认，那是一只梅花鹿。

那道草黄色的影子显然是以一个极快的速度在奔跑。一般情况，如果没有什么大型动物在身后追杀，是不会跑出这样的速度和姿态的。画面大约停了8秒钟，突然有一只豹子跳入画面。虽然豹子的行进速度并不是很快，但肯定是一个跑的姿态，通过分析，应该是一次跑动的尾声，是奔跑之中的突然“刹车”。之后，它在画面的另一个边缘完全停了下来，立定，回过头，警觉地张望。

如果把两个画面联系起来看，我们可以理解成一只豹子在捕猎一只疯狂奔跑的梅花鹿。二者间距大约 8 秒钟，8 秒钟对于一只全速奔跑的鹿或豹子来说差不多是 20 米的距离，可是豹子为什么会突然停下来，是奔跑了一段时间因体力不支而放弃了捕杀，还是受到了什么意外的干扰？

一开始，我们就对豹子这个奇怪的“刹车”动作感到大惑不解。这正是问题的关键，真正的答案就藏在这段视频的开始处。反复回放视频，我们发现，就在梅花鹿的身影刚刚过去的一瞬，隐隐地传来一声虎啸。如果没有视频里的噪声，在那个寂静的黄昏，这一声虎啸应该十分清晰。也许这只是一种巧合；也许这是一种必然，如果没有这一声虎啸扰乱豹子的注意力，它绝对不会轻易放弃猎物，在奔跑中停下来。

这一声隐约的虎啸，是破解那段视频的一把钥匙，也是山林里很多现象得以存在、很多逻辑得以成立的关键。这森林中王者的声音，我们反复听了很多次始终难解其意，但我相信，那只豹子懂得。

而令我们震惊和久久难以忘怀的，正是豹子定格在画面里的那个聆听的神情和姿态。

第五章

突变的和弦

（一）

连绵不断的春雨，终于停止了细细密密的洗刷。5月最后一个清晨，显得异常干净，没有一丁点儿残留的夜色和灰尘。

丝线一样的阳光，落在森林中树木和青草的叶子上，仿佛在叶脉间化成了液体，随即，整个叶片都被光所浸染，变得明亮起来。许久，有一颗晶莹的露珠，如一颗纯净的音符，从叶子的最尖端滴下，滴在泥土或低处的水面上，发出愉悦灵魂的回响。

这是一首交响乐中的第一个音符，微弱但坚定，在它的召唤和引领下，森林里所有被洗得干干净净的声音，纷纷在寂静中醒来——

首先响起的是大斑啄木鸟“笃笃笃”啄木的声音，节奏匀称，清脆有力，一下下，像木槌敲打着梆子。紧接着是大杜鹃，一声接一声，发出“快快布谷”的呼唤。灌木丛中，偶尔传出几声雉鸡粗粝的鸣叫，让人想起某一段乐曲中突兀的唢呐。而另一些小鸟如黄眉鹀、大山雀、白头鹎、灰脚柳莺、大柳莺、红喉歌鸲等发出清脆、尖细的鸣啭，则如丝竹柳笛，汇成和弦、难分彼此。

风像一群追逐着花香的无形之蜂，在树木的枝叶间轻盈穿梭，忽而东，忽而西，把声音带给每一片颤动的叶子。山间小溪，就从石头的缝隙、从很多种声音的缝隙，找到了隐秘的出口，把潺潺的水声交给了斑驳的树影和泥土深处的根系。

鹿鸣呦呦，起自靠近水边的那片林丛。但呦呦却是一种最复杂、最难以言状的声音，“呦呦”声里，不但包括了马鹿、梅花鹿，而且也应该包括狍子和麝的鸣叫；不但涵盖了动物发情时相互追逐、呼唤的激情，也涵盖了来自黑暗和未知岁月的惊恐和忧伤。

虎啸，总是难得一现，但在这个透透亮亮的早晨，却突然于喧哗的众声中响起。长啸起兮，如震撼天宇的“法号”，瞬间，万籁俱寂。只是瞬间，瞬间的宁静之后，众音交响如常，这本是森林里最威严、最深沉、最厚重的声音，它有一点儿像一个庞大乐队里的首席长号，就在有意和无意之间，引导了下一个乐段的节奏和情绪……

时间仿佛也被这场雨洗得脱尽了污渍，一下新了很多。一切都是崭新的啦！但一切又都回到了从前。这是时间的魔术。

山林里的一切，因为时间的通透，而显露出久违的面貌——古朴、自然、包容、和谐。就连走在我前边的老康，在我的眼中都与这雨后的森林呼应得完美无缺。他一身脏兮兮的“迷彩装”似乎就是配合森林里的泥土、腐叶和树干精心设计的，他在林子里穿行，如果不是时时传来说话的声音，就是一堆移动的叶子、一片斑驳的树影或一段行走的树干。直立或攀爬，疾走或徐行，都是森林的有机组成部分。就连他由猎人转而为护林员的身份以及弃恶从善的心意都与此时森林所散发出的气氛相互契合。

（二）

30 年前，老康是罗子沟一带顶尖的猎人。偌大一个山林，哪条岭上长着什么树，哪道沟塘里藏着什么物，他都了如指掌。不但如此，对于山里动物的习性也十分熟悉，哪种动物在什么时间做什么，大约能在什么地方出现，用什么办法将其捕获，等等，他也了如指掌。

偶尔山外有朋友来家里“串门儿”，老康就大大方方地问客人想吃点什么。如果客人“点”到家常的奶蛋肉菜，老康就会为难地露出一脸的苦相；如果“点”到什么山珍野味，他却自信满满，拎起“家什”消失在山林之中。不出两个小时，保证野味下锅。

近些年，森林保护和管理越来越严格，老康早早就结束了打猎生涯，被森林保护局收编为业余护林员。对山林的兴趣和感情一旦被正面激发，便成了一种汹涌澎湃的热爱，谁也想不到，有一天老康对野生动物保护的激情会远远大于当初捕猎时的热情。

有时，他还利用丰富的山林经验，帮助几个科研组织安装远红外摄录仪。只要他认为“好”的地点，安装了仪器之后都能获得大量有用的影像资料。当然，也有些机构并不按老康的建议进行设备安装。人家资金实力雄厚，按照网格化布局、安装自己的设备，对整个区域实施地毯式监控，不需要每台机器都能录到东西。这就难免让老康有一些失落，大有“英雄无用武之地”的遗憾。

就这样走走停停之间，山势已深。我们爬上一道平缓的山梁，老康在一个树木稀疏的高岗停了下来，摘下帽子，用他那已经半秃的头感受风向。然后，用手一指，示意我跟着他，朝风吹来的方向走去。老康介绍，林子里的动物大多都有灵敏的听觉和嗅觉。如果我们顺风而行，就算走上一整天，除了几只小型鼠类和一些飞鸟，恐怕连一个动物的影子都看不到。因为我们的脚步声或说话声以及我们身上的气味，早早就被风传给了几百米以外的动物们，它们都会闻风而逃。特别是那些嗅觉超强的野猪，只要有人顺风追逐它们，就永远都看不到它们的身影。

从张家店村一出发，老康就告诉我，今天能否遇到其他动物他不敢保证，但只要跟着他走，野猪是一定能看到的，乐观一点，还能遇到猪群。在30多年的狩猎生涯中，老康最拿手的，比其他猎人技高一筹的领域，就是野猪这个“单项”。不管哪一片山中，只要有野猪存在，就一定逃不出老康的手掌心。他总能够先于其他猎人一步找到野猪，也能先于别人一步把野猪撂倒。所以同行都戏称他为“野猪康”，当然，对于野猪来说，老康是一把有毒的“糠”。

山林里有民谚：“一猪二熊三老虎。”说的是山林里最凶、最危险的动物之一就是野猪，特别是那种长着獠牙离群独行的雄性野猪。很多有经验的猎人在山林里活动都会想方设法尽量避开民谚中提到的三种动物。而老康年轻时，只需要避开熊和老虎，至于野猪嘛，只有野猪怕老康，没有老康怕野猪。就算是一头500斤的“孤猪”，在老康手里也不算什么。

那年秋，老康去林间“遛狍子”，路过一个泥水坑，一只长着巨大獠牙的大公猪正在里面“打泥”，初步估计有五六百斤，巨大的体形看上去宛如一头小牛。老康一下土岗正好与“孤猪”对视，当时的距离不足30米。按照一般的规矩，老康应该站在原地不动，安静地等着野猪自己走掉，尤其不能激怒它。因为这个距离太近、太危险了，只需几秒钟的时间，野猪就能蹿到面前，用獠牙把人“挑开”。这对老康来说，并不算什么，根本无须顾忌，“顺”过枪就扣动了扳机。老康不怕，一是依仗自己灵活的身手，二是他能够准确判断出野猪的情绪和状态。

只可惜，这一枪打的是一个哑弹。瞬间的停顿，紧接着他又开了第二枪，这时，野猪已经跑出 50 多米。老康直觉这一枪已经打中了野猪，因为枪响的那一瞬，野猪很明显受到了外力的冲击，突然改变了奔跑路线，向左蹿上了一米多高的土岗。老康手扶着身边的一棵大树，已经做好了应对野猪回杀的准备。出乎老康的意料，野猪并没有回头来找老康拼命，而是一头折下土岗继续向西奔跑。

老康循着野猪的足迹继续跟踪。从野猪奔跑的姿态看，它已经很不正常，明显透出了受伤的信息。奇怪的是，地上并没有血迹。这一点让老康很想不通。大约又追出不到 500 米，他看到野猪的身体发生了倾斜，然后失控，突然倒地。观察许久，野猪也没有再次起身。老康确认野猪已经不行了，便靠近验伤，折腾半天，仍然验不到野猪身上的伤。

这是老康和野猪打交道二十几年，唯一感到迷惑不解的一件事,这让老康很郁闷。直到老康叫人把这头580斤的野猪运回，煺毛解剖，才揭开了谜底。原来老康的子弹从野猪的左侧肩胛进入，穿透了肝脏，镶嵌在体内右侧的一块骨头上。由于野猪体形巨大，肌肉紧致，子弹进入后，皮肉紧缩，根本就流不出血来，所有的血都从破碎的肝脏流到了腹腔之内。

这一片美妙的山林，老康整整 40 年置身其间，无比熟悉也无限依恋，老康说，这里的一切，只要他把两眼一闭，仿佛都在眼前——

清晨，第一缕阳光照临群山。巡山的老虎、机警的豹子、长于偷袭的豹猫和青鼬等夜行高手吃完最后一轮早餐后，在鸟儿的晨鸣里，纷纷隐入暗处。獐、狍、麋鹿、东北兔等草食动物们也已经惊惶初定，开始安然进食。那些憨态可掬的黑熊披一身漆黑的夜色起身，开始在阳光下寻找食物，当它那黑而厚重的身影出现在林间时，挂满露珠的草地上已经留下了一串长长的足迹……

沸腾的一天即将开始，贪睡的野猪们还在酣睡之中。如果不是荷尔蒙泛滥的发情期，它们要睡到 10 点钟左右。睡醒后，伸一伸懒腰，蹭一蹭痒痒，正好到了中午。它们总是要把早餐和午餐合并在一起，因为没有什么要紧的事情，这种习性无疑是最节俭、最科学的生活方式。这相当于将空空的时间当食物吃了一个上午，所以有动物学家说，野猪是智商最高的动物之一。

通常，野猪们都过着集体生活。只有那些年龄和体形巨大的公猪会孤家寡人，独往独来。一般情况，这些孤僻、凶悍的家伙在完成了基因传播的交配任务后，很快就会撇下妻妾们转身离开，过起没有负担、没有牵绊的独身生活。体形巨大的成年母猪往往是每一个猪群的核心，群落成员差不多都是它的骨肉、子孙。

平时，猪群会集体活动，集体觅食，集体睡在某一片避风的山坳里。但如果母猪需要产崽时，就会离开群体，在视野较好的向阳山坡或“岗头”搭建自己的窝巢。野猪的窝巢看起来体积庞大，远看，宛如一个大柴垛，既不精巧，也不隐蔽。这时的野猪，全靠母性所激发出来的巨大能量和斗志防范、抵御外来的侵略。

正午十分，野猪群开始了一天的行程。大森林就是它们的流动餐桌，它们边走，边拱，边吃，边发出咀嚼、哼唧交织的巨大声响，所过之处，留下明显的拱痕和不规则的沟槽。一直到天色将晚，它们像不知疲倦的“劳动模范”一样，一刻不停地拱，一刻不停地吃。每一天、每一年，周而复始地围绕一个固定的圈子运行。偶尔遇到了危险，受到惊吓，它们就会迅速地奔跑起来，但有经验的猎人知道，不管跑多远，它们依然跑不出自己的“圈子”，不超过半月时间，它们还会回到自己的领地之内。

在一个面积不大的山坳里，老康停下了脚步，对着地面上各种杂乱的痕迹给我一一讲解。雨后初晴，地上的泥土依然松软，草木也因为吸收了充足的水分而脆嫩易折。如此一来，野猪的足迹、群体的规模，行走方向等便清晰可见。山坳中长满了橡树，橡树下生着一层密密麻麻的锉草，俗称“节骨草”，空心而无叶。

老康很确定地说，这里就是野猪群体最理想的觅食地点。如果是橡子丰收的年份，从这些高大橡树上落下的厚厚一层橡子，够它们消受很长时间；如果橡子歉收，野猪们依然会热情不减地光顾此地。老康经过长时间的观察，在这个地区，野猪们最重要的食物并不是书上写的那些，诸如核桃、坚果、鸟蛋什么的。那些东西足够多当然好，如果没有，也不要紧，野猪们还有另外一种储量更大的食源。不论冬夏，这里的野猪大多以一种植物为主要食物，那就是眼前这些其貌不扬的锉草。依据这样的一个秘密，老康在跟踪野猪过程中，就比别人多了一种参照，发现的概率会高出很多。

恰巧，刚刚过去的这群野猪也是顶风行进，它们依凭着自己的本能和智慧，在刻意防范前方可能出现的危险，却没有想到会有人在后面对它们进行跟踪。我们又跟踪有1000米左右，老康突然停下脚步，盯着地上有一些混乱的野猪脚印，低低地叫了一声“不好”。

“你听……”老康在提示我的同时，自己也把两耳竖起。

我学着老康的样子，把注意力集中于这片山林，侧耳聆听。遂发现，这貌似平静的森林里也充斥着各种各样的声音，而这些自然的声音竟然是那样美好、和谐——野性而甜美，粗犷而细腻。就在这一片山野天籁之中，我隐隐地听到了阵阵狗吠和杂乱的人声。尽管那些声音听起来还很遥远、很微弱，但那些本该属于城市和村庄的声音在这里却显得格外的刺耳，宛如一匹光滑的锦缎，突然隆起一个硌手的疵点。

似乎有什么令人不安的事情发生。我和老康不约而同地加快了脚步，循着声音走去。

嘈杂声越来越大，越来越清晰。透过树木的缝隙，我们终于看清了——

一群狗，有七八条的样子，狂吠着，正在围攻、撕咬着一头奄奄一息的野猪。一个手执“扎枪”的人，吃力地刺着被狗围困的野猪，另一个人已经爬上了附近一株手臂粗的小松树上，双腿紧紧“盘”住树干，两只手腾出来，一边高喊着“用力，用力……”一边进行着手机视频的录制。野猪时而趴伏于地，时而挣扎着站起，但由于体力不支又迅即倒地，发出阵阵痛苦而又绝望的嚎叫。终于，那个拿扎枪的人，把枪头刺入了野猪体内。大约是因为疼痛的刺激，野猪突然跳了起来，向前奔跑了十余步，再次倒下……野猪的声音，微弱下去，人的声音渐渐大了起来。

“血已经流出来啦！再刺，再刺！”

“你今天怎么啦？是扎枪不快了吗？刺，用力，小心刺伤狗……”

“这家伙可真他妈有劲！”

“估计能有多重？”

“至少也有 300 斤吧！”

一群兴奋而狂乱的盗猎者，中间竟然还夹杂着一个女人的声音。

我问老康怎么办，老康说，他也没有经验。自从保护区成立之后，林区开始全面禁猎，本来习以为常做的事情，一旦再做，就得加上一个“盗”字，成了违法的勾当。对此，一些山民还算心悦诚服，彻底转变了观念，改变了原有的生活方式；而另一些山民却无法从“靠山吃山”的巨大惯性中醒来，执迷不悟，甚至铤而走险。枪被收走了，他们就采取最原始的方法盗猎，一为寻求刺激，二为获取利益。以前，老康只是耳闻有几伙富有经验的盗猎者秘密活动在山林，但那只是传闻，山民和执法人员始终未曾见到。没想到，今天却遇个正着。

我建议马上出面制止，老康想了想说：“不行，我们没有执法权，况且他们人多势众，只要我们一出面，他们就会和我们拼命，这是坐大牢的事情啊！他们怎肯善罢甘休？我们俩对这么多人，搞不好会有生命危险。这种情况我们只能向上边儿汇报，悄悄跟踪，为执法人员提供可靠线索和证据……”

仿佛一条均匀颤动的琴弦，突然被一颗飞来的石子击中，断裂，空气中久久回荡起破碎的余音。计划中的山林追踪、一天的好心情就这样终结了。

在返回驻地的路上以及整整一个晚上，我的耳边不断回响着群狗的狂吠和野猪的惨叫，眼前晃动的也是那杂乱无序的现场。恍惚中，各种各样可怕的杀戮场景，像一场场白日噩梦一样，在眼前交叠显现。

1953年，随着最后一个狩猎民族——鄂伦春族结束山林生活，下山定居，在中国这片古老的土地上，人类已经全面完成了从山野向平原，向文明区域的“撤离”，彻底将山林让给了野生动物。

其实，这已经是一个拖延了几千年的历史遗留问题。早在人类进入农业文明的初期，地球上大部分人类就已经集体迁居到平原和山间平地，而把那些起伏跌宕、无路可走和不可耕种的山林留给了不会说话的动物。这是一份没有协商、没有文字、没有明确边际的协议，遵从的完全是不可说破、不可说尽的天意。

人类离开山林之后，依靠地上出产的粮食获得饱足，也使自身族群迅速发展。城市和乡村星罗棋布，越来越热闹，越来越喧嚣；而山林却显得比以往更加平和、宁静、美好。这就唤醒了人类新的追求和欲望。为了重温原始、天然的记忆，一些“野”心勃勃的人便时常重返山林，仗着越来越先进的工具和武器，去向动物们讨要新的领地和可食之肉。当然，也有一部分人类，一直耽于山林里的趣味和自在，始终没有走出来。对于山林里的动物来说，这部分人更加可怕，虽然他们并没有随人类文明进程一同“发展”和“进步”，但他们却与人同类，比动物们更多地享有了人类整体的进步成果，拥有越来越先进的武器和越来越强的猎杀能力。

猎人，这个古老而特殊的群体，就是私自或公然代表人类与动物进行交涉的“代表”。他们依凭着比尖牙利爪更长、更锋利的长矛、利剑和飞矢、流镖，依凭着比野兽的嚎叫更加震耳欲聋的呐喊和火枪、炸药来和动物们“谈判”，逼着动物们交出血肉、生命和领地。

面对各种方式的狩猎行为，人们之所以很多时候会大加赞美，是因为人们在人类与动物搏杀中，只看到了人类自身的“强大”、“智慧”和“英勇”，并没有看到这些行径根本上的有害。有时，人们会很糊涂地把一种不义的荣光擦去血迹，贴在自己的脸上，引以为豪。

（三）

有一个村庄叫俄梅塔，这个名字不知道来自日语还是俄语，反正日俄都曾经在这里横行过，这是历史的印证。

71岁的老猎人樊广生光着脚，盘着腿，坐在俄梅塔村的土炕上，讲他大半生打猎的故事。他饶有兴趣地讲，我饶有兴趣地听，虽然我知道那些充满血腥的故事并没有什么值得炫耀，也谈不上光彩，但我却并没有觉得这老人是一个可恶、可耻或可恨之人。有那么一些时刻，我甚至还觉得他身上仍有一些值得敬佩的英雄气概残存着。我知道，此时此刻我已经和许许多多庸常的人类一样，深深沉迷于一种明知故犯的罪性之中。

小村俄梅塔自 1930 年诞生以来，历经近一个世纪的时光，像一只蹲在山口不死的鹰，见证了山林里的一切。原初的 20 多户居民，至今仍是 20 多户，数量不增也不减，仿佛变化的只是屋子里的人，人的情感、记忆和心念。

不论过去还是现在，樊广生一直是小村里的异数。大多数村民靠种地、养殖、赶山、采山货维持着清淡的生计，而他却从懂事开始就跟着上一辈猎人行围打猎，一直靠捕猎山上的野生动物维持生活。

13 岁刚出道时，他跟着一个邻村的朝鲜族村民学捕貂、打皮子（黄鼬）和野兔。朝鲜族师傅，是远近闻名的捕鼬高手，曾经发过大财，鼎盛时期一冬仅黄鼬就捕到过 200 只。那个年代一张黄鼬皮卖到 9 元钱；相当于一个林场工人一月工资的三分之一；而一张紫貂皮价格则远超出林场工人一个月的工资。粗略算一下就可估计出朝鲜族师傅的收入。到樊广生出道的 20 世纪 60 年代，山林里的貂、鼬数量日渐稀少，情况已远远不如从前。

整整一个冬天，樊广生都要跟着师傅或单独在各种各样的涵洞下或沟塘边转悠，下铁夹或下“拍子”。虽然落空的概率已经大大提高，运气好时师徒俩一冬天的进项仍然足以让周边的人“眼热”、嫉妒。但好景不长，此业仅仅维持三年，由于师傅出了一次诡异的事故，樊广生不得不将自己的捕猎方向转到其他领域。

樊广生 16 岁的那年冬天，某日，师傅去另外一个猎人家喝酒，大醉而归。一个人穿过漆黑的村街往自己家的方向行走。他清楚记得不到 500 米的距离，走不到“一袋烟”的工夫就到了自己的家；他也清楚记得，穿过灯光照射的院落之后，自己亲自把手穿过“猫洞”，拨开门闩开门进屋。大约灶间的“柈子”火还没有熄，炕是温暖的甚至有那么一点点烫。他感觉困得厉害，坐下来，仅仅把鞋袜脱掉就一头倒下来，和衣而睡……直到午夜时分，家里人见他迟迟未归，便一齐出动，打起手电沿街寻找，结果在离家大约 300 米的路边找到了光手光脚、沉醉不醒的他。抬到家里时，人是醒过来了，可手和脚都已经冻成冰棒，送到医院后，医生给出了冻伤、坏死的判断。最后因无法救治，而截去双手双脚。

山里人信奉灵异，常把狐狸和黄鼬尊为仙家。他们认为，狐狸和黄鼬都是身怀异禀的灵异动物，十有八九是能得道成仙的，至少能够轻易干预人类的生活。有虔诚的信奉者还会在自家的屋内摆设“仙位”进行供奉，以保家室平安。仙位常年香火不断，不敢稍有松懈，中有供牌，上书“胡黄二仙之位”，上下一对楹联书有：“入深山修真养性，出古洞四海扬名。”

迷信“胡黄”的大多是汉族人，这一地区的朝鲜族，则从来不信这个“邪”，他们除了熊全无禁忌。

据传，上古时，有天神桓，因其庶子桓雄想下凡，便选定三危、太白二地赐给桓雄，并给了他三个“天府印”作为天上神仙的标志。桓雄率领三千之徒，降到太白山顶的一株神檀树下，建立“神市”，自称“桓雄大王”。他设置了“风伯”“雨师”“云师”等官职，主管农业、疾病、刑罚、善恶等三百六十件人间大事。其时，有一熊一虎同住于一个洞中。它们来到桓雄大王面前，请求大王把它们变成人。桓雄大王就各给它们一根艾和二十头蒜，叫它们吃下去之后躲藏起来，一百天之内不能见阳光。熊照办，只蹲了二十一天，就提前变成了一个女人；虎没有照办，故未能变成人。熊变的女人没有配偶，就去祈求桓雄大王。桓雄大王就与熊女结婚，生下了王俭，即檀君。这个檀君，就是古朝鲜的开国君主。

因为信仰和文化的缘故，山林里的捕貂人多为朝鲜族。当初樊广生跟着朝鲜族师傅捕黄鼬时，就遭到家里人的强烈反对。朝鲜族师傅一出事，家里和村里的人就更有了反对的理由。对于这个已经断手断脚的朝鲜族猎人，他们虽然也抱有同情，但却都认为他是“罪有应得”，因为他做了太多“业”，打了太多的“皮子”，得罪了仙家——你不断用铁夹夹断人家的手脚，人家也必然报复，迷惑你，让你断手断脚。

樊广生这一生注定是个好猎手，注定是野生动物的克星。

告别了捕鼬这一行当的第二天，他就扛起枪，进了老林。进山行不多远，就遇到了三只狍子。樊广生冲狍子大喊一声：“站住”，果然，三只狍子“齐刷刷”在奔跑中骤然停下来，像听懂了樊广生的口令一样，回头，竖耳，侧身。就在它们“发愣”的瞬间，樊广生举枪对准其中一个体形较大的狍子扣动了扳机。随着一声枪响，那只狍子瞬间倒在地上，仿佛有一只看不见的手，随着樊广生的心意将狍子猛力掀翻。

“那感觉太神奇啦！”

我从樊广生脸上读出了“难以言表”四个字。是的，只这一枪，就让樊广生体会到了做猎人的奇妙感受和全部荣光；只这一枪，也宣告了山林里一道新生魔咒的诞生。

从那一天起，樊广生开始了他真正的猎人生涯。很快，他的名声就在天桥岭一带的山林间传扬开来。实际上，他也真不是浪得虚名，而是凭着一身过硬的本领，驰骋山林，执掌生杀，没什么野生动物能躲过他那双鹰一样的眼睛，和那杆如同长了眼睛的猎枪。凡林中的动物，狍子、野猪、黑熊，包括难得一见的猞猁和豹子，他想取谁的命就取谁的命；想对谁大发慈悲手下留情，谁就能好好地活上一阵子或几年。

那些年，他像一个山林里的“圣诞老人”一样，把轻易得来的野物当“礼物”四处分发。他打来的野物，首先要保证自己享用，自己够吃；然后，要分给邻里和亲友，让身边的人都沾到他的光；最后，才把“剩余”部分卖给当时的“供销社”，贴补家用。丰厚的猎获和慷慨的性格不仅给他带来了诸多利益，还为他赚到了一个好人缘。

在各种野生动物中，他对狍子的习性最为熟悉，甚至熟悉到看到一个脚印儿就知道它下一步会走到哪里；看到狍子的一个动作，下一个动作是什么都在他的意料之中。他对狍子的了解，甚至超出了对自己的了解，所以他又是有名的打狍子专家。他至今清楚记得，那时，他卖给“供销社”最多的就是狍子，除去亲友、村邻们的分享，他一年最多时卖出过 200 只狍子。

樊广生还有一个和其他猎人不同的特点，他出猎时从来不带干粮，原因有二：一是辎重太多会影响他的灵活性，二是他有自己更加迷恋的美食。他坚信，每一次出猎一定不会空手而归。这个自信，据他自己说，既依赖自己的技术，也依赖“上天”的恩赐和成全，他就是那个“吃山”的命。

每一次，开猎的第一枪或第二枪基本是一只狍子，这正如他所愿。猎得狍子，他拎着匕首凑过去，手起刀落，狍子的两肋间就现出一道口子。他伸手，准确无误地把狍子的肝脏掏出，那就是他多年来坚持享用的美食。

有一年，山上下了半米深的大雪，正是打狍子的好时机。樊广生一个人背着猎枪上了山。走着走着，“撵起”两只狍子，他抬手一枪打死一个，另一个跑掉了。樊广生吃完一个狍子的肝，抹一抹嘴，把死狍子挂在一棵树上，突然起了贪心，决定多打几只狍子。于是，迈开腿跟着另一只狍子的“遛儿”（足印儿）追下去。他知道狍子跑一段时间必然停下来，不出一个小时之后，还会与它相遇。

果然，在一片桦树林的边缘，他又看到了那只狍子。举枪，射击。他自信这个距离和角度会万无一失。那天，他却意外地失手了，狍子在枪声中打了一个趔趄，却并没有倒下。它显然已经受了伤，再起步奔跑时明显有些踉跄。樊广生舍不得放弃，就一直跟下去，越跟越远，一直跟到永安的东山上，终于把那只狍子击中。

他抬起头，才发现，天色已晚。30多里崎岖的山路赶回家时，已经接近午夜。那个年代的山区没有任何通信设备，家里根本就无从知道这个进山一整天没有回来的人，是吉是凶，是死是活。正百般地猜测和担忧，突然看见一个满脸是血的人破门而入，一家人不知站在面前的是人是鬼，早吓得魂飞魄散。

有那么几年，樊广生在内心里真把自己当成了猎神，手中一杆能“压”十发子弹的半自动步枪，让他玩得出神入化，甚至别人难得一见的东西他都能幸运地捕获。

一年初冬，地上刚刚落了一层薄雪，他扛着猎枪去沟塘里“遛套子”，在一片“石头砬子”下边发现有一只套子套住了一只狍子。可是，狍子却被什么动物吃去了一半，只剩下身体的前半部分。认真查看齿痕，樊广生发现，吃狍子的动物体形并不很小，肯定不是豹猫、青鼬等小型动物，初步判断体重在50斤以上，或许是豹子或虎的亚成体。他觉得，短时间内，这个动物很可能还会回来。

他下意识地把枪从肩上“顺”了下来，擎在手中，随时准备着出枪、开火。为了便于观察和安全，他迅速爬到附近的“石头砬子”顶端，占领了最有利地形，躲在一块大石头的后边，端着枪瞄准下边的死狍子。这时，那只狍子完全成了一个诱饵。

没多久，砬子下开始有了动静，走得更近一些的时候，他认出了那是三只猞猁。耳尖那丛显眼的黑色“耸立簇毛”和身后那截断掉了似的短尾巴，就是这种稀缺动物的“身份证”。樊广生毫不犹豫地瞄准其中一只开了枪，随着枪声，那只猞猁瞬间跃上一块近三米高的大石头。此时，猞猁和樊广生的距离已不足10米，他的身体完全暴露在猞猁的视野之中，不知第一枪有没有打中那生灵，只要它再奋力一跃，很快就能到达他的眼前。来不及多想，他以极快的速度对准猞猁的身体又开了一枪。这一枪樊广生确定是打中了，猞猁跳下大石之后，就一直匍匐于地，再也没起来。这个过程前后加在一起还不到一分钟时间。另两只猞猁，惊惶四顾，可能很想弄明白到底发生了什么，但终究没有明白；最后，茫然地看看死去的同伴，转身离去。从那以后，樊广生以及村里的山民，再也没看到过那种叫猞猁的动物。

对于这样一位猎人，我自然会问到老虎，问他是否遇到过，是否猎杀过，是否知道有关老虎的其他信息。显然，老虎这个话题，对于他来说，似乎并不熟悉，仿佛并不在他人生经验之中。

我的问题提出后，他停顿了好大一会儿，才从纷繁的记忆库里翻出些信息。

他说，到了20世纪六七十年代，老虎已经走得差不多了。只是在和朝鲜族师傅打黄鼬那年，看到一个人用大型铁夹捕到过一只100斤左右的小虎，以后再也没有看到过老虎的实体。虎啸，倒是在几个初春的夜晚听到过；虎的足迹似乎每一年也都能看到，特别是在雪后的林间小路上，一个个巨大的“梅花”清晰可辨。有两次，在追逐猎物的途中，他还见到过老虎吃剩下的野猪和狍子的残骸。樊广生说，虎肯定是有的，但这么多年从来没起过打老虎的念头。虎是山林的神啊！动什么，也不敢打老虎的主意！

（四）

那一场记忆深刻的漫长追踪，实际上从寒霜浓重的晚秋就已经开始了。

当表弟王发第一次向他报告，说后山来了一只大黑熊时，樊广生并没有显得有多么兴奋。虽然说猎获一只黑熊的价值远远大于其他动物，光是四个“掌”和一个胆，一旦出了手，就够他一家人安安稳稳地过上一年的好日子。但一想起黑熊那憨憨笨笨的样子，樊广生的心就莫名其妙地软了一下，尽管动用了一个猎人的全部想象，也想不出那只黑熊死在自己的枪口下会是个什么样子。直觉告诉他，这只黑熊不应该死在他的手下。

之前的很多年里，樊广生也曾和别人一起猎杀过黑熊，大约“端”过几次熊仓，有“地仓”，也有“天仓”。由于一群清醒的人明火执仗对付一头冬眠的熊，说来并不是什么值得炫耀的事情，也并没什么令人兴奋的情节，几次这样行动都没有在樊广生的记忆中留下太深的印象。

老樊说，在所有的动物里，人是最“熊”的一种，如果不是仗着人多势众，不是仗着手里有一杆枪，恐怕连一只小小的豹猫都对付不了。一有了枪，孬货都变成了英雄，打打杀杀的，好像自己真有了多大的能耐。有种的，把枪扔下，赤手空拳去和山牲口干一场？十个有九个都得被人家当“饭”吃了。

樊广生对黑熊最深的印象，来自于10岁那年一场特殊的经历。

那年秋天，樊广生和另外一个小伙伴也学着大人的样子，去山里打圆枣子。在一片圆枣藤比较密集的柞树林里，两个伙伴停了下来。由于樊广生天生体形小巧体质强健，所以登高爬树的事情要由他来完成。说好樊广生负责爬到树上去摘圆枣子，另一个人负责在地上收集。可是当樊广生爬到树顶时，却发现就在与自己相邻的另一棵树上有一只黑熊也在树上摘圆枣子吃。距离很近，不足两米，可能因为吃得正高兴，黑熊似乎也没有太留意樊广生，自顾自地在那里一个劲儿地大嚼大咽。直到樊广生发出惊恐的大叫，它才反应过来，愣愣地坐在树丫上，那姿态一时判断不好是惊恐还是好奇，反正并不是愤怒。

樊广生向树下望去，那个小伙伴早已经无影无踪，他喊了两声小伙伴的名字，也没有应答，便知道林子里只剩下自己了。惊慌之下，他竟然忘记了要下树逃跑，过后，自己也说不清当时究竟是怎么想的。

惊魂甫定，樊广生开始主动攻击起黑熊。他用随身别在身上的斧子，砍下一个树枝向下捅那个黑熊，希望黑熊能够从树上掉下去摔伤或摔死。可是，他一捅黑熊就一躲，躲到树干的后面时，再捅，黑熊就一动不动地紧紧贴在树上，仿佛牢牢地粘在树干上一样。捅不见效，他就打，用树枝打黑熊的头部，可能是打疼了，黑熊就抬起一只前爪挡住自己的头部，那样子很是无辜，像一个被欺负的小孩子一样，弱弱地招架着。

说来很奇怪，那只黑熊那天一直没有被樊广生的行为激怒。

最后，当樊广生孤注一掷将手中的斧子砸向黑熊的头部时，黑熊应声跌到了树下，但黑熊并没有如想象的那样，被摔死或被摔伤。落到地上后，它马上就从地上爬起来，一扭一扭地跑到树林深处。从那次起，一提起黑熊，樊广生的脑子里就闪现出当年黑熊那个护着头部的姿势和惊恐、无辜的眼神。

表弟王发第三次来和他说起黑熊的事情时，樊广生也许出于好奇，也许有点“盛情难却”，终于答应和他一起去后山看看，但也并没有什么明确打算，只是看看而已。

山里的霜冻总是来得过早。十一月的清晨，林中的草木和地面已经结了一层薄薄的秋霜。二人穿过林场的运柴道，向右走出不到1000米，老远就看到在一片树木稀疏的林间草地上有一行新蹚出来的印记。发黄的秋草不但没有表层的白霜，还有一部分被重力压倒，贴伏于地面。樊广生一看，就确认是一只大熊的足迹。根据草倒伏的力度和偶尔留在泥土上的掌印判断，这只熊的体重在500斤以上。樊广生和表弟循足迹向下跟踪，不到200米，足迹突然在一棵碗口粗的小山桃树下消失了。仔细查看，山桃树上有这只黑熊的“坐垫”和清晰的爪痕，只是黑熊并不在树上，树下也看不到黑熊往其他方向行走的印记。

樊广生很是不解，难道这头黑熊走到这棵树下就飞到了天上或遁到了土里？以前曾听上一辈老猎人说过，黑熊在“蹲仓”前，为了迷惑人，经常会倒着走路，以免被人跟踪找到它的老仓。看来，今天这头黑熊用的就是这个技法。他们开始顺着足迹向相反的方向跟踪，又走了一段，足迹在一道小河边消失了。看来，这头熊是在早晨觅食之后，又像一个淘气的少年一样，倒着走过草地过河去了。而小河的另一端，是一片遮云蔽日的茂密丛林。

按季节推算，山里的第一场雪还没有下来，黑熊还不到进仓的时候，它要在外边摆够了迷魂阵之后，才突然在某一个下雪的前夜悄悄潜入早已选定的老仓。即便是蹲入老仓，它也会在半月之内保持着高度警觉，只要500米之内有异常的响动，它都会早早地从老仓里悄悄溜走。蹲仓，对于一头黑熊来说，那可是生死攸关的大事，一旦老仓被人发现，基本就相当于断送了性命。今天，樊广生推测，它一定躲在某一块岩石后或某一棵倒木的缝隙观察、警惕着周边的异常情况。这时，贸然靠近，是非常危险的。别说他并没有做出猎杀这头黑熊的准备，就是他已经做好了准备，也没有胜算。

樊广生站在小河边沉吟一会儿，没说什么，向表弟一挥手，做一个撤退的示意，便沉默着回到了家中。之后的很多天，他不想,也不提这件事情,就像这件事没有发生一样。在表弟看来,樊广生不动手,只是时机还不成熟。

头场雪下来之后,表弟又来向他提起那头黑熊的事情。现在,邻村的两个猎人也知道了那头黑熊的信息,村子里几个爱好打猎的人天天在谈论这头黑熊。因为樊广生还没有动手,其他人都在心里疑惑,不敢贸然行动,觉得其中一定藏着什么隐情,估计那头黑熊是一个十分难对付的主儿。

整整一个上午,樊广生都在内心做着斗争。本来,他并不想再伤害一个自己已经放弃的目标,但一头巨大的黑熊对于一个猎人来说,不论在精神上还是物质上,确实都是一个巨大的挑战和诱惑。这些年,他想打就打,不想打就放弃,从来没有像现在这样婆婆妈妈过。唯有今天,打或不打,两个方向的作用力都一样巨大,实在令他无所适从。傍晚时分,他终于下定决心。打!因为已经有那么多人在惦记了,自己不打也会有别人去打,他要抢在别人的前头拔这个头彩。

第二天一大早,他就和表弟出发去了后山。经过上一次的巡查,那只熊的大致活动范围樊广生已经掌握,这次就省了很多的脚力,可以直奔重点地带而去。边走,他和表弟边大声说话,并时不时用木棒敲打一下树干,特意制造一些声响。这一招叫震仓，通过制造噪声将蹲仓未稳的黑熊从隐蔽在暗处的老仓里惊动出来。因为这个时候，不可能在“仓”里将一头黑熊猎杀，不等猎人靠近，它就会逃跑的；与其等费尽周折找到熊“仓”时再让它出仓,还不如让它早一些出来。只要它一上雪地，它的足迹，就会步步将它“出卖”，朝哪个方向走，行走的速度，步子大小，身长体重，有没有受过伤等信息显露无余，有经验的猎人一边跟踪一边就根据足迹信息制订出了有效的猎杀方案。

正午过后，他们希望看到的足迹终于在雪地上出现了。就在小河以北那片浓密丛林的边缘，一行崭新的大熊足迹以一种慌乱的形态向正东方向延伸。按照它的步幅和频率推断，至少是人类行走速度的二倍。追是不可能追上的，但必须一直跟下去，跟到它疲倦，跟到它自己停下奔跑的脚步。

日影西斜，前方出现了一片高度在两三米之间的浓密的小杉树林。熊的足迹,在那片小树林前步幅变小,樊广生初步判断，熊可能是躲在这里边了。如果周边有了什么危险，这样的环境是一个绝佳的藏身之所。二人走近树林查看，熊的足迹由原来的一行变成了数不清的一片纷乱。仅从足迹推测，可以认为这里刚刚开了一个黑熊大会，很多头黑熊在这里走动；也可以认为是一头熊在这里反反复复地打转，可是它为什么要反复打转，却找不到合理的解释。

考虑到熊在入冬之初的多疑特性，这些纷乱的足迹可能又是它搞的迷魂阵，当人们在这端浪费时间，它已经从另一侧溜之大吉了。想到这里，樊广生和表弟当即绕到了树林背后，向外搜查熊的脚印。不出所料，一行熊的足迹已经离开树林，向一片铺满落叶的山坡延伸而去。可是，越过这片山坡就到了很大一片年轻的次生林，既不适合觅食又不适合做仓，它会一直走过去吗？樊广生一边心生犹疑，一边继续追踪。结果，在落叶堆积地带的边缘，熊的足迹再度消失。二人茫然地寻索好一阵子，终无所获，看看天色不早，只好放弃追踪。

二人拖着疲惫的双腿，无精打采地原路返回。走到小树林的那端，樊广生突然愣在了那里，半天说不出话来。就在他们刚刚追过的足迹旁边，有一行更加新鲜的足迹摇摇摆摆、不慌不忙地返回了那片茂密的森林。樊广生不由得打了一个冷战，这到底是一头黑熊，还是一个专门捉弄人的神呢？它是如何从一个确定无疑的方向又不留痕迹地回到了相反的方向上去的？樊广生的脑海里一遍遍显现出那些令人不解的足迹，不论从时间搭配上还是逻辑关系上，他都无法把它们与眼前的事实吻合起来。一直到多年之后，那些足迹对于樊广生来说，仍然如天上的星图一样，纷乱，神秘，无解。

从山上下来后，樊广生脾气变得暴躁起来，几天之内没有和别人好好说过话。对第二天早早到来找他继续猎熊的表弟，更是显得粗暴无礼:“你愿意去，你自己去吧，我还有别的事情。”对于他的烦躁，亲友们似乎不很理解，又似乎很理解，毕竟，对一个从不落空的猎人来说，这是一次很失败的经历。

半月之后，从邻村传来一个令人震惊的消息。三个猎人，集结了 20 条猎狗进山围猎，打到一头罕见的大黑熊，重达 400 公斤，装在一驾马车上，黑熊头顶到了马屁股，脚还垂在车尾之外。据说，围猎进行得异常艰难，20 条猎狗死了 4 条，伤了 8 条，最后把遍体鳞伤、筋疲力尽的黑熊逼上了绝路，爬到一棵大松树上，猎人们才有机会乱枪把它射杀，否则猎狗的伤亡可能就会更大。

“这回那些打猎的人也赔苦啦！死伤那么多猎狗能买回几头黑熊啊？”

“那猎场上，方圆两三百米，到处都是血迹呀……”

村民还在绘声绘色地描述，樊广生却转头回到了屋里，他感到了有生以来从来没有过的难过。他不知道死去的黑熊是不是自己跟踪的那一只，但一想那最后的场景——狗的狂吠、熊的哀嚎、人的叫喊、乱枪齐鸣、血肉横飞，他这个一生见过无数杀戮的人，却不知为什么强烈感觉到，心被什么塞得满满的，从胸膛一直堵到了鼻梁……

天就那么渐渐暗下来。讲述停止后的大段空白，终于提醒我，要把思绪从时间的另一端拉回到现实。现在，细细端详相对而坐的这个老者，我们似乎已经有过一段时间不短的相识，又似陌生得一无所知。停止了讲述的樊广生，在黯淡的光线中显得特别苍老，他不但满脸皱纹，还有一只眼睛失去了控制，始终不眨,也不闭。在一下午的讲述中,我一直想找机会问问他，这一只不听控制的眼睛，在他年轻打猎时是闭着的还是睁着的，却一直没有勇气开口提问。

我起身告别，樊广生老人坚持出门相送，一直送到大门口。这时我才发现，站起来的樊广生比坐在火炕上显得更加矮小，有那么一瞬，我仿佛看见他身后还站着另一个高大的樊广生。只是那么一瞬，然后就消隐在虚无之中。

这一天，我的脑子里装进了太多陌生的东西。它们杂乱无章地挤在一起。像一个没有条理的货郎的箱子——鸟、兽、兽迹、枪声、血、咆哮、哀嚎、残骸……塞得满满，箱盖半敞，不知道哪两样东西会相互摩擦发出意想不到的声音，也不知哪一样东西会从缝隙中跳出来或掉下去。明知道走路时要留意脚下，心无旁骛，可我还是眼睛向前，心思在后，担心着一些令人担忧的事情。

突然，一声刺耳的枪响，从身后传来，我感觉自己的心和整个森林都剧烈地颤抖了一下。回首，天边正被交映在一起的夜色和晚霞深深浸染，放眼一片殷红，如深紫色的血。

第六章

剿　杀

（一）

100 多年以前那阵纷乱的枪声、枪声过后那些无序的喧嚷和叫喊以及喧嚷背后那些强壮且卑微的生命，经过茫茫岁月的淘洗，已经消散得无声无息、无影无形，只有一帧泛黄的黑白照片，将令人发指的一瞬凝成了时间和历史疼痛的记忆——

那只身长接近 3 米的成年雄虎，已经彻底死去。

曾经是多么鲜活、灵动、御风而行的山林精灵，曾经是多么勇猛、强健、藏着万钧之力的肌体，曾经多么威严、高贵、一声长啸震撼山岳的森林之主，如今却如放尽了气体的汽车内胎，瘫软、无力，毫无尊严。它的身体一半横陈在两条铁轨之间，一半儿悬在铁轨之外，一个绳套放肆而无礼地套在它美丽的颈项上，由5个强壮的俄罗斯男人粗暴地拖拽着。由于角度的关系，我从画面上看不到老虎的眼睛，我想，当时它那双曾威慑万物的眼睛一定是睁着的，因为它至死也没弄明白，人类为什么要处心积虑地对它以及同类下此毒手。

老虎身下的这条铁路，是著名的中东铁路，从满洲里一直伸向绥芬河，又从哈尔滨一直通到旅顺口，建成于1903年。这一条钢铁的道路对于人类的历史和意义由于过于复杂难以言说，暂且搁置一边。单对老虎来说，则意味着25000个凶恶的枪口，从四面八方伸向山林。

最初，以“护路军”之名进驻中国领土的军队，议定的数量为军官120名，马兵699名。然而，在中东铁路全面完工的前两年，沙俄护路军就已扩编为俄边防独立军的外阿穆尔军区，兵力高达4个旅，约25000人。而这每一杆枪背后的“兵”，都拥有“遇虎格杀”的能力和特权。

就是这样的一条运输线和这样的一股猎杀势力，在随后的30多年中，将1500~1800只活生生的东北虎猎杀、拆分，将它们变成了零碎、昂贵的货物贩运到世界各地。

人类也许永远也不会懂得老虎这样一个精致的受造之物，究竟凝结了造物主多少苦心；但在某种业力的牵引下，人们却像一群心理畸变、行为狂躁的儿童一样，以损毁和破坏的方式表达着他们对一种漂亮“玩具”的兴趣和狂热——将老虎——那一具具美丽的生命体置于自己的刀斧之下，兴高采烈地剥皮、剔骨、拆卸、分解；然后，又以一种有偿的形式在同类间分享、炫耀——

“印”有王字斑纹的华美皮张，将被送给或卖到沙皇手下的某一个公爵、贵族手中，用于装饰本已豪华但尚缺一点儿威严的客厅，也可能远渡重洋贩卖到英国或法国，那些刚刚发达起来的资本家，只愁没有新奇的东西，从来不差金钱。

虎骨与虎尾，就近送到宁古塔、吉林、齐齐哈尔等地的交易市场，是个不错的主意，从那里可以间接进入北京、天津、奉天、哈尔滨等大城市，成为千千万万个患者解除病痛的药。至于虎心、虎血、虎眼、虎鞭、虎胆等都会分别去往如饥似渴的需求之地。

竟然，连老虎的胡须都有非同寻常的价值和独特用场。

雄虎的虎须分为 5 排，每排 10 根；中间一排的胡须最粗，其中从头数第七根最长最粗，其价值最高。通常胡须会被做成环形的护身符套在有钱人的脖子上或是挂在男士的衣襟上，做驱邪护身之用。据说，一个得了牙龈恶疾的人，只要每天用虎须剔剔牙就可痊愈。

至于老虎肉，则可以作为有一定身份、地位的达官、贵人、富户餐桌上的美味佳肴。

如果把所有被出卖的老虎身体部件所去之处都在地图上标出红点儿，这世界看起来便很像一个可怜的重度皮肤病患者，身上出了一层又一层重重叠叠的斑疹。

当然，也会有一些人，一边大口吃着老虎肉，喝着虎骨酒，一边赤红着脸对同类讲起自己那些猎杀老虎的英雄事迹。吹牛，也叫炫耀，是人类自古以来始终没有戒掉的劣根性。这是主要症状，附加症状还有攀高结贵和趋炎附势两种。似乎只要把一个强大的事物比如虎、豹、熊打败或杀死，就能证明自己神勇过人或能力超人。若深究起真正用意和目的，那些在行动上刻意而为，在声势上不遗余力的吹牛者，不过是想通过逞能来吸引人们的眼球，进而以此获得人们的惧怕或尊重以及敬畏背后所能带来的利益。

此风浩荡，老虎的厄运便如泛滥的山洪般难以遏制和阻挡。可是，老虎有什么罪过呢？细想，老虎也许是有罪的，老虎的罪就在于它自身承载了巨大的价值，它会让一些作恶者名利双收。

早年，上山挖参有山规，进了山就要闭紧嘴巴，遇到什么都不能大惊小怪，只要一喊，就要把遇到的那个东西背在身上，一直背回家，否则就会遭诅咒，倒霉，倒运。比如遇到了蛇也要背在身上，背在身上就是钱串子，不背着就会有朝一日遭蛇咬，悲惨的，要命丧蛇口。有一个刚学挖参的少年，不熟悉山上的规矩，遇到了一个动物骨架，大声问师傅，那是啥东西，结果就触碰了山规。师傅逼着他把那个骨架全都背在身上，否则大家都有可能跟着他倒霉。没办法，少年只能背上动物骨架回家。背上那么重的东西连走路都走不了，还怎么去挖参？少年千辛万苦把那具动物骨架背到家，正好遇到了药店老板，打开袋子一看，可了不得啦！原来那是一副虎骨啊！当即，少年就发了大财，从此再不用辛辛苦苦去跑山挖参。

这是一个意外。当有人也怀着一夜暴富的梦想模仿少年去山里寻找虎骨时，有经验的“老山精”告诉他们，不要痴心妄想。因为世上高贵的动物都不会让人看到自己如何死亡的，比如鹰，比如豹，比如大象，它们更不会让人们找到自己死后的尸骨。除非它们遇到了更加强大的杀手和出乎意料的不测，它们总是会如“蒸发”一样在地球上神秘消失。

纵然如此高贵，也挡不住人们的利欲熏心，高贵终于被渴望成昂贵。不能唾手可得也不要紧，那就铤而走险为得到付出一些代价吧！轻易得来也无法与那份天然的“贵”匹配。如此，在利益驱动和精神蛊惑的双重作用下，人已无分地域和国别，临时缔结成利益联盟，想方设法在老虎走到生命尽头之前终结它们的生命。

这又是人类的智慧或狡诈，单挑不能取胜便结伙；结伙不能取胜则集团，集团再不能取胜则“联军”……于是，越来越多的人怀着暴富的梦想和冒险的冲动，越来越频繁地走向山林，联手对老虎实行疯狂杀戮，索骨，谋皮。

这一轮大规模的剿杀一直持续到1947年，苏联政府正式禁止猎虎。但魔咒的效力并没有就此消失，杀戮的乌云靠着巨大的惯性，继续翻滚，向山林的纵深推进……

翻开时间的册页，我隐约看见了一张老虎惨遭厄运的星象之图，一条亦虚亦实的虎族衰亡之路。

我决定，从某一个重要起点开始，重新规划自己的行走和探寻路线。我要去三条著名大江同时源起的长白山主峰，借助一座山的高度，打开自己的胸襟和视野，再一次品读、审视、思索和感受这片辽阔、富庶的大地和这片沧桑、苦难的山林。从时间和空间的高点，顺沿山势而下，由高及低，重温一路上的精神图景。

2691 米，是长白山的实际高度。这个看起来并不张扬的数字，与那些著名的高山相比，虽不算卓著，却也是一个不容忽视的海拔。

站在天池之缘，向远处遥望，几千里山河、几百年岁月尽收眼底。这座满清皇族的祖山，历经 200 年谁都不可以染指的封禁，又经历 100 年的疯狂肆虐和蹂躏，纵陈疾未尽，仍呈现出一片异于寻常的丰饶和美丽。

从兴安岭南麓到长白山脚下，数十条知名或无名的大江、长河纵横交织，泽被万物，构成一个完美无缺的水系；莽莽苍苍的大平原延展无垠，抓一把能攥出“油”的黑土地源源不断地为人类奉献着大豆、高粱、稻米、人参；层次分明的动植物分布带如一幅巧夺天工的五彩锦绣，从高山之巅到湿地水域，从自然、原始的莽林到错落有致的田亩，依次铺排下来——岳桦、云杉、美人松、黄檗、白杨、蒙古栎、艾蒿、碱草、芦苇荡……无数的自然精灵像会呼吸的星星，时时在其间出没、闪烁——金雕、大熊、野鹿、獐、狍、赤狐、紫貂、雪兔、星鸦、燕雀、百灵、布谷、鳇鱼、“三花”、“五罗”、“十八子”……

也难怪日本狂热殖民主义者加藤完治当年在完成了此地的“考察”之后，神经兮兮地向天皇报告：“那是天赐予大和民族的土地！”的确，这是一片如膏如蜜的天赐之土，但绝不是赐予大和民族的。

遗憾的是，在长白山主峰之下方圆200公里之内已经有近30年时间没有见到老虎的踪影了。那些几万年来一直生于斯长于斯，活灵活现、叱咤风云的山之精魂，如今都去了哪里？它们到底是在沉睡，在隐藏，还是已经在此地消亡？

（二）

沿松花江主要支流——二道白河一路向北，行34公里，至一处城镇。河穿城而过，就与城结下了不解之缘，再一次出发北上，临行，身无长物的河便把自己的名字“二道白河”赠予了这座城镇。

自古，这一带就是出入长白山区的咽喉要道，去城不远的和平营子林场就是明代建州女真讷殷部旧址，而宝马林场则为唐渤海国中京兴州府遗址。二道白河镇下辖二道、红丰、安北、长胜、铁北、水田、头道白河、长白、金马、白河岗、奶头山等 11 个行政村。近半个多世纪以来，二道白河以其重要的地理位置，一跃成为远近闻名的山林重镇，既是长白山北坡的重要交通枢纽，也是长白山区重要野生资源集散地之一。

我之所以把长白山下的第一站选在二道白河，主要是因为这个镇上的一人、一物。一物，就是世界上独一无二的长白美人松。美人松，是一种松树的俗名，学名应该叫长白松。这是世界上独一无二的树种。它和东北虎一样，只生活在东北这片寒冷的区域，甚至比东北虎还挑剔环境。据考证，这种树，即便在长白山区，分布区域也很狭窄，目前只见于中国长白山北坡，海拔 700~1600 米的二道白河与三道白河沿岸的狭长地带。

有的植物学家认为它最像樟子松，是樟子松的变种，有的认为它最像欧洲赤松，是欧洲赤松的变种。对于不太懂得植物学知识的人来说，这倒有点儿不可思议，难道我们这块大陆不够古老吗？为什么非要去外国给它认个祖宗？既然世界上哪里都没有，它就不可以是一个独立的品种吗？我第一次看到美人松，就联想到曼妙的少女。它其实就是树木里的美少女，亭亭玉立，红粉香艳，二三十米的主干上，连一个旁枝冗杈和疙瘩节子都没有，让人不得不由衷赞叹这自然界的神来之笔。

一人，就是长期从事野生动物调查和研究的朝鲜族学者朴郑吉。老朴自1980年参加工作以来，几十年如一日研究长白山区的野生动物，尤其以研究小型兽类和鸟类见长。据说，他在林间行走，遇有鸟鸣，根本不用抬头去看，就知道那是什么鸟儿，不但知道种类，神奇的是，竟然还辨得清雌雄。

退休后，他一边继续着他的业余观察和研究，一边从事与鸟兽有关的其他工作。不但写了两本有关长白山区动物科普的读本，还给韩国韩城大学研究鸟类的学者画了近600种鸟类插图和200余种兽类插图。他画的鸟兽应该是工笔写实吧？着了色之后，个个栩栩如生，和照相机拍摄出来的相片一样清晰、逼真。

老朴是一个高度。想爬野生动物这座“长白山”，特别是了解主峰区域东北虎情况，无论如何都绕不过老朴这座山。一个行走山林40年的人，他就是山的眼睛和记忆。

老朴是一个和善而文静的人，话语迟缓，每开口必先微笑一下，且露出几分羞涩的神情。这是一个很奇怪的人，但从外表和气质看，竟然没有一点儿职业特征。虽然在野外奔波长达40年之久，但山野的粗放和旷达之气并没有在他的脸上留下任何痕迹。难道说40年的时光，对他来说只是一场轻轻拂过而没有雕凿之力的风吗？

听行内的人说，老朴的本事很大，还会自制鹿笛把野鹿叫到自己的眼前拍摄和观察。所以在没谈老虎之前，我先问了他关于鹿笛的事情。

老朴常年在林区出入，和山里的很多猎人相熟。一次听一个猎人用十分艳羡的口气说，早先，有极其聪明的猎人会做鹿笛。猎鹿时，一吹鹿笛，鹿就自己走来送死，即所谓“哨鹿”。老朴确信不疑，并在心里暗暗记下。经过潜心研究，反复琢磨，自己终于做出了传说中的鹿笛。到山里试验，果然，一吹附近的鹿就闻声赶来。

有人曾对他这个“绝活儿”表示强烈怀疑。他本是一个低调的人，不想对别人炫耀自己的本事；可被别人怀疑，被别人认为自己是一个故弄玄虚或吹牛的人，也是一件让他无法接受的事情。情急之下，领着质疑者到森林里验证，结果他的神奇一下子远近闻名。这下麻烦来啦！时常就有人来向他求买鹿笛，一次不允，再来一次。你想啊，一般的人谁会那样对鹿笛感兴趣呢？只有那些常去山上盗猎的人。把鹿笛交给他们，这对一个野生动物保护者来说，岂不是赠物于敌？此事，一度为老朴平添了无限烦恼。

看着老朴无奈的表情，我突然想起唐代柳宗元的一篇寓言《罴说》——

鹿畏貙，貙畏虎，虎畏罴。罴之状，被发人立，绝有力而甚害人焉。楚之南有猎者，能吹竹为百兽之音。寂寂持弓矢罂火，而即之山。为鹿鸣以感其类，伺其至，发火而射之。貙闻其鹿也，趋而至。其人恐，因为虎而骇之。貙走而虎至，愈恐，则又为罴，虎亦亡去。罴闻而求其类，至则人也，捽搏挽裂而食之……

柳宗元写这则寓言是要讽喻那些“不善内而恃外”的人，而我却觉得拥有一门技艺、一种本领或一种“价值”总是好的、有益的，关键是要看你用它来干什么。是用来炫耀、招惹是非？是用来害人、牟利？还是用来丰富、武装自己？

而所谓的拥有，又是在怎样境遇下的拥有？这又涉及了世道和命运。一个心灵手巧的人掌握了一门技艺；一个商业天才或运势绝佳的人积累下财富；一个女人天生丽质、美色超群；一地一国天赐福利、丰饶富庶，这本身并没有什么过错，只要不用于炫耀、撩拨、惹是生非，都是好的，也是值得羡慕和尊重的。可是，如果遇人不淑、遭遇了强盗或生错了世道，赶上了邪恶的对手和时代，你自己又没有足够的能力自我保护，那可就要大祸临头啦！所谓“君子无罪，怀璧其罪”，就这个世界的普遍规律来说，好东西一定要有好能力以及好德行与之相匹配才行。

还好，动物界的实际状况并非柳宗元先生所说，不管哪种动物，基本都满足于眼前的饱足，只要有了捕猎对象，便不会继续“得陇望蜀”，虎被鹿吸引之后，基本就不会再对人感兴趣。朴郑吉的麻烦只是来自盯着鹿笛魔力的人。

也还好，他只是遇到了几个难缠的猎人，而不是匪寇和强人；他也很幸运，生在了和平年代，而不是一个兵荒马乱的时代；否则，不但山林里的鹿会因为他的“才艺”而遭灭顶之灾，搞不好恐怕连自己的身家性命都难以保全。

虎是野生动物之王，也是研究者个个倾心的“王冠上的明珠”，朴郑吉对东北虎的研究也有着浓厚的兴趣，定期的调查和持续的关注，让他对长白山主峰附近东北虎的活动情况十分熟悉。

从老朴手中掌握的资料看，早在20世纪五六十年代，东北虎已在大小兴安岭消失，但在长白山脉及完达山脉还能见到一些。至于长白山主峰区域，至20世纪70年代中期，老虎的数量就已经很少，老虎的活动踪迹已经难得一见，可查之据寥寥无几。

1987年，据说有人在奶头山一带还见过一只老虎。

此后，直至2007年的20年间，在长白山自然保护区进行野外动物调查共计433次，调查面积涉及该区总面积的80%，从来没有见到东北虎的活动踪迹。

为什么自然条件一向很好的长白山主峰区域老虎的数量也会逐年急剧下滑呢?

老朴给出的结论还是猎杀。由于大量猎杀，造成种群的破坏，使山林里侥幸生存的老虎失去了交配、繁殖条件。一方面不再有老虎新生，另一方面人类还在继续捕杀或“误伤”，恶性循环的结果只能是老虎绝迹。

出于礼貌或对我的寻访表示支持，老朴决定亲自陪我去几个见证过老虎被猎杀的村庄。他一边走，一边继续向我介绍这个区域老虎的生存情况和消亡轨迹。

从小在这个区域长大的老朴，十来岁的时候还经常听到身边人讲遇到老虎的事情。那时，山里的生态比现在好很多，很多河流和沟沟岔岔里都有鱼，人们便常去水边钓鱼。每年秋、冬季节，钓鱼的人们走到大羊岔一带时，经常会在黎明时分听到虎的叫声，也经常看到老虎在河对岸的石崖上出现。

老虎经常现身的地方，当地人叫红石砬子，实际上就是从河岸上突起的一座石崖。曾有人特意绕到石崖顶部去查看过，崖顶十分平坦，周边长满了粗大的红松。茂密的红松林里，随处可见动物折断的枝条、野猪拱地的痕迹、马鹿卧迹和粪便、熊的足迹和食痕、老虎捕食的残骸等。

那是20世纪60年代后期的事情。那时在山里看见老虎绝不是什么新奇的事情。不仅大羊岔，其他地方也经常有老虎出现。奶头山村的李松业老人，当时在生产队里赶牛车，经常去20公里之外的二道白河为村里的“供销社”拉货物，一般都是起早赶路，晚上返回。路过“大戏台”一带，经常会看见老虎。夏天的夜晚，赶车人为了避免蚊虫叮咬，经常在车套上用铁桶放木枝点火，驱赶蚊虫。好多次，老虎就围着牛车转，却不敢继续靠近，可能是惧怕明火的关系吧！

然而，老虎再多也抵挡不住人类的大肆捕杀。据记载，

1955 年，吉林省国营抚松药厂每年还能购得 20~30 只老虎，用于药材加工。由此可见，这一时期，对老虎的捕杀是不被禁止的。2008 年，老朴带领一个课题组在长白山地区的安图县、和龙县、长白县、抚松县等地进行了虎豹的专项访问调查，共访问调查了 110 位当地有狩猎经历和丰富的野外经验的居民以及保护区工作人员，收集获得捕杀老虎的案例 13 个。以 20 世纪 80 年代为界，之前，有捕杀老虎的个案 11 个；之后，有捕杀个案 2 个。

（三）

老朴带我去的地方，正是老虎曾经频繁活动的奶头山村。据上了年岁的老人回忆，高峰时期，这里差不多有几十只老虎在频繁活动。现年已经 82 岁的朝鲜族老人朴在汉，20 世纪 40 年代末就居住在奶头山，几乎见证了老虎在这个村庄由盛而衰的全部历程。很难得，这个年迈的老人仍思维敏捷，口齿清晰，对老虎的事情讲得枝蔓分明。

1950 年朝鲜战争爆发，朝鲜境内到处都是硝烟和战火，到处都是枪声和炮声，许多动物无法生存，纷纷越过边境迁移到长白山一带。当时，人们能够清晰感觉到，各种各样的动物突然多了起来，当然，老虎也突然多了。老虎一多，就会吸引一些打猎的人。老虎一多，有时也会和人类发生冲突。人们开始打虎，那几年光村子里熟悉的人就打死过 3 只老虎，外边的猎人打死多少没法统计，反正山里经常传来枪声，打的是什么也没人知道，没人追问。

1950 年，奶头山村有 120 多户人家，在长白山脚下是比较大的村落了。

正月十五那天，村里来了老虎。有个叫吴顺子的女人傍晚出门，正埋头走路，一抬头，见小路上有一只老虎，正站在那里定定地望着她。吴顺子被吓得魂飞魄散，掉头就往家里跑，到自己家院子连门都不会开了，直接把木质院门撞开跑进屋子。进屋之后，才发现老虎并没有在身后追赶她。

吴顺子村头遇虎的事情，不仅让她本人心惊肉跳，也让家里人和村民们一起胆战心惊。说不准哪天老虎突然发“威”，再闯进村子抓个牲畜或人来吃。那还不是件轻而易举的事情吗？当时，奶头山村有一个边防站，站长姓韩，带领队员 19 人常年驻守。情急之下，村民们一边自己想办法加强防卫，一边向边防站求救。

其时，村子住着一位从朝鲜来的难民，姓金，叫什么名字由于年代久远朴在汉老人已经回忆不起来了。姓金的难民说自己有本事抓到老虎，大家信以为真。于是，他将干木头点燃后，举在手里照明，带着刀和绳索，去村外寻找老虎，有一些好奇的村民远远地跟在他的身后。走出村庄不久，果然遇到了那只老虎。虎见到火把之后，开始大声吼叫，叫声巨大，惊心动魄，坐在屋子里的人都能感到门窗在抖动。

金难民在虎的长啸中，开始瑟瑟发抖，驻足不敢向前。幸好这时村民们向边防驻军借得一支“九九式”步枪，同两位边防战士一同赶到村头。老虎吼叫了一阵子之后，慢慢地退到了农田边的草丛中趴下，只隐约露出一个头。边防战士抓住这个难得的时机，向老虎开了枪。瞬间，虎在人们的视野中消失，人们以为已经把虎打死，可是，打着火把过去一看，草丛中什么也没有，虎已无影无踪。

没过几天，那只老虎又进了村子。

人们不知道那只老虎为什么要屡屡来到村头。是因为饥饿难忍想到村里来寻找食物？是因为身体有伤或有病，来向人类求救？还是因为活得不耐烦了，找人类求得一个了结？人与虎，隔着物类和语言，也隔着种种相互感知的屏障，所以永远也不可能相互理解，互通心意。

村民们虽然不知道老虎有什么心愿，却知道老虎心愿未了，它就一定会再来。只要老虎来了，就别无选择——杀，因为对于个体的人来说，老虎太强大了。按照人的逻辑，一切比自已强大的存在，都是可怕的。也许老虎的本意并不想伤害人，如果想伤害人的话，那个吴顺子早就成为老虎的口中食了，哪里还容她跑回家！但无论如何也不能认定老虎会对人无害，一个力量超群的异类，谁能把握它的想法和行为？就算暂时无害人之意，谁知道它哪一刻会突然改变主意？

《三国演义》里曹孟德有一句千古名言，“宁教我负天下人，休教天下人负我”，因为说得太直白了，所以就有人觉得话说得太绝，伤感情，可现实中很多人很多时候就是这么做的，只是没有说破罢了。至于这只老虎，奶头山村的村民，只有一个想法——先把它干掉再说，免得天天因为它而担惊受怕！宁可错杀无辜，也不能给自己留下祸患。于是，村子里早就打发人从外边请来一个远近闻名的“炮手”，名叫金龙八。这个人枪法特别好，基本百发百中。

虎还在村头徘徊，可能在犹豫，面对这么多人，要不要先撤退。金龙八已经在一道土墙后架好了枪，瞄准老虎的头部，扣动扳机。老虎应声倒地，由于正中头部，连一点儿声音都没有发出来，就彻底地死啦！也许，这是一个标准的无痛、安详之死。

“流了一地的血呀！上前一摸，老虎的身体还是热和的呢！”朴在汉老人描述亲手摸老虎的感觉时，仿佛虎就在他眼前，所以他的表情非常生动，看起来形神兼备：“就在我把手贴近老虎的身体时，我感觉自己的心在嗵嗵跳，如果不是它已经死了，谁敢摸呀？老虎这玩意儿，就是死了，也有余威，吓人啊！”

那是一只体形巨大的成年母虎，捆好后，六个壮小伙儿用杠子抬还挺吃力。据有经验的猎人鉴定，那是一只年老体衰的母虎。它可能在山上实在没能力抓到其他动物充饥了，就只能来到村子里，看看能不能在食物丰富的人类身边，找到些可食之物，没想到竟被人类当成了入侵者和必除之敌。看来，死，已经是这只老虎的必选之选。否则，又能如何呢？一个动物界的孤寡老者，不是在孤独和饥饿中悄悄死去，就得像人们想象的那样成了“精”，变成一个丑陋的老太婆，去骗人家的小孩儿在夜里偷偷地吃。

“转年的1951年，也是正月，又有一只老虎被三队的村民打死。”

奶头山村三队是当时奶头山下辖的一个最小的自然村，总共七八户人家，孤零零地坐落于两公里以外的山脚下。村西侧的两座山峰，一座叫德龙峰，一座叫角水峰，两座山峰之间是一道林深草茂的沟塘。远看，二峰对立宛若一座山寨的门户。那里常年有两只老虎在活动，很多上山采山货的村民几年内不断发现它们的踪迹，有时是吃剩下的动物残骸，有时是粪便，有时是足迹，也有人直接看见过它们在河边饮水。就这样一过数年，我走我的阳关道，你走你的独木桥，人与虎互不侵犯，相安无事。

那年正月，山上雪大，老虎可能因为食物短缺，突然下山，到村子里抓走了一户村民的猪。大约是在天将“放亮”的凌晨时分,老虎跳到猪舍里将一头100多斤的猪咬死,越过围栏拖走。拖出500多米远，在一条小河边吃了起来。

清晨，村民起来后，发现了崭新的拖痕。雪地上有巨大的梅花足迹，一看就是老虎干的。几个人抄起钉耙和铁叉，开始顺着拖痕向前追去，没想到刚走了几百米就追上了。就在不远的前方，那只老虎还在吃，由于时间较短，猪的体重又大，老虎刚刚吃去了一小部分。人与虎对峙了一会儿，村民一个劲儿地大喊大叫、挥叉舞棒，老虎只得放弃食物退回到山林之中。

这只老虎犯下的致命错误就是让人们追到了自己的踪迹和残留食物。根据现场信息判断，这是一只饥饿很长一段时间的老虎，它对这头猪的放弃，只是权宜之计，在一定的时间内，它还会来的。为了猎杀这只老虎，村民们在死猪附近布设了三杆地枪。晚上，不管那只老虎从哪个方向来，只要它靠近那半头猪，定然一命呜呼！

“地枪”，是猎人们对付猛兽最厉害的一个阴招儿。像老虎这样的动物，既十分凶猛又很有耐性，即便你掌握了它们的行动规律，也不一定能在它们的必经之路上等到，除非你比它们更有耐力。就算你某一刻真的把它们等来，由于它们的机警和灵动，你也不一定能够得手，搞不好还会把自己置于十分危险的境地。为了弥补自身性格和能力上的短板，人类动用智慧和心机设计出这种绝杀利器——“地枪”。就是把猎枪装上弹药，固定、架设在动物们的必经之路上，将一条不显眼的细线拴在扳机上，再通过一条光滑的拉线绕到枪口的前边，固定上。当动物走过，踢到了拉线，猎枪的扳机即被拉动。枪一响，相当于那个动物近距离朝自己开了一枪，命中率必然是百分之百。所以，地枪，被一些猎人戏称为“绝命枪”。

三杆绝命枪，同时对准了一只饥饿的老虎，它还有活下去的可能吗？

村民们把三杆“地枪”精心布设好了之后，一边喝着酒一边等待着那只老虎向自己开枪。已经午夜时分，村民们酒酣人困，小河那边仍然没有一点动静。看来，这只老虎的机警和耐性，远超出人们的想象。再等，仍然毫无声息。人们不耐烦了，有人建议各回各家：“反正它早晚会来，我们干吗要死等呢？”于是，人们散去，在酒精的作用下，酣睡至天光大亮。早晨起来，男人问女人，昨夜听到了什么声音没有？女人说：“好像有。”

几个男人赶紧拿着事先准备好的杠子和绳索向小河边奔跑。果然，那只老虎在凌晨时分中了地枪。为了半头死猪遭到了人类的暗算。中枪后，踉跄着走出不到十米，最后死在了小河的冰雪之上。雪地上，三个以躯体砸出的印痕和三大摊血迹，证明这只老虎在负伤行走的过程中倒下过三次。

又是那绝无不可能的金龙八，1956 年冬天，他领着另外两个猎人，石段长和许奇，住在村子里，在“大戏台子”一带打猎。

有一天，他们正在山上搜寻猎物，突然看到有一群野猪在不远处奔跑而过，几个人还没反应过来发生了什么，只是凭直觉和猎人的本能，举起枪就朝快速飘动的“黑影”开了几枪。

凭经验，其中有两枪应该是击中了什么东西。

几个人穿过树林，到猪群跑过的地方查看。在雪地上纷乱的足迹间，他们看到了血迹，但没有倒下的动物，这个受伤的动物是一边流血一边在向前奔跑。再仔细查看雪地上的足迹，他们认定打中的是一只老虎。人们说虎是野猪倌，意思就是说，虎经常跟在猪群后面在林中游荡，当它们饥饿时，便从猪群中抓一个来充饥。所以，有经验的猎人在森林中看到了野猪群在奔跑，基本可以断定有虎、豹这类猛兽在后面追逐。

老虎的步幅越来越小，雪地上的血滴越来越密集。可以想象，那只虎当时的伤痛和无力。但它为什么要继续奔跑呢？是对生的渴望，还是对死的恐惧？难道它知道后边紧跟着追击者，正急切地想索要它的性命？

血迹又向前延伸了1000多米的距离。几个人终于看见了那只倒在雪地上的老虎。它一身金色的皮毛与黑色的花纹相互映衬，在洁白的雪地上显得那样鲜艳，如一个巨大的花朵，令人心动。

它的气息已经微弱，看见几个人向它走来，它只是无力地将头向上抬了抬，似乎想再一次挣扎着站起来，怎奈血已快流干，完全失去了行动能力。它只能无可奈何地将这个从来未被驯服的生命无条件地交出。随着微弱的喘息，血从它腹部的一个弹孔里断续流出，仿佛每一次喘息都是在挤压它体内的血液，但很明显，血的流量已经一次比一次更小了。

虎的目光一点点黯淡下去，最后完全闭上，不再理会这个已经翻转了的世界。

据山上的猎人介绍，那些年，常常会有人在山上“捡”到死去的老虎。仔细查看，发现那些老虎的死亡原因都是受过重伤，或被枪打中，或被套子勒断喉咙，或被钢夹夹断了肢体，重伤之后，只要它们还有一点力气，就一定会坚持向前奔跑，一直跑到人迹罕至的隐蔽处，或奔跑到最后倒下。

老虎就是这样一种性情刚烈、不肯屈服的动物。我采访过的几个善于使用套子的猎人，他们基本没有用套子成功捕捉到成年老虎。如果老虎不幸被钢丝套套住，它们绝不可能像其他动物那样在饥饿和疼痛的消耗中等着猎人到来或慢慢死亡。虎会在很短的时间内拼死挣断那缠住自己的套子。往往尽力一挣，嘭的一下，套子绷断，自己的喉咙也被钢丝切断。

告别了奶头山村之后，继续向山里的方向走，就进入保护区的领地，不再有村庄和人烟。按预定的行程，我们要去看看另一种在此区域内绝迹的生灵——长尾斑羚的典型栖息地。

车行至白河上游的时候，林愈深，景色愈发壮丽。阳光照在道路两旁的树冠上，明暗交叠，错落有致，让人感觉自己就在绿色的波涛间行进。某一刻乘兴向上一跃，似乎就能够触及蔚蓝的天空，和天空中如片片白帆的云。

在一处陡峭的石崖前，道路崎岖得不可行车，老朴说了一声“到了”，我们便开始弃车，徒步向前。经过又一程跋涉，我们在一条无名小溪边停下脚步。老朴以颌代指，向小溪扬了扬脸说:“从前，每天清晨都会有几十只青羊来这条小溪边喝水，然后便散散漫漫、自由自在地在水边草地上进食，这个沟塘里到处生长着的羊草、柳蒿、水蒿等菊科类植物，都是它们最喜欢的食物。饱了、累了或受到惊吓，它们就迅速逃到对面的山崖下的石缝间隐藏起来……”

青羊，是一个很古老的称谓，自古青羊就分布在华夏全境。从外表上看，所有青羊的样子长得都差不多，所以过去人们把西藏东南和云南西北分布的红斑羚、中国东北分布的长尾斑羚、喜马拉雅山北侧分布的喜马拉雅斑羚以及中国中部和西南分布的中华斑羚通称为“青羊”。而老朴说的青羊，单指生活在东北地区的长尾斑羚。以前长白山区的长尾斑羚很多，经常有进山采药和挖参的人看到它们成群结队地出没林间。如今这个物种也同老虎一样，在这个区域销声匿迹了。

1975年在进行长白山区的珍贵稀有动物调查时，还发现长白山地下森林一带有长尾斑羚在活动，但到了20世纪80年代以后，就不再有长尾斑羚的任何信息了，这说明它们也正在走向区域灭绝的边缘或已经处于灭绝状态。

追究起长尾斑羚灭绝的原因，大约也和东北虎一样，只因为它们身藏着无价之宝。这个秘密一旦被人类发现，就注定了它们要被无尽贪欲吞噬、灭绝的命运。羚羊角，一直是中医里最名贵的药材，据说凡治伤寒湿气、阳厥气逆、手足不遂、热毒风攻、心惊狂动等疑难病症，一味羚羊角入药，必见奇效。当然，好药价值从来昂贵，也正是因为这个贵，才招致人类的疯狂猎杀，终获灭族之灾。

长尾斑羚另一个致命的特点，就是生活规律性非常强，觅食区域、活动方式和栖息场所都很固定，太容易被人掌握和利用。在长白山森林地带，它们常结成小群在针叶混交林和难以攀登的石崖之间栖息。白天，长尾斑羚不出森林，早晨或黄昏才到河谷里饮水，稍有一点动静，便向石崖奔逃。经验丰富的猎人非常了解、熟悉它们的活动地点和行为特性，捕猎时，猎人一般分成两组，一组进入森林，另一组埋伏在石崖附近抄其后路。几个人、几条枪，双向夹击，一个小群落只在很短时间即被消灭。

（四）

转眼，半个世纪的时光已过，这片曾经有猛虎也有暴力和杀戮的山林，如今已经变得十分平和、安详。50年的人来人往，50年的世事沧桑，已经将山林的形态和“沟回”，涂抹得面目全非——莽林变农田，天堑变通途，乡村变城镇，旧人换新人……人们已经不再记得这山林旧日的粗犷、原始和凶险，当然也不再记得往昔的壮美、丰富和生动。

从长白山北坡通往西坡的道路，区区70多公里，20年前还需要花整整的一天时间，如今已经变得平坦宽阔，车行一个小时轻松抵达。近些年，长白山区加大旅游开发力度，旅游人数从20世纪80年代的年均几百人次上升到目前的上百万人次。进入21世纪以来，旅游人数年递增率达到10.77%。

随着旅游规模的日益扩大和区域人口的增加，相应的基础设施也在高速建设，保护区及周边地区的房屋、饭店、宾馆、企业、休闲度假中心、各个等级的道路等，也在大量、迅速增加，从而导致野生动物栖息地的分割和压缩。同时，降低了栖息地之间的连接度，影响了动物的迁移、种群之间的基因交流，更增加了动物道路致死概率和人类捕杀概率。

长白山脚下的抚松镇，半个多世纪以来，一直都是辽河平原地区的重镇，它的地位和重要性，大概和北坡的二道白河镇旗鼓相当。20世纪中期，镇上有一个十分著名的药厂——吉林省国营抚松制药厂，药厂的基础原料都取自长白山区的野生动植物资源，鹿茸、鹿血、灵芝、不老草、人参、五味子、羚羊角……所以药厂曾有一段十分红火的鼎盛时期。在那个物资贫乏的年代，药厂的厂长和销售主管人员也随着药厂生意的兴隆而红极一时，都成为可以和省里的大干部直接对接的“显赫”人物。

那个期间，药厂还有一个非常重要的主打系列产品，就是围绕老虎开发出的一系列药品——虎鞭酒、虎骨追风膏、虎骨跌打丸……这个厂当时每年要收购被猎杀的老虎几只至几十只不等，最高峰时一年收购近40只老虎。

千条江河归大海。只要把这个厂几十年老虎收购情况摸清，老虎的猎杀情况就基本上有了一个大概轮廓。几天前，二道白河镇有一个不愿意透露自己真实情况的老猎人，给我们提供了一条重要线索。20世纪60年代，抚松制药厂有一个叫王方的人，在药厂专门负责收购老虎，如果能找到王方，便可以了解很多官方没有记录和公布的情况。令人惊喜的是，这个药厂经历了半个多世纪的折腾，又是市场化运营，又是体制改革，又是全面私有化，还依然没有“黄”掉，只是现在不叫国营抚松制药厂了，改制后变成一个私人控股的股份公司，叫吉林省抚松制药股份有限公司。

当我们赶到这家药厂寻访王方时，知情人告诉我们，他已经不在抚松镇居住。企业改制以后，原来在药厂工作的老职工们都四散而去，王方老人也于 1992 年离开药厂回家赋闲，住在靖宇县花园口镇他女儿和女婿的参场里担任技术指导颐养天年。我们只能告别抚松赶往靖宇，按他们给我提供的一个地址去找王方。

虽然抚松镇是抚松县的县政府所在地，但它的地理位置很奇怪，刚好坐落在抚松和靖宇两县的交界处。一出抚松镇，跨过松花江的江桥，汽车的导航系统就有了提示，我们已经进入了靖宇县界。

从前，靖宇县并不叫靖宇县，而是叫濛江县。清光绪三十四年（1908）设县。直到 1946 年当地解放，为了纪念抗日英雄杨靖宇烈士才由濛江改称靖宇。这是一个以英雄的名字命名的县，自然与英雄有关。

一踏上这块特殊的土地，“濛江”二字在头脑中一闪，我就不由自主地想起了 1930 年至 1945 年那段屈辱也壮烈的艰难岁月。说屈辱，是因为在自己的国土上，自己的人民和军队却遭受着旷日持久的欺凌、围剿和杀戮；说壮烈，是因为即便山河破碎、民族危亡，仍有不屈不挠的血性男儿在以自己的生命和鲜血在这片苦难深重的大地上写下了人之为人的尊严。

1937 年末至 1940 年，由于日本军队的大幅增兵、坚壁清野、疯狂“讨伐”，东北抗日联军进入了最艰难时期，部队由最多的 30000 人锐减到不足 2000 人。1938 年夏，原东北抗联第一军第一师师长，杨靖宇最信任的得力助手程斌率所部 115 人叛变投敌，接受日军授予的“程斌挺进队”队长的任命。程斌叛变后不仅出卖了杨靖宇部队的活动范围、规律和近、远期作战计划，还带领日军摧毁了第一军全部 70 多个“密营”，一夜之间置杨靖宇部队于弹尽粮绝的境地。

1939 年的冬天来临，山林里的树木渐渐落光了叶子，视野变得开阔，气温开始急剧下降，可食之物顿然减少，大雪封山，一切动物包括人都无法制止身后的足迹对自己去向和行踪的透露。这正是行围打猎最好的季节。于是,日本人再一次集结部队,对活动在山林里的抗联战士实行围剿。

最危急的时刻悄然逼近,被围困山中的杨靖宇已别无选择,只能以有限的力量和一个军人的血性与敌人拼死战斗。此时,山里的气温降至零下40摄氏度左右,部队一直在大批敌人的围堵和追击之下,没有给养,不得休整,饥饿、寒冷、困乏交迫,战斗力急剧下降。为了保全部队的有生力量,杨靖宇决定将部队化整为零,他带领主力在前突击,边突击边分散转移……至2月18日,杨靖宇身边仅有的两个警卫员在出去购买粮食时牺牲,只剩下杨靖宇孤身一人。

2月23日,杨靖宇辗转来到濛江县三道崴子,被赵廷喜等四个村民发现,他们劝杨靖宇投降。杨靖宇说了一句让中国人千秋万代都应该牢记的话:"我们中国人都投降了,还有中国吗?"可惜几个猪猡一样的人并没有因为这振聋发聩的声音而警醒,他们假借给杨靖宇回村取食物之机,将信息报告给了日本特务。

很快,一个近200人的"讨伐队",像一群兴奋而饥饿的猎狗,分三批,陆续扑向他们追寻已久的"猎物"。下午3时,"讨伐队"已经把杨靖宇藏身的密林层层包围。开始,他们企图活捉杨靖宇劝其“归顺”，所以只围不杀，不断地喊话，威逼利诱。但是，堂堂军人、七尺男儿怎肯用十年艰苦卓绝的苦战换一次苟活！为了人格和尊严，为了唤醒沉睡的民众之心，杨靖宇决意将自己的血肉之躯作为一枚轰然爆裂的炸弹，投向史上的至暗时刻。

这是最后的战斗。杨靖宇挺着虚弱的身体愤然而起，双手持枪，奋力应战。激战20分钟后，击毙20余名日伪军。敌人见活捉无望，便向叛变的狙击手张奚若下达了“干掉他！”的命令。张奚若扣动扳机，迅即，杨靖宇身中数弹，壮烈牺牲，时年35岁。

敌人将杨靖宇的遗体运到县城后，残忍地将他的头颅用铡刀铡下，并对其遗体进行切腹解剖。当日本人发现烈士的胃里充塞着棉絮、树皮和草根，而没有一粒粮食，全部震惊了。他们不得不承认，眼前这个中国人，曾经创造了一个生存奇迹，也创造了一个精神奇迹。

真正的英雄，是能让自己的敌人为之落泪的人。当日军指挥官西谷等听说杨靖宇被害的消息后，“一点没有感到快乐”，反而“呜呜地哭了起来”。

（五）

9点钟不到，我们准时到达王方女儿家的人参种植场。

一进院子，我就注意到了院中那三条毛色不同的狗，因为平时我一直对狗这种动物很警惕，很难确定它什么时候会狂吠着冲到你面前，冷不防给你来上一口。很奇怪，王方家的狗见了我们既不叫，也不咬，只是远远地抬起头，嗅了嗅，然后转身，回到房子的背阴处趴下，似乎我们的到来并不值得它们拼力一叫。

参场的一个管理人员先领我们见了王方的女儿，说明来意，我们也确认了王方的身份。之后，我们才在参场最后一排用作居室的房子里见到王方。稍作寒暄之后，我迫不及待却又装作漫不经心地问王方老人："你家的这些狗，为什么见了我们不咬不叫啊？"

老先生笑了笑说："这是猎狗，对人不感兴趣！"

落座未稳，老先生先给我讲了猎狗和普通狗的区别。从外观上，猎狗和普通的狗并没有区别，都是狗，但性格上却差异很大。见人就叫就咬，遇到了比它们更横、更凶的人或野兽就跑的，那是普通狗，只能用来看家护院。猎狗一般在家里很少狂叫，如家里来了客人，它们也不怎么在乎，既不狂叫，也不会有什么亲密的反应；在村里或野外见到不熟悉的人，也不害怕，很少回避。

猎狗最大的热情就是随着人上山打猎，只要你扛上猎枪，没有猎枪扛一个木棒，它们就会跟着你进山。猎狗这种东西，就像一些国际上的职业雇佣军一样，很有专业意识和素养，几条从来没有见过面的猎狗也可以跟着猎人一起上山打猎。一旦上山，狗和狗之间基本不需要熟悉与磨合，很快就能相互配合，形成战斗力，一进山，似乎每一条狗都知道自己应该干什么，怎么干……

现年已经 78 岁的王方老人，1965 年参加工作就在抚松药厂担任地方物资的采购工作，那时他的采购工作其实并不是很麻烦，也不用到处去奔波，因为是计划经济时期，物资的供应渠道十分固定。当时，长白山脚下的村庄每有 100 户人家就会建立一个供销点儿，那时叫“供销社”。供销社不但向周边村社供应一些日用百货，同时也替一些机构和厂矿收购药材、皮张等土特产。

王方每年去各个供销社跑一趟，做一个口头委托，把要收购的品种、价格和等级标准交代清楚，剩下的事情就不用过多操心。偶尔，他也会和供销点儿的负责人小喝一杯，再急急地赶往下一个供销点儿。有时，他还有更加省时省力的办法，赶上哪一个供销系统的会议，集中说一下，或发一张单子也就完事。至于收货、结算都有固定的场所，定时定点，像接头一样，忙活两天，一个月或一个季度的事情就办完了。像老虎这样的“大件儿”而且是不能久放的“鲜货”，基本都由山民或猎人直接送到药厂来，随时来随时处理，以保证新鲜和药效。

人老了话多，王方说了很多药厂的兴衰和当时药厂以及药厂管理人员的社会威信和地位，说到得意处，留恋和自豪的心情溢于言表。后来他终于说到了老虎，说到了令他终生难忘的那只老虎。

进入20世纪80年代，原料的来源和结构发生了很大变化，药厂的生产结构也随之调整。由于大量捕杀，野生东北虎越来越稀少。这一时期，药厂最多每年只能收到三四只老虎，有两年一只没有。以东北虎为原料的项目基本停了下来，王方的业务范围也随之发生调整，由虎转变为人参。当然，同一时期野山参的数量也在急剧减少，药厂的医药产品开始以人工种植参为主要原料。至1988年《中华人民共和国野生动物保护法》

通过并颁布，药厂以“野”为招牌的药品、滋补品的数量已经微乎其微，至于与虎有关的系列产品的生产早已经全面停止。

王方记得，他在药厂收到的最后一只野生东北虎是 1981 年 12 月:“马上就要过元旦了，那是我见到的最后一只野生虎。”

那天清晨，一上班厂长就把王方叫到他的办公室 :“外边来了一个送老虎的人，你去看看，我的意见是留下，但要看质论价。”

王方到厂门口时，一个穿着羊皮袄的人刚从传达室里出来，头戴一顶狐狸皮的棉帽子，匆匆瞥了他一眼，转身走向另一个神情和打扮都差不多的人。那人戴的是一顶貉皮帽子，两只帽子耳朵仍然死死地系着，长长的貉毛上挂满了白霜，似乎眼睫毛上也挂着白霜。那时，他正忙于吆喝并控制着一头拉着胶轮车的驴。正值上班时间，工人们纷纷骑着自行车拥入药厂，虽然走的是大门两侧的角门，但见两个山里人牵着一挂驴车堵在大门口，也觉得碍眼，就有些不耐烦，故意使劲儿地按自行车铃。丁零零、丁零零，车铃不断地响，驴就受到了惊吓，烦躁得四蹄乱踏，不停地扬头较劲，想挣脱那个人的控制转身跑开。

王方站在传达室门前高喊了一声 :“谁是从四方顶子来送虎的？”

刚从传达室里出去的人，还没等走到驴车的跟前，马上又转过头来应了一声："我！"

王方现在已经知道那挂驴车上拉着什么了，回头向传达室里招招手，传达室的人就跑出来，很麻利地将两扇对开的大铁门推开一扇，放两个人和那挂驴车进来。

几个人牵着一头驴，驴拉着一辆双轮胶带车，车厢里几条破麻袋下盖着一个僵硬的物体，看起来很像一具死尸。虽然王方知道那是一只死去的老虎，但还是忍不住回头，用质疑的目光向车厢里望了一眼。到了库房门前，赶车的人将驴拴在一个大铁门的拉手上，开始准备和另一个人一起卸车。

揭去几条破麻袋，果然现出一只老虎。可是，那个叫作老虎的东西，却让见多识广的王方大吃一惊，这么多年他从来没有见过这么残破的老虎——虎的皮毛和花纹可以做证，那确实是一只老虎，但大部分皮毛都已经被血迹污染，紫黑的血迹遍布全身。虎的身量很大，不算尾和腿，也有两米左右，但看起来瘦骨嶙峋，一条条肋骨清晰可见，并没有一点儿"硕大"的感觉。有一些地方，虎毛已经残缺，隐隐露出皮肉。有两个明显的出血点，很可能是猎枪的弹孔，血凝成了冰块黏结在皮毛上。虎的头部已经破碎，不再周正、完整，两只本来不大的虎耳，看上去基本已经不在了。这是一只公虎，但虎的后裆下血肉模糊，睾丸已不翼而飞，如同无物……这是一只在生命的最后时段，经历了激烈搏斗、遍体鳞伤的老虎。

其实，王方也是有一定狩猎经验的人，他虽然没有亲临这只老虎的捕猎现场，却完全能够想象得出那一场搏杀的激烈与残酷。看到这只老虎的惨状之后，他突然感觉到心里很不舒服，不再有兴致和这两个人多费口舌，只想狠狠地杀价，草草打发了他们就算了事。后来，在办完了一切交割之后，他还是忍不住向两个人询问了这只老虎被杀的前后经过。

长白山区，因为历史上曾有多次火山爆发，平地上或山峦间，经常会出现四周陡峭、上面平整的高山台地，人们以为那是一个独特的地理标志，便命名为“四方顶子”。其实，这一地区这样的台地绝不止一处两处，方圆300里之内有多个“四方顶子”。王方隐约记得，那两个猎人，一个姓张，一个姓胡，都来自靖宇县靠近抚松县界的那个“四方顶子”。

有一天，老张出猎晚归，路过“四方顶子”一带，听到了一声虎啸。这声音，在这一带已经有十几年的时间没有出现过了，当时老张的感觉是又恐惧又兴奋。恐惧的是，可别哪一天让自己一个人进山打猎时遇上这山里的大王，遇上了，定然吉凶难卜；兴奋的是，市面上老虎价格已经突涨了十倍，如果能想办法把它逮到，两年内什么也不用干就“够过”了。回到家里后，他立即找到了以前捕猎过老虎的老胡，商量应该怎么办。

看看时间，已经进入 12 月，正是老虎的发情期，老张听到的虎啸，很有可能是被性欲驱动发出的激情吼叫。如果那样，山里的老虎也可能不是一只，而是两只。但无论如何，要想捕捉到它，就要抓紧动手。根据以往情况判断，这只老虎多半是路过的老虎，不会长期停留。因为没有建立满意的领地，顶多盘桓个七八日，又要去其他地方了。一般说来，这样的过路虎，对于突然起意的猎人们，是一个最大的难题和考验。想遇，遇不到，遇到了也难对付。

最后还是老胡，绞尽脑汁想出了一个可行的办法，那就是将原始的狩猎办法和现代化的杀伤手段相结合——打狗围。二人马上行动，联系上另一个很有经验且养有几条猎狗的猎人。为了保险起见，他们一共集中了 19 条猎狗，分三路展开围猎行动，在“四方顶子”一带布下了一个方圆 10 里的大圈子，向老虎最有可能藏身的中心地带收缩。

从早晨 8 点开始，一直到中午 11 点半，前方始终没有传来猎狗“叫狂儿”的声音。接近 12 点的时候，老胡这个方向才传来了狗吠声。山林打猎的术语，把猎狗发现猎物的狂吠称“叫狂儿”。老胡被这声音一振，立即甩掉疲劳，跑步奔向猎狗狂吠的方向。原来，他这一组7条猎狗已经发现了目标，但是什么还不知道，也可能是虎，也可能是熊，总之是一个大家伙。7条猎狗只是狂躁不安地来回奔跑，边跑动边狂叫，并不继续向前。老胡站在一棵倒木的后边，警觉地用眼睛四处搜寻，最后，他把目光集中于前方100多米处的一片灌木丛，并本能地把猎枪从肩上摘下端在手中，右手的食指搭上扳机。随着他的小心前行，几只猎狗也在他的身前向灌木丛推进。这时，远处的另一群猎狗也有了反应，一边狂叫着一边向这个方向靠拢。越来越近的狗吠声为老胡提升了胆气，使他的步伐更加坚定。

突然，一个鲜艳的黄色身影从一棵大树后蹿出，迎着狗群就是一掌，随着一声惨叫，跑在前边的一条白狗，就像长了翅膀一样，高高飞起，然后落地，挣扎着再也没有爬起来。瞬间，其他猎狗已经把老虎团团围住。这期间，狗和老虎之间始终保持着一小段距离，还没有任何一条狗能够接触到老虎的身体。老虎向前，攻击前方的几条狗，后边的马上跟进，跳到了老虎身边，老虎掉转头攻击后边的狗，前边后退的狗又马上转入攻击状态……在来回拉锯中，又有一条狗被虎掌击中，倒地不起。

根据老虎塌陷的腹腔和突出的骨骼，老胡很快就判断出这是一只很长时间没有进食的饿虎。“饿虎扑食”，说的就是处于这个状态的老虎，总会表现得异常凶猛。如果不是猎犬数量多，狗仗人势，它们早就被老虎超强的气势吓得夹着尾巴四散而去了。

现在，老胡虽然手里端着枪却不敢轻易开火，狗和虎来回移动搅作一团，很容易把狗击中而老虎却安然无恙。他只是在心里急切地盼望着另一群猎狗及时赶到，如果狗足够多，老虎就逃脱不了，经过一段时间的消耗，这只饥饿的老虎就会支撑不住，反应速度和力量都会大大降低。

老虎发出了一声低沉的吼叫。老胡判断，是哪一只狗“得手”咬到了老虎的痛处了。也许是受到了疼痛的刺激，老虎的进攻节奏加快，战场迅速地向左侧低地移动了30多米，如果这时老虎来一个跳跃，就能甩掉群狗冲出重围。可是老虎没有，它奋力向前，一个匍匐，按住了一条黄色的狗，并咬住了它的脖子，一甩头，那条狗就没了生息。可几乎就在同时，有两条狗已经死死地咬住虎的后腿内侧，当老虎放下口中的狗回头时，一条黑色带白花的狗跳上了老虎的身体，一口咬住了虎的耳朵。虎大吼一声，跳了起来，但后腿上的那条狗仍未松口。老虎的力气已经大大衰减，向前奋力跑了几步，又被后边的狗追上，围住。

这时，另一个猎人的6条狗赶到了，像一股湍急的洪流，一下子就把老虎淹没在中间。瞬间，虎的前后左右包括身上都是狗了，老虎发出了连续的惨叫，但并没有彻底倒下，混战、打斗的“窝子”向前移动10多米距离之后，又有一条狗躺在了地上。

突然，老虎一声狂啸，用尽了最后的力气，跃到了旁边一米多高的石头上。一条猎狗，被老虎带到半空后摔到了地上，发出痛苦的哀嚎。从远处看,虎的身上已经血迹斑斑,体无完肤，它浑身颤抖着，喘息着，半蹲半伏于石头上。这时，突然有枪声响起，老王和老胡几乎同时瞅准时机，向老虎开了枪，老虎没来得及做出任何动作，也没发出任何声音，颓然倒在石头上。

随后，狗群像受到了什么激励，或受仇恨情绪的怂恿，汹涌而上，又对已经死去的老虎一顿疯狂地撕扯，把它从大石上拖下，掉落到石头下的树丛里……虎无法再做任何反抗，一任狗的肆虐。

王方老人的讲述戛然而止，半晌，谁也没发出任何声音。

“那是这一带最后一只老虎吧？”

“不知道。这是我知道的最后一只老虎。”

此时，在我的头脑中，那只死虎的影像正在一点点淡化、隐去——取而代之的是一只愤怒的幼虎。

我不知道那只幼虎受困的具体时间，但它遭遇不测时的那段视频，却遵照某一个指令或某种逻辑，紧跟着那只在“狗围”中惨死的老虎，在我的意识中跳了出来，并在我的脑海中占据了整个“画面”。

它同样是受到一群猎犬的围攻而无法逃脱。然后，四个强壮的猎人出现，一齐下手，用手中的木棍将它“别”在中间。

虽然它小小的身体不得活动，但它的头可以自由转动。呈现于那个倔强的头颅上令人震惊的表情，让我终生难忘。从它因倒竖而显得有些凌乱的毛发上，从它还没有发育完全的小犬牙上，从它鼻子上起了皱褶的皮肤上，从它那放射出寒光的眼睛里，我理解了“悲愤”和“不屈”两个词的真正含义。

毫无疑问，它与那只死去的老虎同属于一个尽可以被剿灭，却不可以被征服的族群。

告别王方的参场，我们继续向北，一直走到曾被人们称作蒙江的珠子河畔，然后转头沿江东去。

一路无话，我的情绪依然沉浸在那些与杀戮有关的故事里。看湍急的河水奔流、激荡，发出阵阵呜咽，我的心突生感动，觉得这江水的流动也是另一种方式的叙事。可能，这江河也是有记忆、有情感需要表达和抒发，否则它何苦要不舍昼夜地述说，且滔滔不绝？

可是，珠子河呀珠子河，你到底与这片土地一起经历和见证了什么？为什么你讲述的故事都如此悲壮、如此忧伤？

第七章

复　仇

（一）

其实，虎在路过那棵树的时候，是有些犹豫的。凭借着对气味超强的敏感，它已经感觉到了情况不对，不知道为什么，那一带会留下那么多奇怪的味道。

对于一个 10 岁龄的虎来说，人的气味并不陌生，从它有记忆以来，就有人不断从它的领地走来走去。它不知道那些直立行走的动物来它的领地干什么。多数的情况，似乎并不是想与它争夺领地或来伤害它。虎世世代代遗传于体内的基因告诉它，人是一种既不好吃也不好惹的东西。因为他们有比蚂蚁更加庞大的群体，招惹到了一个，马上会有一大群蜂拥而至，而且不知道他们会使出什么魔幻、凶狠的招法。也许，在虎的潜意识里，至今还残留着噩梦般的阴影。

对人的来来往往，虎也会偶尔感到不耐烦，但只要它怒吼几声，予以警告，人类就悄悄溜走了，虎也就不再继续纠缠。虎知道在山林里行走并不是为了争斗、当老大或称霸，不过是为了有一块独立的生存空间，不过是为了好好生存。人不犯我，我不犯人，虎有虎的生存原则。

这时，它又警觉地扫视了一下四周，仔细听听周边的动静。老虎最自信的就是自己的听觉，别说人这么大的一个动物，就是一只老鼠，在几十米外行走，它都能听到。

四周一片沉寂，虎很确定，此时留下气味的人早已经走远。可能的对手已不在场，还能有什么危险呢？最后，虎根据自己的经验和思维逻辑，做出了安全的判断。

虎开始继续向前移动脚步。

也就是这么一步之差，老虎便误入了人类的圈套，跌入万劫不复的生命陷阱。一条筷子粗的钢丝，紧紧地勒住了它的脖子。虎大吃一惊，想甩开这只看不见的手的纠缠，可是徒劳。它无法想象这是怎样的一只手，越是用力挣扎，那只“手”就抓得越紧，力量越大，如同魔爪，“掐”得它几乎无法呼吸。

这是一只血气方刚的雄虎，它有些慌乱也有些愤怒，在它十年的生命历程里，还从来没有遇到过如此的迫害和欺凌。忍受和姑息，从来都不是虎的性格，宁死，它也要挣脱这双无形的魔爪,大不了“鱼死网破”。它运足了平生的力气,使劲一摆头，只听“嘭”的一声，钢丝绳从某一连接处断裂。瞬间的疼痛和惯性，让虎打了一个很大的趔趄，但马上就恢复了平衡。它自由了，它已经成功地挣脱了魔爪。

虎在恢复了自由呼吸的同时，却感到了来自颈项的不适和疼痛。虎没有受伤的概念，也没有评估受伤程度的标准。它们不屑于思考那些事情，只是听凭自己身体的指挥，身体需要它干什么，它就干什么，身体能支持它干什么，它就干什么。

挣脱了束缚之后，虎并没有走远，它觉得对自己下手的那个动物，一定还会回来。既然如此，虎就决定在这里悄悄地等。虎一直相信自己的等待，有时，为了等待一个猎物，它会一动不动地等上几个小时。就算是鬼，它也有决心把他等现了原形。

这时，虎的心中已经有了仇恨，而一旦有了仇恨，它就一定要伺机报复。

“人若犯我，我必犯人。”也是虎的另一个生存原则。为了维护这一原则，它甚至会不依不饶。要么，敌人死在自己的掌下或口中；要么，自己最终死在敌人手里。

曾经，有一个在动物园里开游览车的司机讲，他亲自见识过虎这种动物有多么记仇。司机说，有一回，虎园里的虎以为他开的汽车可以做自己领域的标记，便在他的汽车轮胎上撒尿。司机从车窗探出身子，用棍子对老虎进行了敲打和驱赶，结果被老虎记住。一连好长时间，只要这个司机开车进园，那只老虎就从老远的地方跑过来，拦截他的车，龇牙咧嘴冲他发威，搞得他无限烦恼。后来他干脆和领导商量，换了一台车。结果老虎依然和从前一样，准确无误地认出他，继续向他示威。司机并不知道，老虎不但嗅觉灵敏，具有超过人类四倍的敏感度，而且，对气味的分辨力和记忆力也超乎寻常。它不仅记得住哪辆汽车，更重要的是它记住了那只拿棍子的手，也就是那个人的气味。没办法，司机又去找领导商量，要么给他换个工作，要么，每天进园时让他带一块肉喂那只老虎。结果，司机连续喂了两个月后，老虎才敌意渐消。被饲养的、懂得仰人鼻息的虎尚且如此刚烈，一个在山林里行走为王的虎，你让它如何屈服和姑息?

没有人知道那只被套子伤害的老虎在那一带等了多久，总之，老虎的耐力超出人类想象，等多久都有可能，可能一天，也可能几天，甚至更久。

最后，老虎终于等来了结果。有两个人踩着滑雪板来附近抓了一只陷在雪窝中的马鹿。隔着几百米无任何气味的雪野，两个人的气味随风而至，虎一下子嗅出那只掐住它喉咙的魔爪的气息。但这气息来自两个人中的哪一个，还需要更加仔细地辨认。虎起了杀心，它要让那个不知用什么办法伤了自己的人付出代价。

虎开始暗暗地跟踪那两个人，但虎不确定对付那两个人是否有把握，它还要耐心地等待时机，在最有利的时候向他们发动出其不意的攻击。

在《在乌苏里的莽林中》中，阿尔谢尼耶夫曾记录过一次考察队被老虎跟踪的经历，给人留下了深刻印象。

从中午开始，他们就发觉，在刚刚走过去的小路上，有老虎的新鲜脚印。他们很害怕，知道老虎就在他们附近，但却又发现不了虎的身影。刚刚返回小路，更加新鲜的老虎脚印又出现了，感觉老虎就像一个影子或一个幽灵一样，隐遁了身形在他们身前身后转来转去。

傍晚，他们以为老虎早已经离去，可就在他们卸下行囊沿小路走出不到 200 米远，又发现了虎的脚印。原来老虎始终在距离很近的暗处跟踪他们，他们却浑然不知。

千百年来，老虎这种动物都一直保持着足够的谨慎、机警和神秘，在时机没有成熟之前，它们不会暴露自己；在没有现出身形之前，也没有人能猜出它们到底藏身何处，要干什么。就如此刻，即便它内心埋藏着极大的愤怒或仇恨，也不会轻举妄动。

当两个人踩着滑雪板在雪地上滑行时，虎是没有任何机会的。可是，他们在距离村庄只有 2000 米的公路上停下来，蹲下身子要卸去套在脚上的滑雪板。路已经被林业局的工作人员清过了雪，露出了黑色的柏油路面。两个人沉浸在收获的喜悦和即将到家的轻松感觉中，毫无戒备地在低头忙着收拾滑雪工具。这像是一个精心设计，又像不可回避的天意。

当虎从他们对面走来时，他们并没有发觉。虎的时机来了，它突然加快了脚步，但没有发出任何声音。那个气息浓重的人就在面前，那气息以极大的引力吸附着它胸中的仇恨，这一瞬，它已经把他锁定为攻击目标。就在二人刚刚站起身来，要向前移动脚步的时候，虎的距离已经在 50 米之内。

那个被虎确定为目标的人，似乎感觉到了危险的来临，率先抬起头，发现了对面的老虎。可是，一切都来不及啦！恐惧中两个人似乎谁也没有看清虎到底是怎么扑过来的。在他们的眼中和记忆中，在最后时刻，虎是没有形体和轮廓的，它只是一道黄色的影子。只听到“咔嚓”一声闷响，那人已被那道黄色的影子掠到 20 米之外的雪地上……

（二）

这是发生在 2002 年珲春市官道沟村的老虎伤人事件。

被虎掠走的人叫曲双喜，另一个人叫尹石钟。事件过后，尹石钟这样描述当时的情形：“我只觉眼前黄色影子一闪，老曲就被老虎叼出老远，并骑在身下。我当时顾不上多想，抡起滑雪板冲上去，照老虎后背便打。不料老虎扭回头来，血盆大的虎口似乎能吞下整个活人，乍然而起的咆哮震得天和地都要旋转起来。就那一瞬间，我的大脑一片空白，不知道什么力量推着我，转过身没命地向远处逃去，一直逃到 5 公里之外的驻军连队，我都不记得自己是怎么找到那里的。第二天有部队的人护送，我才敢回到官道沟村……”

而曲双喜只是感觉那么忽悠一下，自己就被重重地摔在了地上，还没彻底明白到底怎么回事，就失去了知觉。当他苏醒过来之后，本能地从地上往起爬，可是刚刚挣扎着爬起半个身子，又被虎一掌摁在雪地上。虎爪重重地踩踏在背上，大张的虎口抵近他的头部，一股热烘烘的气体夹带着呛人的腥气扑面而来……“完了！”曲双喜瞬间失去了意识，感觉自己已灵魂出窍，在漫无边际的黑夜里无助地飘啊，飘啊……不知飘了多久，终于又醒转过来，发现老虎并没有下口吃掉自己，只是踩着自己的身体，并不断地发出低沉的吼叫。

曲双喜不甘心就这样命丧虎口，但又毫无反抗之力，只好在绝望中向老虎祈祷。不知是老虎听懂了曲双喜的哀告，还是觉得没有胃口，终于，它抬起踏在曲双喜背上的前爪，慢慢地转身走开……

据多年研究老虎习性和行为的专家事后分析，曲双喜能够幸免于难，要庆幸老虎在第一时间内没有使出“杀招”，至于原因，就不得而知了。老虎的拍击力量十分巨大。在捕食猎物时，大多会首先举掌一击，而这一击正是老虎最有威力的“杀招”，很多丧生虎口的动物，其实并不是被咬死的，而是由这一击致死。

2012 年春天，官道沟村民铁立君清晨骑着摩托车到山上采野菜，行至山路的转弯处，几乎和正在路上行走的老虎相撞。就在即将相撞的一瞬，铁立君的摩托失控倒在路面上，而受惊的老虎则一个跳跃进入了路边的沟渠。在奋力跃上路面的一瞬，两只虎爪搭在了水泥地面上，只一抓，水泥地面上就出了两道清晰可见的沟槽。由此可见老虎掌上的力量有多大。

总之，曲双喜能虎口逃生终究是一个不可思议的奇迹。

于是，一条东北虎伤人的消息，一夜间不胫而走，传遍了珲春小城。直到此时，所有的人，包括当事人、动保专家、保护区管理人员、参与抢救的医护人员等，还都不知道东北虎为什么伤人以及老虎当时的情况。

虎伤了人，人侥幸没死，这是多少年没有听说过的事情。大家一传十，十传百，沉浸在故事的讲述和传播中。人们都以为事情已经在一片“纷纭”中过去了，可哪里知道，事情还远远没有过去。

第二天上午，吉林电视台、延边电视台记者等一行四人，为了增加新闻的现场感，一同去前一天曲双喜受伤的地方拍摄现场。当几个人来到现场时，看到了一处两米多长的东北虎卧迹。雪面已经融化，显然，老虎在这里卧了很长时间。

曲双喜落在现场的背筐还在，筐里和附近的雪地上还散落着零零星星的鹿肉。而一行老虎离去的足迹，一直在公路边的雪地上向前延伸着。也许，老虎并没有走得太远。吉林电视台记者牟振远等人，热情高涨，踏着半米深的积雪，一路追踪拍摄。走了将近2千米，行至“马抬沟”，他们见到了500米之外的老虎。老虎就在他们正前方的雪地上，正背向他们迟缓前行，虎头低垂着，似有“重坠”压在颈项上。

作为记者，能拍摄到野生东北虎的录像资料，这机会简直千载难逢。几个人拍照的拍照，摄像的摄像，忘记了危险，一边开动着设备，一边快速向老虎靠近，400米、300米、200米，屏幕和显示窗里的影像，越来越清晰……突然，老虎猛地转过身，向几个人扑了过来。

几个人吓得魂飞魄散，转身便跑，连滚带爬地撤到公路上，依仗年轻体健，继续沿公路狂奔。由于大雪之后路面的雪被铲车推到两边，形成了高高的雪墙，几个人已无法越过雪墙四处散开，分散老虎的追赶目标，只能在一条狭窄的通道上“鱼贯”而逃。

跑着跑着，跑在最后的吉林台记者牟振远脚下一滑，仰面摔倒在雪地上，随即拼命一声大喊："别跑，快来救我！"跑在前面的三个人听到了喊声，不由得停下脚步，但是谁也不敢转身冲回来救他们的同伴，只是转身，脚却死死钉在原地。恰在此时，老虎竟然也停下了脚步，站在那里，二目圆睁，以警觉、愤怒的目光与他们对视。待牟振远从地上爬起来之后，几个人继续奔跑，虎却没有继续追赶。

这是 2002 年 1 月 30 日，当天的晚间新闻让几个电视台的收视率急剧上升。几个采访者成了新闻故事的主角。他们对着摄像机、照相机镜头，一遍又一遍地重复着遇险的经历和当时的感受，一片沸腾景象。但人们并不知道，此时，在大雪弥漫、黑暗寂静的山林，悲剧还在继续上演，一个更大的事件、一场更大的灾祸、一个更加令人震惊的消息，正在悄悄地酝酿之中。

这场历史上罕见的大雪，阻断了山里的交通和通信。保护区旁边某林场一个正在准备撤离的生产作业点已经多日和厂部失去联系，没来得及撤离的几个林场工人还困在山上。由于担心山上工人的安全，珲春林业局调来大马力的铲车，加快清雪速度，以便将困在山里的工人尽快接应出来。

2 月 1 日，当清雪车行至"抬马沟"时，又遇到了那只老虎。两天多时间过去，它仍卧伏在路面上，清雪车走近，它受到了惊扰，勉强站立起来，但无论是鸣笛还是用车前方的铁铲推，虎都不离开路面。细看，虎的颈项上还勒有钢丝套子，估计它已严重受伤，失去了行走的力量。

前方不远处，躺着一具无头女尸。

（三）

原来，前一天 4 名被困的林场工人结伴徒步下山，在记者遇虎的地方，遇到了这只受伤的老虎，一个女工不幸命丧虎口。铲车司机和助手费尽周折，仅抢回女工尸体，但伤虎却十分虚弱，只坚持站立一小会儿，又慢慢地趴了下来。

现场情况反馈回来后，动物专家们开始对这只受伤的老虎进行分析。一致认为，老虎在前后几天之内的攻击行为，是对人类的报复。

虽然，目前人类还拿不出科学、可靠的依据对老虎的情感、情绪、行为进行准确评估和描述，但通过长期观察和分析，一些规律性的、可借鉴性的经验，应该能够帮助人们认识、确定事件的性质。

珲春老一辈动保专家李志兴老师，曾讲过敬信镇农民金元国遇虎的故事。

那是1996年12月，金元国同一位朋友去图们江捕鱼，因为需要一些树木的枝条，金元国便穿过公路进入另一侧灌木丛。正在低头折取柳条时，突然听到右侧有异常响声。猛转头，见20米外一只东北虎正虎视眈眈地盯着自己。金元国怔了一下，有点不知所措。见老虎并没有立即攻击自己，便转身逃跑。这时，东北虎开始了行动，一个跳跃蹿过来，将金元国扑倒在地。

被扑倒的金元国反而无所畏惧了，索性一搏吧！便一个鲤鱼打挺站起来，侧头躲过迎面而来的血盆大口，抡起拳头砸向东北虎，整条右臂正好全部捅进虎嘴里，拳头抵住了虎的喉咙，虎口闭合，金元国的右臂当即被虎齿咬穿。大约是金元国的手臂卡住了虎的喉咙让它感到“如鲠在喉”，十分难受，几乎同时，虎又把他的右臂从嘴里吐出来。金元国顺势猛踹了老虎一脚，老虎向后倒退了一步，没有进一步行动，就那样对峙了片刻，转过身慢悠悠地离去了。这个故事，不断在珲春一带被讲来讲去，一时间，金元国成了远近闻名的“打虎英雄”。

1998年，中俄野生虎豹联合考察队来珲春地区进行野外考察。旧事重提，俄方领队皮库诺夫先生对这一事件发表了他的看法。皮库诺夫说，这个人以前一定通过某种方式伤害过这只东北虎，否则它不会来找他的麻烦。东北虎的记忆力极好，报复心也极强，但是一般不会主动攻击人，一旦想伤害人，人是没有反抗机会的。老虎没有吃掉金先生，看来是没打算吃他，仅仅是找了他一个小麻烦。

俄罗斯远东地区有很多老虎，人与老虎打交道机会很多，所以人们对虎的性格和行为习惯很熟悉。有一位俄罗斯猎人，曾经开枪打伤过一只老虎的前爪，伤虎逃掉了。一年以后的某天，这位猎人又和其他两位猎人结伴上山狩猎。伤过虎的这位猎人走在3人中间。突然，密林中跳出一只猛虎，直扑走在中间的这位猎人。将其咬死后，扬长而去。专家们闻讯去现场调查，通过雪地上的足迹判断，老虎的脚爪受过重伤，因此推断，这正是被猎人伤害过的老虎来“报仇雪恨”了。

皮库诺夫进一步推断说，金元国有可能是下套子或下夹子伤害过东北虎，而东北虎就从套子或夹子上闻到并记住了金元国的气味，才找机会回来报复他。

后来，中方专家吴志刚先生就此事专门去金元国所住的村庄进行详细的调查了解。据金元国的邻居说，全村就金元国一个人喜好打猎，专门到处下套子……

不仅俄罗斯专家这样认为，生活在山林里的珲春老辈人也有这样的共识。他们普遍认为，老虎轻易不会伤人，伤了人的老虎都活不长；而被老虎伤害的人，一般也都是该死的人。这话说得有些绝对和偏激，并且带有这一地区的山神崇拜色彩。事实上，在被老虎攻击的人当中，伤害过老虎或其他野生动物的人占大多数。

春化曾经有位非常有名的朝鲜族猎手，50多岁了，身手仍然极其矫健。一杆自己改装的套管猎枪，可以发射军用步枪子弹，是有名的虎见愁。1992年，他独自到青龙台沟里打猎，终于一朝失手，落到了动物口里。受了重伤之后，他独自爬到公路边，被路过的人送到医院。被救起时，他浑身是血，身上带有多处利爪的抓痕和巨大的撕裂伤，整个头皮都被揭了下来。据目击者判断，应该是大型猫科动物所为。但由于猎人伤势过重，失血过多，送到医院不久就死掉了。一段惨痛的经历和森林里那场很可能惊心动魄的搏斗，便成为一个永远没有见证的秘密。

某日，我与李志兴老师讨论韩国学者朴洙容先生拍摄的纪录片《追寻西伯利亚虎》。片子的结尾部分有一段影像，一只因受伤而严重跛脚的老虎幼崽，吃力地跟在妈妈身后，走走停停，艰难地走出了镜头，走向吉凶难料的远方。我深深为那只幼虎的不幸而感到难过，同时也对它的未来表示深深的担忧，很希望它能够战胜伤痛好好地活下来。而李老师也在担忧，但他是专家，他担忧的是另一个问题。

他担忧的是——残虎必恶。

在自然界，不论处于食物链的顶端，还是底端，一个伤残的个体都很难活下来。“弱肉强食”，只有强者才能在森林里好好地活着,这是自然规律。自然虽然慈悲,却从来无意恩宠弱者，一个伤残的个体如果想活下去，就必须依凭并拥有比其他健康个体更加超常的能力和禀赋，比如说感觉的机敏，行动上的坚决，性情上的狡黠、凶残等。只有“凶”“恶”的力量才能弥补它生理上的缺陷和不足，让它在困境中存活下来。一只身有伤残的老虎,对人的袭击概率基本可以达到百分之百;而“出手”后，一击至死的概率也非常高，因为它的身体条件不允许它再来“第二个回合”,必须一次成功,所以它的杀招往往极其凶狠,不给对手留任何余地。

这一带山民很多人都知道一只三脚虎的故事：一次，六七个采松子的山民一同上山，竟然遭到了老虎的袭击。多人结伙上山遇到袭击，几乎是历史上从来不曾发生的事情。这种小概率事件之所以能够发生，就是因为肇事的虎并不是一般的虎，那是一只后脚断掉的残疾虎。虎从旁边的灌木丛跃出，只一扑就把其中的一个人的脖子打断了，其他人挥舞着手中的工具，把那只三脚虎赶走时，那人已经无法抢救。

（四）

接到伤虎咬死林业女工的信息后，相关部门立即分头行动。人命关天，国家一级濒危保护动物也不容忽视。珲春林业局马上派人赶到现场，着手处理遇害女工的事情。而保护区管理局这边则马上着手处理伤虎事件。

据现场的信息判断，受伤老虎已经极度虚弱，情况非常危急，必须立即请示上级机构，寻求处理意见。很快，上级主管部门下达了指示："全力营救。"

2 月 3 日，经过紧张但尽可能充分的准备，现场营救人员、动保专家、专业的医务人员等全部到位，专用车辆、医疗器械、治疗平台、专用场所等，准备齐全，对受伤东北虎的营救全面展开。

营救的队伍赶到现场，受伤东北虎依然静静地卧在路边雪窝里，黑黄相间的躯体已被飞雪染成了苍白色。英雄末路，生命垂危，面对轰轰隆隆缓缓驶近的铲车、大卡车，伤虎仅略微抬了抬头。然而，只从那半睁的虎目射出的一缕寒光，仍让挤在卡车上铁笼里的人们立时打了一个冷战，汗毛根根倒竖起来。

一支麻醉针吹了过去，虎目略眨了一眨，麻醉药已经发挥作用了，但虎仍保持着原来的卧姿，看不出变化，没有人敢过去动它。其实，虎被麻醉后仍然会睁着眼睛，只是当时人们都没有经验。为了安全起见，又一支麻醉针吹了过去，感觉虎须略抖了一抖，有人壮着胆用长木杆去试探，发现伤虎已不能活动。人们这才纷纷跳出铁笼，七手八脚解下勒在虎颈上的钢丝套，把伤虎抬上汽车，塞进笼子，一路警车开道，用最快的速度运至保护区管理局临时借用的一间保温条件良好的仓库内。

经查验，这是一只 10 岁龄的雄性东北虎，正当壮年。由于被猎套勒伤，颈部有深 5 厘米、宽 5 厘米的环形伤口，气管、食管全部勒断，基本无法进食。巨大的伤口已经感染、发臭。外部伤口和食管间，横插着一段人类的残指，证明此前从口腔里“吃”进去的食物，大多从伤口“漏”出。

据国内外虎豹专家长期观察和研究，老虎的本性是怕人的，虽然人很单薄，不堪一击。而一旦虎伤过人或吃过人之后，就再也不怕人了，它会成为“食人虎”。大约，虎怕人和人怕鬼是一个道理。人一旦不害怕了，鬼不过是一个单薄如纸的幻影。

一般情况下，老虎听到人的声音或者嗅到人的气味，早早就避开了，所以人们在野外很少遇到老虎。甚至当人们找到老虎刚刚捕杀了动物的现场，拖走老虎辛辛苦苦捕到的猎物的时候，也不一定能够见到老虎的庐山真面目。只有当老虎处于严重伤残、疾病、年老体衰状态或被人类袭击、伤害过时，它们才会一反常态，对人类发起攻击。

那只受伤的老虎，大概从袭击了曲双喜之后，情绪和身体开始变得更加糟糕。那一筐鹿肉，表面上是被它吃了一些，实际上绝大部分没有进入它的胃，不但没有变成食物，解除饥饿，补充能量，通过伤口漏出时，反而扩大了伤口的污染和疼痛，增加了烦躁、恐惧、愤怒的情绪。

在寒冷的冬夜里，它的体能在迅速消耗、降低，身体抵御寒冷和疾患的能力越来越差，伤口开始化脓、腐败，这又从肌体内部对它进行了快速消耗。1月30日遇到记者时，它已经非常虚弱了，追着记者跑出几百米的距离，差不多耗尽了它的全部力气，所以，当那个记者跌倒时，它除了愤怒，再也没有剩余的体力和精力做进一步攻击了。另外，那些从城里来的人身上的气味与使他愤怒的那种气味更远一些，这也让它少了攻击的动力。最后,它只走了几步就支撑不住了,在雪地上卧伏下去,一直到 31 日上午，那几个工人从山上下来。

厚厚的落雪覆盖了它的身体，使它看起来就是一堆雪，这就让几个工人毫无察觉和防范。当两个走在前边的女工，靠近它的时候，它从昏沉中醒来，也许是捕食的本能刺激了它，也许是突然而至的危险气息再一次激怒了它，它使出了最后力气，奋力一跃，将一个靠近它的女工扑倒。

2 月 3 日晚 17 时 55 分，伤虎到达珲春市区。

珲春最出色的几位外科医生第一时间全部到位，包括珲春市医院副院长金寿哲、外科主任宫文武、市康复医院院长蔡春吉、科主任郭春海以及市兽医站兽医师李正虎、延边州野生动物救护中心高级兽医师金光洙等。马上，几位专家级的医师、兽医师挤进十几平方米的铁笼内，跪在坚硬的地板上为伤虎做伤痕检查、清洗伤口、输液，为外露的棘突和横突骨复位、缝合断裂的气管、食管、肌肉，最后，用细钢丝把已经内翻的虎颈外皮细心地缝合固定好……

通过一台闭路监视器，工作人员全天候监控着伤虎手术后的一切情况。屏幕上的老虎苏醒后，开始了活动，有时摇摆着站起来，沿笼壁慢慢转动；有时，蹲坐着低吼。大概，是喉咙受伤的关系，虎的吼声沉闷嘶哑，如河水中挟带了泥沙。有时，抬爪抓挠脖颈上的伤口，更多的时候是在侧卧熟睡……

从2月4日起，受国家林业局和吉林省林业厅领导的委托，北京动物园副园长张金国、北京动物园兽医院副院长张成林、解放军第211医院副院长陈庆贺和主任医师张献根、黑龙江省东北虎林园高级兽医师王玮、吉林省林科院研究员李彤等国内猫科动物救治方面的著名专家带着特效药品，陆续赶到珲春指导并协助对伤虎的救治。

（五）

2月5日上午，部分领导和医疗专家们对观察记录进行了认真分析，认为伤虎大多数时间处在平静的睡眠状态，睡姿舒坦，呼吸均匀，很少有大幅度的动作，而且从其仰头的高度和左右摆头的力度看，其颈部活动状态比较好。因此，许多人对救治前景颇为乐观。甚至开始讨论起受伤虎痊愈之后，它还会不会继续伤人；如果继续伤人，应该采取什么措施；要不要选一个地方对其实施“终身监禁”。

问题一提出，立即有人想起了著名的俄罗斯老虎之乡索伯里尼村另一只老虎的故事。

苏联解体之后，俄罗斯经济进入低潮，这个村的村民找不到更好的生计，便开始靠山吃山，夏天养蜂、钓鱼，冬天以打猎为生。山林里有老虎，也有其他动物。猎人中有合法的猎人，也有偷猎者，大多数人都能自觉遵守山林规则，与老虎和平共处、互不侵犯，共同分享这个山林。

有一天，一个叫马可夫的村民在林子里发现了一只野猪的残骸，有经验的猎人都能看出来，那是老虎的食物，也都知道最好不要动老虎的东西。对自己的食物，老虎一般都会悉心看守，有人来了，老虎会躲藏起来，那是对人的尊重，可它不会走远，而是暗处盯着。这也是老虎的天性，也是作为山林之王的底线，它们绝不容忍别人抢走自己的猎物。那天，马可夫一定是被眼前的利益迷住了心窍，顺手就把野猪的残骸拖回了家。就在他动手的一瞬，他打破了人与虎之间的默契，犯下了一个不可饶恕的错误。

在把野猪拖回家的途中，老虎出现了，马可夫在慌乱之中向老虎开了枪，却没有打中老虎。这一次，他犯下了更加致命的错误，他挑战了虎的尊严。在山林里，你不是不可以向老虎开枪，如果你开了抢，就必须把它杀死，否则，即便它已经受伤，也会在当场或以后的什么时间里想办法要了你的命。

虎牢牢地记住了马可夫的气味，跟踪他的足迹到了他的住处。入夜，屋子外传来了各种各样可怕的声音，愤怒的低吼、沙沙的脚步声、几条狗惊恐的呜咽声，还有门窗因为受力而发出的呻吟声。老虎有一个可怕的特点，除了跟某些人类一样，也是一个出色的“猎手”，它还能让你感受到一种无处不在的威慑。它让你看不见它，但却能感觉到它已经靠得很近，近到一探爪就能碰到你。这样的威慑，如同传说中的“鬼神”作祟一样，可怕地干扰着人的心智和理性。

这一夜，马可夫被巨大的恐惧严严地笼罩着、折磨着，如卧针毡，他知道在他身边“晃”来“晃”去的，就是那个“幽灵”。他几次从床上起来，打开强光手电，想隔着窗子看看虎在哪里，却什么也看不见。可是，一躺在床上，仿佛老虎又将前爪伸到了他面前。

直到清晨日出，马可夫才敢鼓起勇气走到室外。他发现老虎咬烂了带着他身上气味的所有器皿，包括锹把、水壶、晒在外边的棉衣等等，全都撕扯得稀巴烂。虎已经把要表达的意思，表达得很清楚了，要么你接受挑战，来一次你死我活的对决，要么认输，从这一带逃走。马可夫舍不得放弃自己的家和现有的一切，他决定去林子寻找那只老虎，一枪打爆它的头，在那个恐惧之夜过后，结束自己的噩梦。在林子里，他又对老虎开了枪，这次，他又没有成功击毙老虎。接下来，更加浓重的恐惧，像乌云一样，将他严严地笼罩。

他变得软弱起来，决定去找一位有经验的老猎人伊凡唐，向他求救。见到伊凡唐，说明来意之后，老猎人不但没有帮他，反而责骂了他："不要靠近我的房子，这是你的问题，咎由自取，身为猎人我知道你的情况，但我不希望你的气味和足迹把麻烦带进我的家。"

3 天后，马可夫彻底失踪了。当一个专门的山林工作小组来索伯里尼村调查时，在马可夫的小屋前，发现了血迹和老虎的足迹，现场一片混乱，到处是马可夫的物品或物品的碎片。当工作组沿着虎行走的方向，找到马可夫的遗体时，马可夫只剩下了连着膝盖的两条小腿，残肢上仍套着橡皮靴，还有一些残留的衣物和一只右手腕……

虎并没有远走，它已经战胜了人类，从此就不再怕人。人在它的眼里已经跟狍子、野猪并没有多大的区别，并且在它的认知里可能比那些动物更该死。不久，这只老虎又在森林里吃了一个想去猎杀它的退役军人。它残忍地把那个年轻人吃了个精光，现场只剩下了一套残破的衣服，至此，官方才将它定义为食人虎，进行了围剿和捕杀。

这只虎被捕杀之后，人们对它瘦弱、残破、血淋淋的尸体进行了解剖、查验。发现这只老虎的右前掌已经彻底残疾，所以它差不多是用三条腿在走路。通过解剖，工作组在老虎的身体中发现了6粒鹿弹、两颗来复枪的子弹和几粒鸟弹。事实证明，这是一只遍体鳞伤的老虎，也是被人类反复激怒、伤害过的老虎。

故事里的老虎，有两个关键点，一是受过严重的刺激和伤害；二是战胜并吃过人。世界上很多国家对“食人虎”的定义有不同标准，尼泊尔和孟加拉将吃过三个人的虎定义为“食人虎”，而俄罗斯是以伤害过两个人为标准。而对食人虎的处理，基本就是两种方式，如果能够捕捉到，就终身监禁，无法捕捉到就要杀掉。目前，学界比较一致的意见是，只要同时满足“受过伤”和“吃过人”两个条件，就可以定义为“食人虎”。不幸的是，人们正在救治的这只老虎，两个特点全都具备。按照这个界定，这只老虎即便能够康复，它的未来似乎已别无选择，只有“终身监禁”。

（六）

正当人们对老虎的伤势一致乐观之时，突然发生了糟糕的情况。烦躁的老虎一声大吼，将从里到外缝合完好的伤口全部撕裂。现场一片混乱，同样的程序还要重来一遍，麻醉、检查、清洗、会诊、缝合撕裂的创口、输液……不同的是缝合、处理难度比前一次更大。

2 月 5 日之后的每一天，专家们每天都要绝望地重复着同样的事情。保护区管理局的档案室内至今还保存着每天为伤虎进行的血常规、尿检、胃镜检查、B 超记录以及生化报告单等病案资料。厚厚的一大沓资料，记录着人类为营救一只伤虎所做的一系列工作。然而，对人类的这些努力，伤虎似乎并不领情，也毫无配合的意愿。甚至，对自己所处的环境、身边活动的人类，包括自己的伤口，一直都怀有敌意和愤怒。

在抢救团队里，有一个叫金光洙的高级兽医师。因为有着丰富的野生动物救治经验，所以从救虎行动开始，就一直是一个重要的参与者，自始至终承担着东北虎的麻醉任务。大约因为每次把虎“击倒”的都是他，老虎便把他当成了反复“伤害”

自己的“敌人”,对他怀有不可消解的敌意。别人来到虎笼附近，伤虎趴着不动，只是虎目半睁，漫不经心地注视着，眼中的光是柔和的，甚至是温柔的。有时，人们还因此而动情地把那种柔和解读为友好和感激。但只要金光洙出现在它的视线之内，它就立即表现出愤怒的情绪。它会挣扎着摇摇晃晃地站立起来，冲着金光洙低声吼叫，恶狠狠的目光如刀子般紧紧地追踪、逼视着金光洙，身体也会下意识地随着金光洙的位置而移动——从左到右，再从右到左，甚至转上一个圈。以至于每次金光洙想绕到伤虎身后用吹管发射麻醉针都要费很大的工夫。

有一次，专家们进入铁笼为伤虎输液并做例行的检查和伤口处置。两个多小时的时间不知不觉就过去了，工作已近结束。有人提醒金光洙，每半小时一次的麻醉针又到时间了。此时的金光洙正紧张地盯着手表指针，想稍微拖延一下，只要拖延一会儿，就可以减少一次对伤虎的麻醉，因为过多的麻醉剂对伤虎的健康很不利。

就在这时，老虎醒来了，慢慢地睁开了眼睛，不知是那些手执各种器具的专家还是站在它身边的金光洙刺激了它，伤虎的情绪瞬间变得十分激动。只见虎身略一抽搐，前腿一抬，那两条为保证安全固定虎身用的拇指粗的锦纶绳，“叭”的一声就断了。人们大惊失色，慌慌张张地挤向窄小的铁笼门，金光洙只好极不情愿地再次吹过去一支麻醉针。

这是一个不肯妥协、不肯就范、桀骜不驯的灵魂。也许，对人类的一片“好心”和种种努力，它也能懂得和领会；但一切又有什么意义呢？如果它不能自由自在地在山林里行走；如果它不能随心所欲地追逐它的猎物。

也许，只有山林才是它的终极安慰，只有山林才是它可以面对的现实和愿意接受的命运。

最后，它的身体和它的意识相互默契、相互配合，拒绝了人类对它做出的安排。尽管人们尽了一切能做的努力，伤虎的情况还是每况愈下，变得越来越差了——伤口继续开裂、化脓，鼻腔不断流出脓血分泌物，虎毛脱落，大小便渐少，情绪日趋烦躁，时有撞击铁笼、大声吼叫、抓挠地面等反常动作，而且它的体力越来越差，连站都站不稳了。至此，专家们已经隐约看到了它一步步走向死亡的背影。

（七）

2月10日上午，专家们最后一次为伤虎治疗，除了常规的检查、输液、处置外，还用胃镜管往伤虎胃内注入 1000 毫升鲜牛奶。

11 时 5 分，治疗工作结束；

11 时 30 分，虎不安地滚动，吼叫，抓挠铁栏；

11 时 55 分，虎努力抬头，但没能抬起来，它仍在吼叫，声音却明显异常；

12 时 10 分，虎身体仰翻，四足乱舞，继而左右翻滚，抓挠并撕咬铁栏，连续发出令人不安的吼叫，声音巨大，钢筋混凝土的建筑、脚下的土地、人们的心，都在那垂死的声波的冲击下，不停地颤抖；

12 时 28 分，一片沉寂。虎彻底安静下来，停止了呼吸。

8 个忙碌而紧张的日日夜夜就这样过去了。随着老虎呼吸的停止，人们寄托于老虎身上的想象、希望、热情和意义，亦随之戛然而止。一种巨大的挫败感和失落感，如这座瞬间失去了声音的房子，将一种空空荡荡或无所依凭的空虚，神不知鬼不觉地放进了每一个人的心里。

人们甚至有短暂的惶惑，这样一个庞大的救治团队围绕一个伤过自己同类，甚至杀害过自己同类的动物，忙来忙去，尽心尽力，付出巨大的热情和心血，到底是为了什么？难道它们真的是我们人类的朋友吗?

现在，让我们放下横贯历史的想象与虚构，放下外部强加给我们的“现代”理念，也暂时放下眼前的恩怨，把目光追溯、投放于真实的历史，在那些发黄的册页中寻找，看看老虎和人类在漫长的“共处”中，有几帧亲切、友善的表情。

结果，非常地令人遗憾，几乎连一帧没有，大多都充满了敌意和仇恨。

《蜀龟鉴》载“自崇祯五年为蜀乱始，迄康熙三年而后定”，30余年中，川南，“死于瘟虎者十二三”；川北“死于瘟虎者十一二”；川东死于“瘟虎者十二三”；川西“死于瘟虎者十一二”。

《谈虎》记：顺治年间（1644—1661），四川“虎患，十百为群，或夜半扶椽瓦而下，尽啮室中老幼”。

20世纪30年代，广东徐闻县宿虎村，几名村童误将一只老虎幼崽当作野猫幼崽抱回来喂养，导致一大群老虎围攻村庄，“村庄周围全是猛虎此起彼伏的狂啸”，直至村民们将老虎幼崽放出，群虎才逐渐离去。

据资料记载，从1952年至1962年10年间，湖南全省共有2000多人命丧虎口。

1957年9月，位于雪峰山下的湖南通道县高坪村，经历了人类史上最恐怖的三个昼夜。从来都单独行动的老虎却聚集了100只之众，蜂拥而至将小村团团围住，“放牧在村外的牛都疯狂逃了回来，村子里所有的狗全部瑟瑟发抖不敢出声”，无论村民如何燃起火堆和敲打铜锣，老虎们就是不肯离去。

整整三天三夜之后，惊恐的村民们终于搞清原委，原来是村子里有人在山上捡了几只老虎崽带回了村里。然而，当几只小老虎被放出去后，围攻的虎群反没有了顾忌，不仅没有散去，而且疯狂地冲进高坪村，将村子里的牲畜全部咬死拖走后，还叼走了村子里的母女三人。

…………

那么，它们是人类的仇敌吗?

当我们远离那些具体的事件和冲突、具体的利益与得失，站在时间和空间的高处，就会发现，人与虎之间的距离和关系，始终是变化的、波动的，时远，时近，时起，时伏。但总体上保持了相对合理的距离，各自站在生物链的顶端，各行其道，各安天命，如两条沿时间之轴并列延伸的曲线。偶尔的碰撞和冲突，只是几个失去控制的零星“交叉”或纠缠。在整个进程之中，人类的情感、理念及行为，总是起着主导作用。人的因素总是变化最大、最快的；而虎，则是和自然本身一样，基本处于平稳、恒定的状态。

无疑，虎是自然的象征、自然的精魂、自然的隐喻。如果我们不把虎看成虎，而是看成自然，过去和现在发生的一切，便都有了正确认识、理解的基础。就像我们无法和自然论敌友一样，我们也无法和老虎论敌友；就像我们没有真正懂得自然一样，我们还没有真正懂得老虎；就像我们没有真正学会与自然相处一样，我们也还没有学会与老虎和谐相处。

关于我们曾经因为老虎而获得的利益和荣耀，关于惩戒和报复，关于索取与偿还，关于警醒与反思，关于冒犯与敬畏，关于仇怨与恩惠，关于自觉和不自觉的碰撞与冲突……一切都需要重新审视和定义。

过去的八天八夜，不过是我们修复与自然的关系、与自然和解的一次尝试和努力。

第八章

忏　悔

（一）

小村藏在大山里，陈兴坡的家藏在小村里，而陈兴坡却深深地藏在自己的宗教里。

“请问，陈兴坡的家在哪里？”

这一天，我们专程赶到那个叫塔拉站的小村，去寻找 30 年前村子里最出名的猎人陈兴坡。车从黄泥河镇出发，左绕右绕，费了一个多小时的周折，终于找到了小村，可随行的老韩只隐约记得陈家住在村东，靠近路边，却记不得具体位置。

问过几个村民，经过可疑的交头接耳之后，一致回答："不知道！"

"听说过陈兴坡这个人吗？"

"没有！"

老韩笑了，他指了指自己身上那套警察的衣服："他们是让我这身衣服吓破了胆。"

在过去的一二十年间，不断有警察来村里找那些猎人的"麻烦"，调查、追捕、拘役……这让村民们都有了很深的忌惮。尽管那些"猎人"所做的事情村民也不赞同，但毕竟是乡里乡亲，在没搞清什么来由的情况下，还是佯装不知为好。

最后，还是陈兴坡听到人声嘈杂自己从院子出来，问街上到底发生了什么事情。原来我们的车就停在陈兴坡家的院子外。

陈兴坡虽然在这一带山林里声名远扬，但他却是收手比较早的一个猎人。现年70岁的陈兴坡，早在20年前就已经彻底"洗手"不干了。50岁上下，对于一个打猎的人来说，还算是"黄金"时段。体力没有明显衰减，经验却异常丰富，尤其在行止、进退的选择上，已经懂得顺应自然，与那个隐约、朦胧的道，保持着尽可能的和谐，绝不会凭着一己的兴致和贪欲蛮干、胡来。可就在50岁的那年，他突然放下手中的猎枪，开始吃斋念佛。

20年的时光，是否能让我们的生活从根本上发生改变，是否真的可以让一个人脱胎换骨，这很难说。但对陈兴坡来说，却彻底地完成了生命的重塑。经过浓厚的宗教浸染，20年之后，陈兴坡开始以一种全新的观念对50岁之前的人生进行了逐一的审视和清算，像老师给一个差生判作业一样，一笔笔打上叉叉。

和其他被迫放下猎枪的猎人截然不同，陈兴坡对自己早年的狩猎生涯并没有津津乐道，也没有得意和留恋，基本上全然否定。他不愿意提起从前，是因为一提起那些血腥的往事，就想到那些动物的惨状，“就想流泪”。一只被活活捏死的黄鼬、一只像石头一样从高空落下来的鹰、一头眼中流出哀怨的鹿或一头在血泊中抽搐的熊……回想起来，都会让他感到内心的疼痛和悔恨。

他这样认识和总结自己：“我以前顶着人的名，其实并不是人，天天在山里跑，与野兽为伍，为敌，心和行为就跟野兽一样。结果，既辛苦，又劳累，又遭报应，满身是病，还落下了残疾。只有信了佛之后，才真正地成为一个人……”

陈兴坡指指自己的脖子说："你看，我现在天天脖子疼，为什么？就是因为我以前总套狍子，死死勒过动物的脖子。"

然后，又用右手指指左手说："你看，我这只手现在残疾了，回不了弯儿，什么也拿不住，莫名其妙地疼，就是因为以前天天打'皮子'（黄鼬），用铁夹夹的正是'皮子'的这个位置，报应啊！从前的罪过，件件都能应到自己的身上。

"我说这些，你们别以为我是一个迷信的人，我的这些认识，都是我用大半生经验换来的。报应，不仅应在我一个人身上，连子孙后代都受牵连。我儿子，结婚第二年就因为媳妇生了葡萄胎，离了婚，全家人一起忏悔，直到去年才又结了婚；我女儿结婚已经 8 年，还没有孩子……冤有头，债有主，最后都能找上来，不是不报，是时候不到。"

"可是，什么样的机缘让您彻底放弃打猎了呢？"我想在陈兴坡一片模糊的宗教情绪里找到一个清晰的节点。

很显然，陈兴坡现在更愿意讲的是他信佛之后的人生感悟。这很好理解，让一个人回忆、讲述自己往日的辉煌，虽然也可能辛苦，但毕竟还是一种愉悦的感觉，可让一个人讲自己心中的"罪"与"过"，那可能不仅需要力气，而且还要拿出一些勇气！但我更感兴趣的是什么原因或事件，让他突然改变了生活轨迹。

世界上的万事万物都会在一种惯性的作用下，保持一条平滑的运行轨迹。惯性被突然打破，我们只能认定有意外出现，比如，一只正在飞行的鸟儿突然收拢了翅膀；一只奔跑的野鹿突然停下了脚步；一颗飞行的子弹突然中断了飞行……究竟是什么力量打破了原有的惯性？一种惯性或状态被打破之后，意味着什么？破坏还是重建？消亡还是新生？

我现在需要陈兴坡回答的是，到底是什么力量改变了他的生命轨迹。面对我突然的打断和突兀的提问，陈兴坡迟疑片刻，似乎有点儿抗拒也有点儿为难："好吧，权当我再当着你们的面，做一次忏悔吧！"

还是要回到陈兴坡 50 岁那年。那时，他已经进入打猎生涯的巅峰，手法和感觉炉火纯青，每年打到的"山牲口"不计其数。在那个人们生活普遍困难的年代，他家里根本不愁吃用，别人家里连吃饭都困难，他家里却天天拿野生动物的肉当饭吃。有几年腌咸肉，光野猪头就腌满两大缸，估计能有 20 多个，自己吃不完，就拿去送人情，和谁的关系不错，就给他一个惊喜，送个咸猪头。

那时的陈兴坡很自信，当然周边的猎人也都很服气，从天上飞的雕，到土里钻的獾和蛇，只要让他抓到影子，他都有能力将它们捕杀。

冬季的某一天，他到林中去“遛套子”，发现了一只一两天之前被猎套勒死的狍子。但狍子的肉却让小动物啃去了一些。陈兴坡一看就知道是“皮子”(黄鼬)们干的,他突然有些不愉快:“既然自找麻烦，敢偷吃我的东西，那就对不起啦！”陈兴坡决定让那只偷吃狍子肉的黄鼬拿命来偿它偷吃的债。

打“皮子”，可是他的拿手好戏。不管是哪个季节，“皮子”的一招一式、一举一动，他都了如指掌。他甚至可以采取一些必要的措施，按照自己的意图设计或“调整”黄鼬的行走路线。他想让“皮子”什么时候从哪里经过，时间不会差过半天，而路径不会偏离过一米。更何况这样的下雪天，“皮子”的去向和足迹，都明明白白地写在雪地上，就更加便于掌控。

他在狍子身边布下了四盘索命的铁夹。几个小时之后，他去查看，边走边想象“皮子”被铁夹夹到后那种拼命挣扎的样子——

一个纤细、苗条的尤物，浑身的毛色明黄发亮，像涂过了油一样。围着铁夹不停地上蹿下跳，一会儿试图咬断脚下的铁夹，一会儿不顾一切地“跳”向空中，试图挣脱脚下的禁锢……对于一个猎人来说，那就是最令人心动、迷人的舞蹈。猎物不论大小，只要成功猎获就是猎人的荣耀。

他想象的景象并没有出现。四盘铁夹纹丝不动地放在那里，一个机关都没有被触动。而狍子的肉，又有被吃的痕迹，仔细查看“皮子”的足迹，都是很巧妙地绕过了铁夹。陈兴坡遇到了“高手”，但他心里并不认输，他不信有什么狡猾的“皮子”能逃脱他的手。他开始使出了“追堵”的绝招，追逐着“皮子”的去向前后双向布夹。从上午折腾到傍晚，他所有的招数都没能奏效。每一次,“皮子”都能够很巧妙地绕过或跳过他的铁夹，就是不碰他的机关。在他的狩猎生涯里，这是第一次。莫非，今天遇到了一个“得道”了的家伙？他疲惫地拖着狍子往回走的路上，心里突然犯起了疑惑，内心渐渐地惶恐不安起来。

那天，恰巧姐夫家请客吃饭，他理所当然要去凑个热闹。但是，怪异的事情却从酒局中开始了。本来，平时一个关系不错的亲戚，酒桌上突然发了疯，像是仇人一样，逼着他喝酒，不依不饶。终于，陈兴坡被激怒了，与那人对拼起来，结果喝得大醉，不省人事，出门不远就醉倒在地上，由于从口中流出的呕吐物又从鼻子流回，堵住了自己的呼吸道，当场就因窒息而昏死过去。幸好，被人及时送到大山头医院抢救，好歹算是捡回了一条命。

本来只是一场醉酒，结果却转成了一场大病，一连住院十来天。其间,陈兴坡每天精神恍惚,时而清醒时而糊涂。清醒时，意志消沉、情绪低落，什么心思也没有，只觉得活着没有什么意思。而“糊涂”时，却满眼幻象、惊恐万状。眼前闪过的或旋转的，都是过去猎杀过的动物。以前看着它们都没什么，有时甚至还觉得挺可爱。可这时，它们虽然还是“老样子”，一个个看起来却十分狰狞，形态和眼神里都充满了鬼气——

一只被剥了皮的“皮子”，已经不是黄色，而是血肉模糊的红色。但那双因为巨大的压迫而向外突出的眼睛他记得，那眼睛里流露出的痛苦和绝望他也记得；还有，那纤细得不盈一握的腰身以及一条条断裂的肋骨他也记得。被剥了皮的“皮子”，直立着，像人一样一步步走到他面前，对他说，你瞧瞧，你都把我捏成什么样子啦？要是你自己的孩子，你舍得吗？“皮子”开始哭泣，陈兴坡自己不知道从哪里来的眼泪，也跟着大哭，一直哭到医生来，给他打了镇静剂。

忽而，墙脚上出现了一个火苗，像火柴头儿那么大，忽闪忽闪往上蹿了几下，就大了起来。并且一点点移动起来，越来越快，同时伴随着尖细的惨叫声。那是多年前，被自己浇上柴油点着了的那只老鼠。当时他也有点于心不忍，但看到围观的人大喊大叫，内心那点脆弱、可怜的虚荣心就受到了怂恿。于是，那只可怜的老鼠，就在他手中变成了一盏奔跑的“天灯”。眼看着那团火已经离自己越来越近了，跳上了床，马上就跃到自己的头上，他大喊一声，从梦中惊醒。

当他对妻子讲了这个可怕的梦，妻子说，你以前造的业太多了。那时，妻子和女儿都已经信了佛。

常走山林的人都知道，很多蛇的颜色是黑的，这大概与它们长期潜伏在黑暗的地下有关系。蛇的前行一向都是慢条斯理又从容不迫，就像一条慢慢向前滚动的黑色波浪。年轻时的陈兴坡什么都不在乎，踩住那小小的波浪，拎起蛇尾就使劲儿地甩，直至将蛇骨甩脱节，让它无法动弹，然后剥皮。他要用那条蛇做一道汤,为自己解疮毒。蛇是母蛇,肚子里还有三条小蛇，正好，也“整”死，一起下锅。

可是，他终于发现，一切死了的东西其实都没死，早晚有一天都会再见的。现在，那些蛇就在他的脚下来来回回地爬，像闪着光亮的黑色波浪，依然那么美丽，但美得让人发瘆。爬着爬着，一条就变成了三条;爬着爬着，三条又变成了九条……转眼，黑色的波浪就齐了腰，没了脖子，闷得他透不过气。他想喊，却喊不出来，浑身痉挛，大汗淋漓……医生说，是梦魇，没什么大事儿，放松放松就会过去。

可是，梦魇并没有过去。医生走后，他转头，透过玻璃窗盯着天上的一片乌云，眼看着那片乌云就把太阳遮住了。天，暗下来，就有什么东西从天上往下飘落，像大片大片的雪花，但却是黑色的。原来是羽毛，一种大鸟的羽毛，很像金雕的羽毛。这些年打猎，他一直对鸟的兴趣不大，除了偶尔打几只雉鸡和花尾榛鸡尝尝鲜，其他的基本不打。不打，不是因为鸟类不好打，是因为很多鸟类都没什么肉，就算有肉也不好吃，比如鹰或雕。但陈兴坡是一个好奇的人，也是一个“不听邪”的人。传说“猫死上山，雕死钻天”。猫死上山他见到过，但雕死钻天他没看见过，没看见的事情他都要看看。

某天上山打猎，他果然看到了一只金雕在天上飞，不容分说，抬手就是一枪。他自信，这一枪肯定是打中了，但可能没打中致命要害，正好可以看看它会以哪种方式死。只听天空中传来一声尖厉的鸣叫，那只雕笔直地就钻到了天上去，转眼就没了踪影。后来几天，他特意在附近寻找过，也没有发现金雕的尸体。

现在看，金雕一直还在天上，这些羽毛就是它的了。可是，一只雕哪来的这么多羽毛？就那么一直飘啊飘，没完没了，整个天空和大地都成了黑色的。人被埋在羽毛中，跟埋在雪中的感觉差不多，但却是热的，先是温暖，然后是闷热，再后来是灼热，火烧火燎地让人无法忍受，仿佛整个人就要随着那些羽毛一起被烧着了一样。陈兴坡知道这是另一个噩梦，但就是醒不过来，怎么挣扎都无济于事，像爬一道墙，刚要上来又掉了下去……

“那些天，我就像‘过阴’（去了阴间）一样，分不清是做梦还是醒着，也说不清是真的看见了那些东西，还是酒精中毒引起的幻觉。反正遇到的都是那些死去的动物，那是在受审讯呢！”

神志不清的那些天，他所经受的恐惧和折磨，远远不止这些。最多的，还是来自他大量杀伤的那些动物，狍子、野猪、鹿，还有獾子和原麝。幻觉中，他被野猪咬过，咬得遍体鳞伤、血肉模糊；被公鹿用角把肚子挑开过，让鹿群把自己踩踏过；让狍子引诱，掉落过悬崖；被獾子咬断过手指……各种各样痛苦和恐怖的经历如同在地狱里走一回。

这边，经历着惊吓和警示，另一边，妻子又在一个劲儿规劝，劝他别再做那些伤天害理的事情，赶紧放下猎枪，吃斋念佛，否则的话，别说来世的因果报应，现世的果报都承受不起。

搞不好，没准也像那些猎人一样，命不久长，不得好死。

妻子的话，一下子击中了陈兴坡内心的脆弱处。陈兴坡声泪俱下，当着病友和医生的面承认并反省了自己前半生对动物们所犯下的“罪孽”——

“那些年，我真是把损事、坏事干绝了呀！野猪‘起群子’的时候我打过野猪；狍子怀孕时我打过狍子……”

“起群子”或“闹秧子”，是当地猎人为野猪发情期的命名。春天一到，山上的公猪和母猪要聚到一处，完成谈情说爱，交配繁衍的任务。这时，前边一群或一头母猪过去，基本就会有一头公猪循着气味跟在后边。陈兴坡摸准这个规律，要在山里好好地忙几天。发现野猪群不必紧紧地跟踪，待猪群过去，选一个有利地形，找一棵粗壮的树，躲在后边，架好枪在那里等着，不出一袋烟的工夫，准有一头公猪进入理想射程，并且一定是一个大家伙。有时，如果运气好，也可以先把走在前头的母猪打死。母猪虽死，但所过之处留下的吸引公猪的气息尚未消失，后边的公猪也会如期而至，一打就是一对儿。人家可是正在谈婚论嫁呀，怎奈，好事未成，竟双双命丧黄泉。

马鹿或梅花鹿在发情的时候，就更加有规律可循，更加脆弱。每一次交配前的仪式都像一场决斗表演。母鹿是观众，公鹿是演员。想独占母鹿的公鹿，总是忌惮着其他公鹿的觊觎或干扰，它事先要“叫号”，把周边的公鹿都叫来，为了族群的发达和强盛，公平竞争，谁强交配权就属于谁。你输你走，我输你留。于是，两只公鹿便展开激战，平时的机警和敏捷全都忘在脑后，就像两头蠢驴一样，只顾同类相争，猎人都快把枪抵住它们身体了，也不会轻易发觉。

当然，一旦取得胜利，福利也是巨大的，这一带山上的母鹿都将归它独自占有，剩下的日子是妻妾成群，快乐逍遥。高明的猎人们就在这样的时候，以鹿哨诱惑公鹿主动跑来送死；陈兴坡不会鹿哨，但他熟知“鹿道”和鹿的活动范围，专找两头潜心打斗的公鹿，手慢时，打一头;手快时可以一次猎获两头，运气再好，也可能把旁边的母鹿也捎带上一头。从某种意义上讲，这是典型的“趁人之危”，也是“断子绝孙”的阴损之招。

与鹿的数量相比，山林里的狍子相对还是要多一些，所以狍子所承受的杀戮也就自然要多一些。人们都知道鹿胎是极名贵的药材，但讲规矩的猎人在动物的繁殖期都停止了狩猎，为了山林生态的可持续，也为了起码的人性和悲悯。客观上，怀孕的动物，全身的营养都用于滋养胎儿，既没有什么可吃之肉，更没有好的味道，有吃过的，据说极其难吃。可是偏偏就有猎人专门在繁殖期捕杀怀孕的狍子，取狍子胎冒充鹿胎，牟取暴利。一举三罪，杀生、繁殖期杀生、欺骗同类。

这样的事情，陈兴坡也曾常干，所以他在忏悔时表现得极其痛心："我真是罪孽深重啊！"

医生听过陈兴坡的忏悔，也看过他的表现，相互交换了一下眼神，说，你可以出院了！

就在陈兴坡出院的那天，女儿从外地出游归来，凑巧又"请"来了一尊观音。一家人都认为这是天赐佛缘，当天，陈兴坡就成为了一名虔诚的佛教徒。

回首往事，陈兴坡无限感慨，很庆幸自己及时收手，进入一种知性和悟性的人生。他说："如果继续杀生，我也许活不到今天。至少不能好好地活到今天。你看，我周边那些猎人，哪一个有好下场？"

——我爷爷，年轻的时候专门打"黑瞎子"（黑熊），死了也不得安宁，在土里埋了不到两年，让黑瞎子把坟扒开了，尸骨扬得到处都是。

——我弟妹的爸爸，抓住"皮子"活着就把皮剥下来。据说，从他手里出来的"皮子"没伤、没有瘀青，皮张等级高，比别人多卖不少钱。可是不到40岁，他就突然死了，那些冤魂追的呀！

——和我父亲同代的猎人更惨。宝山、宝柱哥俩，打猎一个赛一个，举枪就见物。那日，哥俩在地里收庄稼，一前一后，宝山一抬头看见一个狍子，从背上取下枪就是一家伙。只听一声闷响，跑过去一看，打死的不是狍子，正是自己的兄弟。

——有一年，家住塔东的张桂方，上山打回来一只金钱豹，高兴啊，回来就喝酒庆祝，一喝就喝醉了，脸扣在枕头上，在自己家醉死了。

——我还听说，二道白河那边，有几个人用狗围猎野猪时，一个人被一头大公猪挑死，同行的人在抬那个被挑的人时，也因心脏病发作途中死亡。

——王金科，是我们这一代猎人中最心狠手黑的一个。自己家的狗被野猪挑伤了，他操起铁锹照脑袋就是一下，一下子狗就死“旧生”（利索）了。那年,他在小南山发现了一窝獾子，怕被别人发现先下手弄了去，还没过繁殖期，他就去用烟熏獾子洞，最后把大小四个獾子都从洞里熏出来了，一枪把母獾子打死，剩下几个刚会爬的小獾子，按理应该放生吧，他一枪托一个全都打死了，别人看不过去，他却笑笑说：“鹿子再小也是肉！”他的“狠”事多啦！结果怎么样？他常年脑袋疼，疼起来满地翻滚，到哪儿都看不好，没几年竟疼死了。

——其实，我自己那些年也没得过什么好，不断有病病灾灾的困扰。刚才说过的这些我就不说了。那年，我听一个外边来打猎的人说，喝生鹿血可以壮力，祛病，正赶上腰腿疼痛，就信他的话喝了，喝完满身起大疙瘩，折腾了半年才治好。40多岁时，我也和他们一样，去下地枪打黑瞎子，结果起地枪时自己记错了位置，以为还没到地方，迷迷糊糊地就把地枪踩响了，霰弹贴着自己的脸就飞了过去，糊了一脸的火药，菩萨保佑，差点儿就白白地葬送了一条小命……

在陈兴坡的意识里，这些人，包括很多人都罪有应得，因为每一个人都不是无辜的，每一个人都无法逃脱罪的关联和指涉。他的这些想法是否有足够的科学或现实依据，他的一些主张是否适合大面积推广，我们还不敢妄下定论，但我个人认为，他的一部分生态观和人生观还是向善的、有益的。

时近中午，他突然收住话题，说要留我们在他家里吃饭。但又觉得不太好意思留，因为他们一家吃素，连一丝荤腥都没有，农村的食材又很单调，那饭就可能无法下咽。他笑笑，说家里养了一只大公鸡，已经养四年了，如果我们能自己杀鸡，他马上就去抓来给我们杀了吃。我在心里暗暗想象了一下，假如我们能厚着脸皮，把人家相当于闹钟兼更夫的老鸡捉来杀掉，又百无聊赖地坐等它在锅里慢慢烂熟，一个小时不烂，三个小时也没烂，四个小时过去，老鸡终于可以吃了，已时至黄昏。我们拎着鸡腿，从坚硬的骨头上摇头晃脑地往下撕扯鸡肉，而主人却不吃不喝眼巴巴看着我们大嚼大咽，那将是一种怎样的景象和感觉呢？

我知道确实到了该说再见的时候，但我还有一个最重要的问题没有问他。

我试探着问陈老："我们说了一个上午，没有一件事情与老虎有关，那现在，我能不能问最后一个问题？对老虎吃村民的牛，野猪吃村民的庄稼这件事情您怎么看？"

陈兴坡一听我说一上午的事情与老虎无关，立即又重振精神，来了说话的兴致，还没等我把问题问完，就迫不及待地发表了他的看法："怎么能说与老虎无关呢？老虎是山林里的王啊！山林里的一切事情都与老虎有关，只要人类不进入山林，每一棵草、每一棵树、每一个动物都是老虎的……人把草都整没了，獐、狍、野鹿怎么活？人把树都砍掉了，把松子、榛子、核桃都采光了，野猪怎么活？没有了獐、狍、野鹿和野猪，老虎怎么活？人把野猪的食物抢走了，野猪就得来吃村民的庄稼；

人把老虎的食物都抢走了，老虎就得来吃狗，吃牛，吃家畜，吃人，你不客气，它就更不会客气，一报还一报啊！动物犯下的一些错误，其实都是人逼出来的，只是它们不会说话，不会为自己争辩罢了。人类就会站在自己的角度想问题，从来不想自己做得对不对。一出问题，先到别处找原因，就是不担责任……”

之前，我还一直认为，解决人和动物之间的矛盾，需要人类做出一定的牺牲和让步，经陈兴坡这样一说，我倒是真觉得，人类确实需要从生命平等和自然共享的角度去思考一些问题，去做出一些更加合理的选择，不能永远是人本主义的倾向，但我还是更关心老虎在这里的生存状态，所以要坚持把我的问题问完：“您在这一带看见过老虎吗？打猎的那些年，猎杀过老虎吗？”

关于老虎，陈兴坡和这里的很多猎人一样，虽然知道老虎的“经济价值”更高一些，但都不希望与老虎在山林里正面相遇，更别说去主动找老虎的麻烦。在他们眼里，老虎是一种比“皮子”和狐狸更有神性的生灵。所以，尽管陈兴坡多年打猎从来没有见过老虎，但还是反复几次强调“老虎有慈心”。为什么说老虎有慈心呢？因为老虎从来不主动伤人，也从来不伤无辜的人。

有关老虎的事情，有时十分简单，简单得和真理一样，就是有或没有，但有或没有却不能依据眼睛来判断，而是要看你信与不信。你说有，可就是多年也见不到它的踪影；你说没有，说不定哪天它就会突然出现。

那还是陈兴坡十几岁的时候，村子里的几个猎人去山上打猎，晚上住在一种叫“抢子”的临时窝棚里，突然就来了老虎。这是从来没有过的事情，人们几乎不敢相信。就在人们惊恐、疑惑之间，有一个猎人被老虎叼走，吃了。从那以后，这里再没有人见过老虎了，只是偶尔会看见老虎行走的足迹。

关于老虎把人叼走的那件事情，陈兴坡说，连一起打猎的人也觉得老虎叼走那人不无道理。这么多年，人类吃了山里多少东西呀？不计其数，老虎才吃了一个人，也算是给人类一个警告。

陈兴坡最后的结论是：山林被祸害成现在的样子，人类早应该认真地反思和忏悔。

（二）

1997 年开始，吉林省先后颁布了《吉林省禁止猎捕陆生野生动物管理若干规定》《吉林省人民代表大会常务委员会关于禁止猎捕陆生野生动物的决定》，至此，山林里的猎人纷纷主动或被动地放下猎枪，改从他业。有一部分打猎的人和陈兴坡一样，彻底告别山林，像告别了自己的前生前世，永远无牵无涉地离开，或务农或经商，或远走他乡；有一部分则依凭着丰富的山林经验，直接从狩猎者变成了保护者。

兰家管护中心的管护员曹志信就属于后一种情况。

走到兰家，就走到了吉林省界的东北角，向前，再翻过一道岭，就进入了黑龙江地界。这是一片安静的山林，如果不是有一个专门采伐木材的林场，这里一定是一个被人们遗忘的角落。也正是容易被人们遗忘，才一度成为野生动物们的乐园和天堂。

直到1993年“收枪”之前，这里的各种野生动物依然不少，但比起1976年林场成立之前的情况已经差得太多了。曹志信从小就生长在这一带山林之中，见证着山林月月年年的变化，也见证着这里野生动物群落的兴衰。当然，他也和其他生活在这里的人一道，参与了人类的一切活动，伐木、打猎、放山、包山、采挖、种树、护林……

50岁出头的曹志信，浓眉、大眼、看上去身体健壮，但个头儿并不高，是一个典型的“车轴汉子”。据他自己说，他 14 岁的时候身材就这么高，这么多年只长重，只长粗，顾着横向发展，就没有继续往高长。

14 岁，刚刚读初中二年级，这正是人生的起步阶段。在林区之外城市或乡村的孩子们，大约还在和小伙伴们玩着捉迷藏或“抓特务”的游戏，还在抱着某一本少儿读物，一边读着森林探险的故事，一边想象着真正的森林和真正野生动物的样子。而曹志信却开始随着村里的猎人进山打猎了，他已经在既迷人也残酷的大森林里与野生动物们朝夕相伴。

他和奔跑如飞的野鹿和狍子竞跑，锻炼脚力；他和凶残蛮横的野猪较量，锻炼胆气和野性；他和大智若愚但一身力气的黑熊周旋，锻炼体魄和意志；他也认真地观察、体会老虎和豹子的习性，锻炼自己的耐心、耐力和生存智慧。在大森林这座生命和生存的课堂上，他懵懵懂懂地跟在一个无形、无名的师傅身后，早早开始了生存训练和生命体悟。

曹志信 5 岁时生父去世，随母亲来到了继父家中，也从那时起进入了林业系统，开始和伐木这个行业结下了不解之缘。继父并没有把他当成真正意义上的儿子，而是把他当成了一个小伙伴，一个小助手。继父虽然身为林业工人，但业余的爱好就是打猎，并且爱好到了近于迷恋的程度。上阵亲兄弟，打仗父子兵。在山林里行走，随时都有可能出现危险或发生不测，只有心意相通又血脉相连的人，才能成为平时最默契的搭档，危难时舍命相帮的臂膀，所以进进出出需要有一个忠实可靠的伙伴。

十四五岁的曹志信已经发育成了一个大小伙子，体格强壮得像一头小犍牛。继父每次工休出行都喜欢叫上他。他也是天生的好材料，不仅对林子里的活动兴趣浓厚，而且十分灵通，什么事情一看就会，做过一次，下次就能独立完成，并且像模像样。有时，在寻找猎物或辨认足迹时，比继父的直感还好。

后来，他又和一个外号“老套子”的老者学习了下套秘籍。

其实，山林里打猎的事情，就是一层窗户纸，你不捅就永远不破，永远都是一个秘密，就是想不到，可一旦捅破就极其简单。

老者从来不动枪，不追求痛快和刺激，拒绝和虎豹和黑熊等危险动物接触。他稳稳当当，不慌不忙，专门玩套子，套狍子和野兔。

夏天，他去离家五六公里的山上开荒种上一大片萝卜，萝卜地用山上的树枝夹上“障子”，“障子”中间每隔十来米留一个缺口。如果萝卜长得好，他就在秋天时收回去一部分自己吃，如果长得不好，他干脆就不去管它们，留着冬天食物短缺的时候给那些饥饿的狍子和兔子吃。吃是可以吃，但不能白吃，得让它们为每一顿晚餐付出代价。

这正是老者的心机，萝卜地边“障子”的缺口正是给这些动物留的通道。冬天时，他只要在缺口处下上套子，定期去遛一遛就行了。往往他不用到处乱跑，“坐享其成”就比别人的收获大。这需要耐性啊！从夏天就开始下功夫，冬天时自然可以省些力气和周折。

除了种萝卜，老者还有一个绝招儿，那就是下盐窝子。一个生命体的存活，不仅依赖食物和水，盐更是必不可少，山林里的动物们也不例外。这一点常识经常被人们忽略，但老者并没忽略。他会选一个长年不断水的水坑，在旁边的泥土里埋上盐。盐埋进去的深度刚好能接触地气，能让盐卤返到地面上来，让动物尝到盐的滋味；又不至于让动物们用蹄子把盐刨出来，一劳永逸。老者如果有兴致可以在任何季节去“盐窝子”边上下套子，每每收获颇丰。

这老者，好有心机！所做的事情竟然都是用最小成本获得最大的利益。

现在，在打猎这个领域里，曹志信已经是“文”“武”全才。20 岁的时候，就成了一个出色的猎人。他的力量、他的敏捷、他的对动物行走规律的精准把握以及追踪动物时的独特感觉，对了，还有那些秘不示人的绝招，周围已经没有人与他匹敌。很多人都愿意和他一起结伴出猎。他们知道，只要和曹志信一起出猎，收获一定会很大。

然而，他却越来越喜欢独来独往。他已经发现，动物们的繁衍已经远远跟不上人们的猎杀速度。动物的密度越来越小了，猎获的难度在一天天加大。难度的加大，一方面是密度小造成的，一方面是动物们在残酷的猎杀中，变得越来越狡猾、越来越难以对付了。这森林正在一天天失去平衡，一天天变得可怕起来。从他内心来说，并不希望看到这样的变化，更不希望人人都成为打猎高手，都继续有很大的收获。森林已经承受不住了呀！至于他自己，他也感到纠结和迷茫，只是不知道自己为什么还没有停手，什么时候停手。

那年冬天，曹志信和弟弟跟踪一群野猪。正在往前走，突然从一棵大树后蹿出一头野猪，一抬头，就把他手中的枪“拱”飞了，紧接着又一下，把他“扔”到两米远的草丛中。当野猪再一次冲到他跟前的时候，他看到那是一头残疾的野猪，右前脚和头紧紧地贴在一起，所以在咬人的时候就很不方便。这给了他在地上躲避的机会。因为咬不到，野猪的攻击就只能变成用头拱，不停地拱，不停地拱，拱得曹志信没有任何还手的机会，一直从山梁上被拱到沟底。当曹志信停止向下的滚动，野猪终于抓到实实在在咬他的机会。野猪沿着曹志信的小腿一口口向上咬，也还是因为那只贴在嘴边的脚，让野猪每一口都没有咬到曹志信的身体，而只把他的棉裤咬出了一排破洞。幸好，弟弟从附近找到了一个结实的木棒，对准野猪最脆弱的部位——鼻梁连打三下，把野猪打昏，否则他一定会被野猪重重地咬伤。

细看才发现，原来那头野猪被一个钢丝套缠着。先前，它被套子套住时，右前腿和头同时插进套子，然后把钢丝套子挣断。也多亏了一只脚在套子里，护住了喉咙，才不至于挣脱套子时把喉咙勒断。但钢丝紧紧地把它的头和右前脚捆绑在一起，让它成了一个三脚的残疾猪。

把野猪打死后，曹志信开始坐在石头上望着幽深的山林久久地发呆。这倒不是因为他惊魂甫定需要镇静一下，他此时内心的感觉很复杂。在这片自己曾经热爱和眷恋的山林里，为什么总是要发生这样你死我活的生死游戏？假如自己有一天葬送在哪个野兽之口，这一生又算活出了什么意义呢？值得吗？

就算自己幸运不死，可是看着那些野生动物一个个惨不忍睹地在自己的枪口下消失，又有什么意思呢？如此下去，这林子终会有一天空空荡荡、一片沉寂的，难道这是自己希望看到的吗？

那天，他和弟弟没精打采地拖着一只伤残的野猪回家，走到家边的时候，他突然生出了一种恐慌，不自觉地加快了脚步，很怕别人看见他又打回来一头野猪。有生以来，他第一次觉得这并不是一件光荣的事情，甚至还觉得有点儿见不得人。

恍惚间，又一个春天到来。

大概，那是春天的最后一场雪了吧！曹志信领着自己的两条猎狗顺着林场的集材道去遛狗。两年前，这条集材道上还能够偶尔碰到一些动物。每逢下雪天，差不多总能看到有一只东北虎的足迹一直延伸到集材道另一侧的沟塘里。现在，什么都没有啦！动物们似乎消失得干干净净，连一行雉鸡或松鼠的脚印都很难见到。

这条集材道是曹志信最熟悉的一条，那几年他开 G50 柴油车时，每天要在这条路上走很多趟，往出运的都是粗大的红松树，据说在整个汪清林业局辖区内就这么一片原始红松林，那要长多少年才能长那么粗啊？

然而，他们实施的却是剿灭式的砍伐，见一棵伐一棵，伐得人心疼啊！整片红松林眼看着一点点消失了。一台 G50 能装 15 立方米的木材，十来台 G50，不间断地整整往外拉了三个冬天，最好的一片林子，活活地“拉”成了一片废墟。林子没了，山空了，以松子为食的松鼠走了，野猪走了，老虎跟着也走了，集材道也成了一条荒芜的路，一切都是空的啦！

也好，这是春天，曹志信并不想见到任何动物，他只是让他的猎狗活动一下筋骨，在秋天来临之前，别让它们胖成猪。

可是，不知道是赶巧还是天意，两条猎狗突然就着了魔，挣脱手绳，像箭一样冲进林子。曹志信的心骤然一悬：“糟糕，这两个东西要惹祸啦！”他赶紧沿着猎狗跑去的方向追去，没出 200 米，他看见了那个平生最恐怖也最恶心的场面。两条狗追的是一只怀了孕快要生产的赤狐。瘦骨嶙峋的一只狐狸，肚子已经被两条猎狗撕开，浅红色的液体流了一地，四个黄瓜一样大赤条条的幼崽嘴抵住地面，像虫子一样在向前蠕动。

狐狸已经死去，眼半睁着，依然保持着像人类的微笑一样的表情。这是一个鬼魅的让人不解其意的微笑，在这个安详、妩媚但却令人不安的微笑面前，曹志信半张着嘴愣了很久。

正午的山林空旷寂静，曹志信却感觉到很多的声音在四处埋伏着。突然，它们出乎意料地响起来——漫山遍野都是一种尖细而疯狂的笑声。他不知道自己是在梦中还是现实之中，恐惧像此起彼伏的声浪，像无处不在的空气将他包围，一种十分不祥的惊悚持续地袭击了他——脊梁冰凉，头皮发麻，让他一会儿也不敢迟疑，逃跑一样，奔回家中……

那天，曹志信这个有生以来不知道什么叫失眠的人，彻底失眠了。翻来覆去睡不着，一闭眼就是白天那个悲惨的现场，一闭眼就是这些年他打死的那些动物，各种各样的姿态、各种各样的气息。他不断地劝慰自己不要去想那些，那些都已经过去。可是一翻身满脑子还是那些画面，中间几次坐起来，想冲淡一下那种不良的情绪，但总是无济于事。

后来，他就索性把这些年对动物们的伤害，一件件回想起来，横七竖八的，堆得满脑子都是。有那么一些时候，他甚至特意往血腥、悲惨的境地想，想着想着，就不那么烦躁了，但却觉得动物们很可怜。自己为了一点小利益和小骄傲，让它们付出那么多生命的代价，自己做得太过分了。这些，从动物的角度看是不是都是罪恶呀？可为什么过去总是觉得这些杀戮的行为理所当然呢？假如，我们也像动物一样沦落到任人宰割又无力反抗的境地，比如被我们的敌人侵略、凌辱和屠杀，我们会是什么样的感受和心境？

一夜，曹志信被纷乱的思绪缠绕得昏头涨脑，清晨起来仍觉得心情沮丧，洗过脸，推开家门，站在院子里看山。一轮红日刚从山梁上爬过还没有生出叶子的树梢，干干净净，像一幅彩色的简笔画；几只山麻雀从头顶上匆匆飞过，留下了清脆的鸣叫。曹志信深深地吸了一口沁凉的空气，长长地叹了一口气，在心里说了一声：“活着真好！”他自己也不知道这句话是说给谁的，是说给自己，说给人类还是说给山林里的动物。说完，他突然感到内心有些感动也有些难过。此时，他明确地意识到从前对这片山林做下了太多不道义的事情，自己欠这片山林和山林里动物的太多了。

1990年的夏天，公安局开始收枪，发告示禁止打猎，同时，林业局也开始成立护林队。曹志信顺势把枪交了出去，转而报名到护林队工作。他已经为自己的未来确定了方向，他要用余生全心全意呵护这片山林和野生动物，通过对山林的悉心保护，来弥补从前的索取和种种伤害。

（三）

其实，在人类和动物的长期“对垒”中，受到伤害的也不仅仅是动物。虽然从总的趋势上，动物种群越来越式微，越来越溃散，但动物给人类留下的阴影也久久不曾散去。不论是过去那些年代，还是现在，山林里都有一些被称作“老虎剩”、“熊瞎子剩”或“野猪剩”的人，以这样的称谓来标注这个人的一段特殊经历——他曾从某一个野生动物嘴里死里逃生，侥幸活下来。他们残缺的身体和被毁的面容，像一些形象而生动的文字，为人类保留着一份可怕的也是可警醒的记忆。

当我们在东兴林场见到49岁的老杨时，尽管我们事先已有了足够的心理准备，迎面而来的那张脸还是让我们大吃了一惊。像是一件陶器被砸碎后，丢失了一些碎片，又勉强重新拼凑在一起。几道走向不一的伤痕将整个面部分割成几个区域。五官和五官的不同部分就被一些深深的疤痕生硬地分割开来。眼睛的大小和形状、眉毛的长短与方向已然不同，也不在一个水平线上；鼻，因为两侧鼻翼不在同一区域，无法保持自身的对称和笔直；口，因为曾被严重撕裂，也无法与上方的鼻子看齐，更不能保持平正和完美闭合。

我们开始交谈，但我始终不敢直视那张脸。我不敢直视，不是我自己有心理障碍，而是害怕明显的好奇伤到他的自尊。我相信他对我应该是无所顾忌而不怕直视的，但即便他对我直视时，我发现他的眼睛也没有直对着我，而是绕过了我，直指另一个方向，也许，那正是时间的深处——

2002 年的那个早春的午后，对于很多人来说，一定是美好的，天空湛蓝，风和日丽，树木的枝条刚刚开始柔软、透出绿意，鸟儿成双成对在林间追逐嬉戏，或面对面地倾吐着内心的恋情和对未来的憧憬。而老杨，却即将要经历他人生中最黑暗的时刻。

老杨那天突然心血来潮，想去山上砍桦树蓉。据说市场上近期桦树蓉价格猛涨，何不抓紧动手。四年的军旅生涯，让老杨养成了一个雷厉风行的性格，做事情从来不拖泥带水。这是周末，老杨简单吃过中饭，拎起斧头，背起袋子就上了山。走到运柴道的尽头，又穿过一片柞树林，就到了那片针阔混交林。那里的桦树很多，老杨砍下几个树瘤之后，向前走几步突然看到了几只新鲜的黑熊脚印。印在地上的脚掌巨大，相当于人类穿的 44 号鞋那么大。凭经验，老杨判断这只黑熊刚刚走过不久。

“熊出没！”一个在城里人眼中看似惊悚的警语,在山林里,并不是什么新鲜事儿。而对于老杨这样从小在山里长大的人,更是不在意这些，发现了熊的足迹，只要及时躲开便罢。只要你不和熊争夺食物，不动它的幼崽，不主动攻击它，就什么事情都不会有。有时,不经意地在山林里行走,也没准儿和熊相遇,但只要你别像有意挑衅似的继续前行，也别像做了什么坏事一样转身逃跑,站在那里,或若无其事地转身走开,就相安无事了。即便发生了误会，熊已经开始攻击，只要你抱着一棵大树转着圈儿躲避熊从正面的攻击，熊寻找不到攻击点，转一会儿确认人无意伤害它，它就会悻悻走开。

老杨并没有犹豫，转身向着黑熊行走的相反方向走去。大约走了几十米，他突然在一棵倒树下发现了黑熊的巢穴，巢穴里两只毛茸茸的熊崽隐约可见，正挤在一起睡大觉。老杨犹豫了一下，动了一个心念。他在想，如果把熊崽带回去卖给动物园，可是一笔可观的收入啊！于是，他开始靠近。熊崽似乎并没有察觉，他刚想伸手去抓，觉得身后有一种可怕的力量正在袭来。他直起身猛回头，发现一头巨大的黑熊正站在十米之外向他“发威”。黑熊全身的毛发倒竖,尖利的“犬牙”已经露出,口中的涎水在不住地向下流淌。老杨本想转身逃开，可是已经来不及了。

十米的距离，对于一只平时笨笨的黑熊来说，关键时刻只是一两秒钟的事情，给老杨的感觉，它只是纵身一跃，就到了面前，速度极快，差不多一步就迈出五六米。老杨手中的斧头刚刚举到一半，一只巨大的熊掌已经横扫过来，伴随一声惊心动魄的怒吼，老杨手中的斧头嗖的一声瞬间飞出。这时，老杨才发现平时看起来光滑如锦的熊毛，倒竖起来竟然有半尺长。紧接着，从斜上方落下来的那一掌，挟带千钧之力，将他“拍”得贴在地面上。那一刻，他感觉自己的力量和熊比起来，完全不是一个量级，简直是天壤之别，心里有什么想法都没有机会和能力实现。熊的肢体撞击过来的时候，就像一个粗大的树干砸过来，无法抵挡，只能无可奈何地任其“碾压”。

熊把老杨击倒后，拽到屁股底下狠狠地坐了一下。只一下，老杨就觉得眼前一黑什么都不知道了。等老杨醒过来时，还在黑熊的身体下压着。他本能地抬抬手，黑熊对老杨的手咬了一口，老杨一叫，它又从手咬到了脸。老杨疼得又昏厥过去。大约黑熊觉得老杨已经死了，便放开了他，但并没有走开，而是在那里观察着他。等老杨苏醒过来，头本能地抬了一下，熊一爪挂在老杨的脸上，一下子把老杨掀出去半米远，老杨的头皮立时就被掀开了。世界一下子变成了暗红色，但老杨的身体还在不自觉地蠕动，熊把老杨拽过来，又狠狠地“坐”在身下。

老杨在部队几年的严格训练，这时发挥出了作用。当他再次苏醒过来后，他克制了自己那些无效的动作，因为只要他一动，熊就会狠狠地撕咬一阵子。他的手指在地上一点点摸索，寻找着可利用之物。恰巧,他摸到了一块石头,悄悄地攥在手里，等熊再次把嘴贴近他的脸，嗅他的气息时，他用手里的石头猛地敲向熊的鼻子。熊感到了疼痛，大叫一声逃跑了。

他睁眼，却看不见什么，原来是自己被掀开的头皮挡住了视线。他抬手向上扶了扶头皮，开始向前爬行。这时，他浑身上下已经没有一个部位可以听从意识的指挥自如活动。无处不在的伤痕，让他每向前移动一寸，都感觉到有无法忍受的疼痛从四面八方袭来，痛彻骨髓。只有停止爬行，才有短暂的疼痛间隙，困倦又猛烈袭来。他很清楚，只要他屈服于疼痛或困倦睡去，就永远也醒不来了。强烈的求生欲望让他一刻也不敢松懈，更不敢停下来。

他就这样爬爬停停，也不知道用了多长时间，终于爬到 4 公里之外的一个看山人的房子前。看山的老人根本就无法辨认眼前这个血肉模糊的人，老杨向老人提起了自己父亲的名字，对方才确认了他的身份。

救助的车把老杨送到离出事地点最近的黑龙江省某创伤医院时，老杨离生命的终点已经很近了。医生说，再晚到半个小时，意志多么坚强的人也挺不住了。更让医生们震惊的是，躺在手术台上的这个人，整个被熊撕烂了，仅仅面部，就被熊咬了5口，缝了470针，其他部位的伤口大小不一，就不必再提了。手术进行得异常艰难，前后耗时7个多小时。

老杨的伤养好之后，很多年拒绝和外人接触，更是拒绝媒体的采访。他不愿意回忆当时的情景，因为太恐怖了，什么时候回想，都是对自己情感的一种伤害。他从心底不愿意接受这个现实，不愿意承认自己曾经的过失，一想起来就觉得命运对自己不公平，倒霉的事情那么巧就让自己摊上了。

后来，他也一点点想通了，觉得有些事情是必然的，在人与动物的交叉地带，发生这样的冲突或不幸也许在所难免，自己不摊上，也会有别人摊上，但不管让谁摊上，都是人类的代表。这样一来，他渐渐就想通了，也不再拒绝见人和回忆往事。

“唉，想当初我要不是起了贪心，想抓那两个熊崽子，及时走开的话，这场灾难也就躲过去啦！”老杨说这话的时候，我描述不准他的表情，但他长长叹气，慢慢低头时，我能感到他心中的懊悔。

现在，老杨和妻子两人种了几垧地，又在森林边缘养了几十头牛，每天潜心过着自给自足的小日子，也算自在。问老杨经过生死大劫之后内心的感触，他并不回避。他说："像我这样的人，活下来已经是一个奇迹，还有什么想不开的？我想好了，余生，活着的意义主要有两个，一个是陪老婆孩子把日子过下去，一个是用我这张脸告诉人们，自然可亲，可敬，也可畏。"

"唉，想当初我要是不在熊窝那里停下来，事情就不会发生啦！这些事儿，想躲的人都能躲过去，怨自己呀！"送我们出院子的时候，老杨又重重地叹了一口气。

这最后的叹息，深深地触动了我。我们的车已经走得很远了，那懊悔的叹息似乎还在我的耳边回荡。

第九章

清理与侍奉

（一）

又是一个专项行动——清山清套。

前一天夜里郎建民从山里打来电话，问我要不要参与他们的行动，我不假思索就应了一声“去”。

就这样，近4个小时的高铁、700公里的路，又把我变成了一个清山清套队员。

郎建民一个人走在前头，我和薛延刚、孟新跟在后边，其间至少拉开 30 米的距离，但我依然能够听见老郎脚踩落叶发出的沙沙声。山仿佛是空的，空得如一个空旷的走廊。

举目远望，除了山的起伏和随山体起伏的树木，别无他物。但我知道，这只是眼睛告诉我的。我的眼睛，在我的生活中，帮过我很多忙，但也无时无刻不在给我提供一些远离本质和真实的表象和假象。就像我所看见的天空，其实一点儿也不空；这片林莽、这片我眼中的荒山野岭也一样，除了草木之外，还有数不尽的生命和精灵，还有很多我们看不见的东西，密密麻麻地分布着、飘荡着。只是，人的身影一出现，一切都随之销声匿迹或退避三舍。

长久以来，人类给这片山林留下了太多有形的和无形的阴影——声音、足迹、身影、房屋、公路、铁路、机械、武器等等，还有贪欲、残忍、心机、蛮横的逻辑和观念……如永不腐烂、降解的枯叶，如永远净化不成泥土的灰尘，在山林中蔓延，并对山林中的一切，实施着排挤、驱逐和蚕食。

当我们追上前边的老郎时，我突然想问他一个问题："刚刚成立的东北虎豹国家公园管理局主要职能是什么？"其实，这个问题，我在和管理局李局长交流时，已经探讨过了。我问老郎，只是想再从山林工作者口中得到另一个层面的理解和回答。我以为老郎也会把各种管理、调查、维护的职能一条一款地再对我说一遍,但他没有,这更加让我有所期待。他沉吟片刻，说了两个字：清山。

“是清山还是清山呢？”我特意和文学修养不错的老郎玩了一个绕口令，我的意思是，你说的清山，是指清理山林还是让山林保持清净、清纯变成清山呢？

“都一样啊！”老郎笑了笑，“把山林里不应该存在的一切都清理出去，那不就清净、清纯，变成清山了嘛！”

说完，老郎向我会意一笑，可能觉得我确实理解了他们的工作性质。但我觉得，要将被误读、曲解和污染了千万年的山林变成“清山”，像有人描述的“野生动物的天堂”或“圣林”，暂时恐怕还是一种理想。对于一个小小的管理局和几个管护员来说，这担子显然太过沉重了。有什么办法呢？即便愚公移山也得一锹一锹挖呀！

没多久，老郎又走到了我们前边。转过一道山梁之后，老郎从背包中掏出一把特制的钳子，弯下腰吃力地一下下剪了起来。边剪边狠狠地说：“你们看看，你们看看，这山上到处都是这些东西！旧的剪走了，新的又偷偷铺设上。这让豹子和老虎怎么走路，怎么生活？”

这是山民们为了养牛铺设的铁丝网。铁丝网有里外两层，里边的那层因为铺设的时间久了，已经生出了褐色的铁锈，看上去松松垮垮的，很多都已经垂落到了地面上。在旧铁丝网的外层，又加了一道新的，看样子铺设的时间并不长，铁丝外的镀锌层还很完整，网子铺设的高度也比以前的那道更高，钢刺显得更锋利，作用自然也会发挥得更好。有了这道铁丝网，里边的牲畜就不会越过铁丝网到处乱跑，最主要的是，外边的虎、豹、熊等大型食肉动物便无法越过围栏去伤害网子里的家畜。

延边红牛，作为一个优质的饲养品种，以其耐粗饲、抗病害的先天优势，历来广受山民的青睐。从前，山民们把小牛买来，往山上一赶，一夏一秋就不用再理会了。冬天再从山上赶回来，已经自己长了一身肉，杀掉一卖，基本没付出什么饲养成本，利润就到了手。所以，很多山民手头有了一些本钱，都惦记着买几头“红牛”来养。也正因为这种牛的野外生存能力强，才成为生态的主要杀手。这个品种的牛食性很广，山林里除了一些年龄较长的树木，它们无可奈何，其余的植物基本是见什么吃什么，简直就是一部掠食的机器。在食物稀少的冬天，连拇指粗的幼树都会被它们吃个精光，被它们暴吃过的山林，给人的感觉总是光秃秃的。但山民们并不在乎，山大呀，这山吃光还有那山。

近些年，由于野生虎豹的回归，虎豹或熊吃牛的事件时有发生。山民们为了不受虎豹的袭扰，纷纷改变了养殖方式，由过去的零星放养改为集中放养。把牛统一交到一个山林承包人的手中，付一定的管理费用；把牛用铁丝网圈在一座山上，山就成了一个开放式的养牛场或巨大的牛圈。还是没有专人看管，牛也还是自由行走、进食。省时，省力，也省心。

这样一来，野兽吃牛的问题暂时得到了一定程度的缓解，野生动物的活动区却被很多养牛场分割得支离破碎，对野生虎豹的进食和交配都起到了严重的制约、阻碍作用。此类事情，保护区管理局虽然可以出面制止，但因为大部分山林的承包期还没有结束，在 2025 年之前，很多承包主也会依据那张承包合同，理直气壮地争取自己的权益。

老郎一边剪，一边口里念念有词："让你们乱拉乱扯！最好别让我看见，看见了就剪……我能走通的地方，就让虎豹能走通！"大概，一直剪到两手发软，他才停下手来，我们已经看到他大汗淋漓，站在那里擦汗，喘气。老郎的这一气忙碌，看得我们几个人不由得摇头叹息。谁都知道，这么大的问题，并不是靠个人的一己之力能解决的。局里每年都联合几个行政执法部门有计划地集中组织“清网”和“清套”活动，到时一并解决好了。

曾有人告诉我，郎建民的老婆对他玩命工作很是担心，并时有劝阻：“你咋那么幼稚呢？头发都白了，还操那么多的心，少管点闲事不行吗？”依我看，让他不干别的事情或许能行，但让他少管山林里的“闲事”肯定不行。老郎自从干上这行的那天起，就立志“要把职业当成事业干”。你让他不管，他会瞪圆了两只大眼睛问一个在一般人看来更加幼稚的问题：“我就是干这个的，我不管谁管？”

目前，在管理局的干部里，既有“处”级职务，又坚持和普通护林员在山里跑的，就他这一个人。这样一个人，你不让他上山，不让他管山里的事情，行吗？只要他一进山，就无法像正常人那么想问题，他就换成了山的思维。只要是自己区域里的事情他都管。甚至比老虎还“虎”，老虎只管一两个或两三个山头，也就是自己“家域”里的事情，郎建民却要管这一带所有山头上的事情。

现实中有些事情也很奇怪，你要是不认真，大家都认为你不应该管；你若是真较劲，人们也就真害怕了，因为他们知道你代表国家意志。一身“虎”气的郎建民很快就被保护区内的山民所熟知，并被那些偷猎者和违规者畏惧或厌恶着。他曾不止一次赤手空拳抓获过全副武装的盗猎者；也不止一次与盗猎者背后的社会势力勇敢对峙；值得庆幸的是，他很多次与凶险和灾祸擦肩而过，不但没有丢掉性命，反而树立了行政执法者的威严。他之所以能够受到山民们的普遍敬畏，理由大约也就是他的无私和无畏。

有一年，郎建民听说春化一带偷猎现象特别严重，就把野外调查的“点儿”定在了春化，领着人在那里“驻扎”了一个冬天。住土平房，睡大炕，天亮出发，黑透回来。听说最爱管事儿的“郎老虎”在春化，几辆车摆在那里，几十号人天天“神出鬼没”在山里转，谁还敢轻举妄动啊？整整一个冬天，那些偷猎的人，天天盼着他们离开，可他们就是不离开。最后，有的人可能看出了未来的趋势，有的人实在耗不起了，便干脆改从他业，把猎狗都卖掉了。

还是孟新年轻，眼尖，我们刚刚向前走了一小会儿，他就在我们右侧一丛灌木和一棵松树的空隙，发现了一个钢丝套子。套子由筷子粗的“油丝”做成，一端固定在小松树上，一端很隐蔽地悬挂在灌木的枝条上。看样子应该是一个陈年老套，钢丝表面的镀层已经腐蚀脱落，隔着一定距离看上去，很像一段环状的枯枝。还好，因为套子下的位置不对，始终也没有野生动物误入其中。

套子，是最常见也最有效的传统捕猎工具，也是这些动物保护工作者最头疼、最痛恨的东西。一个小小的套子，几乎凝聚了人类的全部智慧、心机、阴险、恶毒和贪婪。别说不谙人类心机的动物应对不了，防不胜防，就连人类自身也经常身受其害。

（二）

到后来，套子或者圈套，已经被人类玩得千姿百态、出神入化。有原始的、简单的，有现代的、复杂的；有有形的，有无形的；有只应用于动物身上的，有应用于一切领域的。单说应用在动物身上的那些套子，就足以让人眼花缭乱、心惊肉跳。

我所知道的最小的套子是用一根比人类的头发丝粗不了多少的“马尾儿”（从马尾巴上取下的一根长毛）做成，一端是一个可以收缩、勒紧的“扣子”；而另一端则是一个避免逃脱的“坠子”。有时，“坠子”是一个比鸽子蛋略大的泥球，因为泥球可以自由活动，这样的套子就叫活套；有时，“坠子”就是一截深深插在土里的树枝，因为无法活动，便称作死套。这样细的套子，多用于套那些体形很小的鸟类，比如矮脚百灵或田鹀之类。套子通常布设在鸟儿的必经之路或可能走过的地方，比如在鸟儿的窝巢边或经常喝水的水坑边。

套子下好后，就可以放心走开，隔一段时间去“遛”一趟，有愿意看到全过程的，就站在远处望着。鸟儿一旦进入套子，就开始跟自己搏斗，因为除了一条勒在脖子上的细索，身边并无任何敌手。它当然可以老老实实地停在那里，不做徒劳的挣扎，等着套子的主人迈着方步走来做出最后的发落。可哪一个误入圈套的鸟儿、动物或人，会心甘情愿地束手就擒呢？那就只有挣扎，只有拼命地和自己“较劲”了。越想摆脱套子的束缚，越用力挣扎，套子勒得越紧，越透不过气来，越感觉到疼痛。

远远看去，如果草地上有一双徒然挣扎、张合而无法飞翔的翅膀，就一定有一只不幸的鸟儿中了人的圈套。

套子的妙处和神奇就在这里。在短时间内，你不知道谁下了圈套，连愤怒都找不到对象；另外，在中了圈套之后，任你有多大的力气，都帮不上自己的忙，并且力量越大对自己的伤害越大。有一些性子刚烈的“中招”者，被套之后会豁出命来挣扎，结果会很快把自己勒死在套子里。为了稳妥或为了拖延些时间，下套的人有时并不希望猎物马上死去，所以就会采用让猎物勒不死又逃不掉的“活套”。

至于套子的设计，必须粗细适当，因对象而异，量身定做。用于套鸟的套线，必须采用纤细、柔软的“马尾儿”，粗了、硬了，鸟儿没那么大的力量拉动套子，套子发挥不了作用；如果对付野猪、黑熊和老虎，套线又绝对不能纤细、脆弱，否则与它们的力量不匹配，还没等它们有什么感觉，一个精心设计的圈套就已经被摧毁了。这是设计套子必须把握的原则和尺度。

如果对付兔子和原麝，套线的强度就要适中，一根细铁丝刚好合适。再粗，再钝，在套子还没来得及充分收缩发挥作用时，动物们就已经很警觉地把头从套子里缩回去了。而用于套狍子和梅花鹿的套子就要使用稍粗但柔性比较好的钢丝。如果针对野猪、马鹿、黑熊和虎豹等大型动物，套线则必须尽量结实，同时，也不能一律下死套，因为大型动物的力量大，下死套脱逃的概率非常大，这就要视具体情况考虑活套。

前一天晚上，我和动保专家朴老师聊天，他给我讲了一些猎人用套子捕猎大型动物的故事，让我更加具体地了解了套子的威力和可怕。

发源于长白山东北坡的十二道河子是朴老师搞野生动物研究经常光顾的现场之一。夏季水多时，马鹿就沿着河边小沟谷下到河边饮水。长期以来，形成了一个鲜明的“鹿道”。这个鹿道既是马鹿或其他动物下河饮水的通道，也是熊类获得食物的理想场所。

熊饥饿的时候，专门在鹿道口或鹿道附近隐蔽的地方等待马鹿、野猪或狍子，在这种环境下捕食，是件非常容易的事情。一旦动物们进入狭窄的下河小道，便很难折身返回，熊就躲在小道旁以强有力的前掌将它们拍打致死，享用其肉。发现了这条小道的猎人，当然不会放过这个“大好”的机会。他们在鹿道上布下许多钢丝套子，于是，这条鹿道就成为许多野生动物的不归路。

仅 1998 年 6 月 25 日一天，朴老师就在河西岸不足 1 千米的河段上，见到被套死的马鹿 27 头。这些套子都是下在陡崖边鹿道的中间部位。这样，即使马鹿发现了套子，也无法转回或后退，只好硬闯过去。它们以为那是一个普通的障碍，结果一闯，就闯进了死亡的深渊。仔细查看，那些套子都是用粗大的钢丝盘成的死套子，这样的套子，即便老虎误入其中也必死无疑。套子的一端固定在粗大的乔木上，被套死的马鹿没有任何挣扎的机会，直接就吊死在石崖上。它们四腿伸直，头歪着，眼睛大睁，舌头靠一侧歪斜着伸出，眼眶处还可以看到流淌眼泪的湿痕，一副绝望的神态。

离鹿道不远处，还有一头熊的完整骨架。颈骨上还有钢丝套，套子连着一根 2 米长的木杠。置黑熊于死地的正是一个典型的活套。钢丝套的另一端并不是固定在树上，而是捆绑在一截木杠中间。一旦熊被套住脖子或腿部，为了摆脱这个羁绊，就会情绪烦躁，拖着木杠到处乱转，不断遇到更多的障碍，不断消耗体力。最后，因无力挣扎而死亡或缠到周边树干之间，越缠越紧，终被勒死。如果是死套，套子固定在树干上，凭着熊的力量很可能把钢丝绳通过反复扭动而折断，也可能咬断树木而逃脱。

廉价的钢丝套，因为成本低廉、布设方便、易于隐蔽，所以被偷猎者滥用，也因此堪称动保领域里难以清除的“病毒”，给山林里的动物,包括老虎,造成了不可估量的伤害。很多套子，本来是用来套狍子、野猪的,但只要老虎误入其中,也凶多吉少。

目前还没有数据表明有多少东北虎死于猎套，但从过去各地发布的新闻看，情况已经很糟糕。2004 年辽宁新宾发生一例东北虎死于猎套的事件；2008 年，黑龙江省一只野生成年雌虎死于钢丝套；2011年10月，黑龙江省一只野生东北虎死亡，专家鉴定结果显示，钢丝套影响老虎捕猎和进食，是导致其死亡的主要原因；2016年珲春某林业局在道路清雪时，清出一具死虎的尸体，也是因为被猎套所伤，造成巨大的环形伤口而导致死亡……

不但一线管护人员，很多国内、外的动保专家和外国专家，也都对猎套感到头疼，一致认为猎套是威胁野生东北虎生存的最重要因素。世界野生动物保护学会俄罗斯项目部主任戴尔·米奎尔博士，自从2012年珲春自然保护区问世以来，就一直坚持协助指导保护区的野外调查工作，对这里的情况很熟悉。当我在访谈中问到中国国家虎豹公园目前最需要解决的问题是什么时，他毫不犹豫地回答——猎套。

在山林禁猎、收枪之后，大量猎套的存在不仅会直接威胁东北虎的生命安全，更重要的是会大量消耗森林中的有蹄类动物，夺去老虎口中的食物。俄罗斯平均每平方公里有一只有蹄类动物，而在我们的虎豹公园，可能还达不到这个水平，食物本来短缺，再进一步消耗，客观上就相当于置老虎于死地。

每年的春节前，是偷猎最猖狂的季节。近年来，虽然保护区之内的情况大有好转，但保护区周边的情况仍不容乐观。

2018年1月5日至25日，中科院、中国野生动物保护协会、国际爱护动物基金会（IFAW）和珲春市林业局共同在保护区之外搞了一次大规模的清套活动，20天共清套2000多个。有些地方，大约野生动物经常活动，套子会边清边下。工作组刚从林子里撤出，新套子便又出现。连查三次，次次不空。第一次清理出170个，半个月后清理60个，再一次清查又清理200多个，层出不穷。

对野生动物的盗猎活动之所以屡禁不止，概因其背后有着一股巨大的驱动力。表面看是人们惯常认为的口腹之欲和经济利益，实质上还潜藏着更多、更大的贪欲。据某一有经验、有经历的转行猎人透露，在黑市交易中，一只狍子能卖到2000元左右，而一只不到200斤的野猪可以卖到3000元。尽管如此昂贵，仍难以满足一些特殊人群的巨大需求。

清过了那个陈年老套之后，我们又走了不到十分钟，郎建民在一棵有一点儿倾斜的大黑桦下停下来，对着树下的一片杂草比较少的空地给我介绍："就在这里，前几年我们发现过一只敞开口直径达到一米的大钢夹。那样的大夹子，需要两三个人配合用铁棒撬动才能布设上，夹口带着锯齿。"这样的超级大夹子，不管是谁，熊、老虎或人，只要踩"犯"了机关，当时就把腿夹断，插翅难逃。

针对动物所下的套子，那些负责山林管护的队员也经常被套中，一般不会造成什么大的伤害，大不了绊个跟头，摔倒了，爬起来，解开套子可以继续前行。而这大钢夹，却非同寻常，它可是连人带野兽通杀的“神器”。一“夹”之上，不但具有动物们识不破的机关，也有人类最无可奈何的暴力。

就连郎建民这样的“老山林”都会谈钢夹而色变：“要是让我们这些清山的管护人员踩上，一下子两条腿全没啦！所以，我带着弟兄们出来，首要强调的一点，就是让他们注意人身安全，人在，还能继续工作，人不在了，我们放下感情不谈，需要多少年的培养和积累，才能出一个过硬的山林工作者！”

看似平静的山林里，其实到处充满了机关和凶险。

直接可以杀伤动物的猎枪、猎狗就不说了，除了套子和夹子之外，还有陷阱、机弩和“炸子”等诸般凶器。由于挖陷阱太费力气，这些年陷阱已经绝迹了，但仍然有人使用“炸子”来杀伤野生动物。所谓的“炸子”，简单地说，就是一个自制的微型炸弹。炸弹外边包上一层肉，从外边看，就是一块肉，像虎、豹、熊等这类大型食肉动物们一旦将这样的肉吃在嘴里，一嚼，里边的引信就把炸药引爆，整个动物的头就会被炸碎。

2017年7月23日，吉林省延边森林公安破获的天桥岭团伙猎杀黑熊案，案犯王某、唐某才、唐某江等8人使用的就是“炸子”。熊吃了“炸子”之后，整个头被炸得只剩一个下巴。案犯被抓捕归案后，从其住处又起获了地枪4支、自制炸弹8枚、弩一把、弩镖3袋、套子和夹子若干以及熊掌12个、熊胆3个、麝香3个……从这些缴获物就可以看出，虎豹公园管理局以及郎建民等，未来的任务还很艰巨，要走的路还很长。问题的关键在于，很多任务他们都无法独立完成，还需要整合、动员整个社会方方面面的力量。

（三）

郎建民打开一处远红外摄像机的锁，查看存储卡里的影像，突然眉开眼笑。我断定，他一定是看到了老虎。

“这就是那只最有意思、最淘气的T9。”T9是郎建民给一只老虎的代号。T是英文Tiger的缩写，9是第9号的意思。郎建民反复地回放着摄像机里那段有虎经过的视频，似有无限的欢喜。当我靠近时，他指着画面里的一只领着幼崽的母虎和我讲起来。

查看时间，摄像机是前三天黄昏时启动的。有一只毛茸茸的幼虎，一会儿跑出画面，一会儿又从画面外跑进来，而幼虎的母亲 T9 却一直站在摄像头前没有动，以单纯又复杂的眼神望着画面之外。有那么一瞬，我甚至把它想象成了一个人，它的样子，很像有什么话想对着摄像头说，可是，片刻之后，它还是慢慢转过头，若有所思地离开了。

自从 2001 年 10 月第一次在录像中见到它之后，郎建民就与它结下了特殊的缘分。它的淘气与怪僻，它的多疑与霸气，都碰巧被郎建民见证，也都成为郎建民津津乐道的“趣事”。作为一个重点关注和研究老虎的专家，郎建民当然对其他的老虎也都有浓厚的兴趣，但对 T9 显然有一些特殊的感情。

2001 年冬末，T9 立足未稳，就闯了个“祸”。大约是对环境比较陌生的原因，它冒冒失失地闯入三道沟村，在一条小河边捕杀了一头牛。因为牛的四蹄和尾巴并不在老虎的食谱之中，为了不碍事，它先把那些东西从牛身上咬下来，叼到了小河的对岸，齐刷刷摆成一排，然后再回到小河这边，用几天时间慢慢把牛肉吃光。

这件事发生之后，郎建民亲自到现场处理案件。虽然一切都按照程序有条不紊地进行，该勘查勘查，该评估评估，该赔偿赔偿，合情合理，不动声色，无任何漏洞。但郎建民自己心里非常清楚，在情感上，他一开始就暗暗地偏向了老虎一边。一头牛，被老虎吃得支离破碎，尸骨散落于小河两岸，他却没有觉得有什么可怜、可惜之处，而是觉得老虎吃一头牛本没什么大不了的。老虎饿了就要吃，吃了，给养牛户以合理的补偿也就算了。

“反正也要被吃掉，给人吃和给虎吃还不是一样？”

因为有牛的主人在场，郎建民并没有代表老虎直截了当地说出自己的想法，也没有流露出自己的情绪。进入细节勘查阶段，他不仅对整个过程进行了详尽记录和反复推测，还一边工作,一边不由得发出赞叹:“这老虎太有创意,太有意思！”过后，他虽然也自觉这样想有一点儿过分，并从理性上对自己进行了反思，但到头来却发现自己的反思是失败的，在情感上，还是无法不站到老虎的立场上去。

“真是没办法！”郎建民最后只能对自己摇摇头表示遗憾。在他心里，不论老虎做什么都是可爱的，越是离谱儿就越觉得有趣。

半年之后，又有一个村民报告，家里进了老虎，叼走了一条狗。郎建民接到当地电话之后，马上带人赶到了现场。从虎的“家域”判断，还是那个T9。现场虽然不大，但也很血腥。让人不敢相信的是，一整张狗皮，竟被T9“扒”了下来，虽然不是特别规则，但基本完整，规规矩矩地放在一边，狗的脑袋被咬碎了，肉被吃没了。

以前，听说老虎会扒狗皮，郎建民一直不太相信，这次亲眼所见，更加感叹老虎的神奇。同时，他也进一步认识到，人类对动物的了解太少了。古籍里，还有老虎吃了狗就大醉的记载。据说，老虎吃了狗之后，比人喝了酒反应还强烈，吃完即刻醉倒大睡或趔趄不能行走。可是，现在东北虎的实际情况并不像传说的那样，它们不但不会吃狗即醉，反而特别喜欢吃狗，如果老虎在捕食时有多种选择，比如狗和猎人在一起，首选是先把狗干掉或叼走。老虎首选吃狗，一个原因可能是狗的味道比较适合老虎口味，另一个原因可能是狗的狂吠惹恼了虎。对此，郎建民也没有找到赞同或否定古籍的证据。他是一个幽默的人，更是一个偏袒的人，他有一个有趣的解释：“可能狗就是东北虎的‘酒’吧！但东北虎和东北人一样，酒量大，好喝而不醉。”

站在局外评断，郎建民对老虎的爱，已经有了一点偏执的意味，属于非理性。可是，世间的爱哪有理性的呢？也正是这有些偏执的爱，才支撑了他对事业的狂热，不计代价，不辞辛苦，无怨无悔，才让他认定“这一生只为老虎服务，只做老虎的仆人”。

当郎建民使用了“仆人”两个字的时候，我联想到了宗教。如果说，老虎是一种神秘、神圣的存在，如神，那么郎建民无疑就是老虎或老虎所代表的自然的使者，他在山民和“山神”之间，传达彼此领悟、沟通、理解的信息，调和相互之间的关系，以达成某种和解与和谐。而那些被吃掉的牛，无疑就是偶尔作为祭祀的牺牲吧！

莽莽山林，就是老虎的殿堂！

18年来，郎建民带着一帮人在这个崎岖、凶险的“殿堂”里，恪尽职守，尽心侍奉，早已把这份他认为神圣的事业摆在了个人利益、情感甚至安危之上。

早在2011年初，郎建民和他的团队已经在保护区东北虎豹活动频繁区域以网格化方式架设了260架红外线相机，两两相对，共130个监测点位。每隔两个月左右，他们就要为这些相机更换一次存储卡和电池，并采集上一时段拍摄到的影像资料。然后，还要花更多的时间整理资料，统计数据，通过照片上虎豹的大小、步距、花纹等细部特征进行分析，对虎豹个体差异、活动规律等进行研究，为更有针对性的保护提供科学依据。除了这些基础工作外，他们还要定期进行野外调查、跟踪野生动物、采集野生动物的信息标本、清山清套、临时救助、处理突发性事件等。

最近一些年，由于北京师范大学的一个高科技团队介入了保护区的监测工作，一个“天地空一体化”的自然资源监测和管理系统正在试点和推广应用。尽管此系统拥有着每平方公里一对监测设备的高密度监测能力，但仍然无法采集到野生动物的全部生存和健康信息，对实体信息的实地、实物采样收集和分析仍然十分重要。

因为老虎是保护区的旗舰物种和第一保护目标，每年冬天，老郎和他的团队都要花去很多的时间和脚力，在山林里跟踪老虎，沿着它们的足迹走下去，一路查看、判断它们一口气走了多久，在哪里停了下来；在哪里休息了多长时间，休息时是什么姿势；在哪里进行了领地维护；在哪里排便，距上次大约多长时间；在哪里离开了行走路线；在哪里捕食了猎物，每只虎的活动范围多大。哪怕找到一个脚印、一坨粪便，他们都视为珍宝……他们对各种痕迹十分敏感。有时，看到一个足迹或卧迹，就会有一幅老虎活动的画面在他脑海显现，甚至老虎的步态、神情、打滚、伸懒腰等一些小动作都会在他的头脑中演绎得活灵活现。

然而，这高山密林毕竟隐藏着太多意想不到的危险和困难。看似一件件平淡无奇的小事，如果放在条件复杂、危险的山林里来完成，就被加一个很高的“难度系数”，成为危险和难度都极大的事情，甚至是了不起的事情。举一个例子说，人们徒步，走一走，出出汗，是很平常的一件事情，但如果地点更换，“徒步”到了喜马拉雅山，那就变成了一次极有挑战性甚至有可能付出生命代价的探险。也就是说，险境无易事，连走一段路都可能对人的意志、境界和情感构成考验。

比如布设远红外摄录仪器，也就是在指定的坐标点上绑一台照相机，看似简单，要想走到那个指定的地点，很可能煞费周折。2011年刚刚施工时，三个作业组都因为有些地点难以到达而把相机绑出了规定的“网格”节点。对此，郎建民很生气：“做事的态度怎么能这样？”他决定亲自上阵，给他们“打个样儿”做出示范。

时值冬末，天寒地冻，山体上覆盖着半尺厚的积雪。一道突兀的陡坡刚好挡在郎建民小组的正前方。上边是距地面大约70多米的崖顶，下边是一个斜度在60度以上的砂岩质地的陡坡，陡坡上由于基本没有土壤，生了一些细小、稀疏的树木。遇到这样的陡坡，原则上是应该放弃的。如果不借助特殊的攀爬工具，一般人很难攀登，即便是勉强攀登也蕴藏着巨大的危险。上，还是不上？依着郎建民的性格，毫无选择的余地，就是上："能让一个小小的山坡吓倒吗？我不冒这个险，下次还有什么资格要求别人？"

为了减少危险系数，郎建民还是留了一手，只带了身体素质极好的协理护林员李勇，其余的人一律绕道而行，去下一个约定地点等待。兵分两路，他们两个人开始一前一后向崖顶攀爬。爬至大半程的时候，前边的郎建民感觉到了体力不支，但在这个位置不继续向前，返回的危险同样很大，只能继续坚持。在距崖顶十多米的地方，郎建民出现了危险情况，他整个身体的重量都集中在一只右脚上，除了右脚下那一棵拇指粗的小树做支撑，身体全无依附。他试图抓住前方十多厘米远的一棵小树，但几次都没有成功。这时，爬在他身后的李勇看到了他的身体在剧烈抖动，大声提醒他不要动，要把身体贴紧山体，这样多少可以增加一点摩擦力，减轻一点右脚的压力。

情况十分危急，如果在这个地方失足，摔到山下，就算不粉身碎骨也性命堪忧。李勇试图营救他，可李勇自身也很危险。

郎建民干脆把心一横，做好了掉下去的准备，命令李勇不要管他，马上向下寻求撤退的路线，不能眼看着两个人一同“完蛋”。他说完便伏在山体上，准备稍作喘息再一次向头顶的那棵小树“出击”。可就在这时，处于郎建民身体侧后方的李勇，仗着一米八五的身高和强健的体魄，飞身跨越到了郎建民的前方，稳稳踩住了那棵至关重要的小树，随后将手递给了郎建民。

郎建民的危险解除了，两个人坐在崖顶的平地上回头一望，不由得倒吸一口凉气。从此，郎建民与李勇成了生死之交。直至今日，郎建民都在心里记挂和感激着这位对自己有过救命之恩的兄弟，并始终以兄弟相称、相待。

即便如此，只要触及动物保护的红线，郎建民也不会有丝毫让步。

李勇除了兼职护林员外，是一个地道的农民。前几年，他承包了一个山沟，养殖林蛙，在山里建有房舍。一天中午，郎建民在巡山时看到有一辆越野车顺山道开到了李勇承包的山沟里，他隐约记得那是李勇所在的乡政府的车。凭着职业的敏感，他马上意识到很可能有情况。万一李勇坚持不住原则，给乡里领导搞一点野味招待一下呢？他毫不犹豫，马上掉转车头，尾随乡里的车直奔李勇的山沟。进到屋子，简单打过招呼之后，郎建民直奔厨房而去，闻到锅里飘出的肉香，不由分说，立即掀开锅盖查看。

原来，锅里煮的并非野味，而是李勇自养的一只鸡。但这个举动一出，就已经把“兄弟”的心伤了。为此事，李勇好一阵子难过：“还说是兄弟，竟然这样不信任我！”

（四）

我们又爬过了一道山梁，我已经累得吃不消了，只能暂时停下来。在这种无路可走的山上跋涉，可真是考验人的身体素质和毅力。

这些天和老郎、老薛他们一起在山上走，常常让我感到自己是他们的一个累赘。我要一刻不停地走才能勉强跟上他们，而且边追赶边喘息，而他们要走走停停，不断地找一些事情做，等着我跟上来。见我有一些不好意思，老郎笑笑安慰我：“你还是挺厉害的，如果换上一般的人，早累趴下啦！这走的功夫，也是专业，你不能走是正常的，能走反而就不正常啦！能像我们这些‘野人’一样，一整天在山上走，至少需要多年磨炼。刚开始我们也不行，这点功夫也是日积月累刻苦用功磨炼出来的……”

在野生动物的保护和研究领域，俄罗斯起步比较早，大概比我们早30年到50年。不仅在理论方面，实践方面，我们也远远落后。最近一些年，中俄两国在东北虎考察、研究方面交流、合作频繁。工作过程中，在很多方面都能显露出彼此的差距。但曾经落后不等于永远落后，至少，在管护实践方面，只要用了心，下了功夫就能见到效果。

“凭什么要落后呢？”郎建民表面谦虚，但心里却一直在较着这个劲。

那年，保护区刚刚建立，里里外外加一起就三个人，哪有这个处室、那个中心呀？郎建民一个人就是现在这个科研监测中心的肇始和前身。即便他这个所谓的“主力”，也是刚从旅游公司那边调来不久，一个纯粹的外行。生物学的基础知识没有，山林工作经验为零，对野生动物保护的基本理念和基本工作方法一无所知。一切都要从头学起，从头来过。上级领导来了，国内的专家来了，有关科研机构的学者来了，境外动物保护组织的大腕们也来了，看看保护局的基础工作，虽然没有人对他们明确下过“不行”的结论，但从那些失望的眼神和态度里，郎建民的自尊心受到了深深的刺激。

正在这时，美籍专家戴尔·米奎尔博士来保护区指导工作。这是一个性情火暴的人，从专家和学者的角度对保护区的工作表示了强烈的不满和指责。当然，戴尔的指责件件属实，均有依据，只是没有考虑保护局的实际情况。这时的保护局不论从哪方面说，都是“一穷二白”，要资金没有资金，要设施没有设施，要人员没有人员，要管理经验没有管理经验，郎建民等几个具体干事的人，都不是动保专业出身，而且每月最高的工资才 2000 元，很多事情就是想做，也是心有余而力不足。他们能在这片山上坚持这么多年，主要还是靠情感和情怀的支撑。

郎建民也是一个性子火暴的人，用他自己的表述是“很驴”，正好一肚子委屈和郁闷没处宣泄，接着戴尔的话头，郎建民就和戴尔大吵了一架，他告诉翻译要一字不落，如实翻译，不准偷工减料：“你们是专家不假，但专家的职责是指导，并不是不考虑实际情况地横加指责……”这一吵，反而让不明真相的戴尔对保护区的实际情况以及这些工作人员的情况有了一个清楚的了解。沉思良久，戴尔先生终于收回成见，对他们表示了理解。从此，成了郎建民的好朋友，手把手将自己的工作方法和经验传授给了郎建民。

也正是从此,郎建民下决心要“争口气”——不管吃多少苦，遭多少罪，倾注多少心血，也要把自己和自己的队伍摔打成动物保护领域的行家里手。决心一下，他就对自己下了“狠手”。从跟着戴尔在山林学习辨识动物印迹开始，郎建民差不多每天都要在山里走上十几公里，观察各种痕迹，聆听、辨识各种声音，辨别各种气味，有时趴在树干上或地上闻老虎或豹子的气味，一趴就是十几分钟。不管什么条件和天气，只要山上有情况他都会及时赶到现场。

18 年来，被郎建民嗅过的树木和泥土上各种各样的卧痕不计其数，被郎建民走过的山路也无法计数，只要进山的人大概描述一下方位和地貌，郎建民的头脑里立即呈现出一幅立体的图画或实景。

郎建民硬朗、彪悍的工作作风不仅体现在自己身上，也通过长期的带领与磨合，体现于整个团队。到后来，让外国专家也不得不对他们竖起大拇指:“这些年，中方的专家们进步很快，也很大！”

虽然国际间的合作、交流都是在友好、和谐的氛围中进行，但具体到个人，涉及业务的强弱、水平的高低，还是有个尊严问题。在一次开展有蹄类动物调查过程中，俄罗斯方面有一个协助工作的女士，跟过两个小组之后，对郎建民说，中国人不行，走不了路，总是我在前面蹚雪。老郎一听，心里很不是个滋味，一群中国大男人怎么能让一个俄罗斯小女生瞧不起呢？刚好第三天轮到了郎建民和薛延刚这组，当时老郎脚上有伤不能上山，但薛延刚在呀！也是个硬手啊！老郎笑了一下，没言语。

第二天跟老薛讲，你要给中国人争口气！老薛心领神会。人撒出去就是一小天，老郎虽然没有坐在那里干等结果，但心里还是时时记挂，对结果充满期盼。傍晚收工时，老郎早早驾车去山口接上山的人。结果不出所料，他第一个看见的就是老薛，老薛虽然也气喘吁吁但却精神抖擞，没有累垮。几分钟后，俄罗斯小女生也下来了，一脸的冰碴子和疲倦。随后，其他人才陆续出现。一见面，俄罗斯小姑娘就迫不及待地对郎建民说："薛，你们的英雄！"为什么这么说呢？整整一天，全是老薛在前面蹚雪，路过一片葵花地，还清了不少套子，同行的刘彤懂英语，说这个俄罗斯女生在中途不止一次称赞老薛是一个出色的野外工作者。

一个小小的比赛，不过是野外工作的一个小插曲，一个小骄傲、小得意终究是职业生涯里一个微不足道的小花絮，不过一泓秋水表层的一朵小小浪花而已。大部分时间，他们是没有精力和心思关注这些小细节的。他们的心思全在山林之中，全都在那些野生动物身上。可以说，他们多年练就的本领从来都不是用来表演的，而是用以实战，甚至是不顾及姿势的实战。

有一次，央视一个叫王伟的编导带着学生到珲春拍片子。郎建民知道这是一件难度很大的事情。毕竟，真正的山林，不同于专用于人们游览参观的野生动物公园，这里的野生动物，不论从密度上还是生活习性上，都很难让人拍摄到，很多来拍动物的人往往乘兴而来，扫兴而归。为了保证远道而来的央媒有所收获，保护局的领导特意交代郎建民，一定不要让摄制组高兴而来，扫兴而归，至少要让他们拍到一些野生动物的痕迹。这个要求对郎建民来说还不算太高。郎建民想了想，决定就带着一行人去西北沟，因为西北沟当时有两只豹子在那里频繁活动。

果然，不出郎建民的预料，摄制组在西北沟子拍到了清晰、新鲜的东北豹足迹，还有一处清晰的卧痕。这么多人一起进山来，这样的收获就已经值得庆祝啦！

正当众人兴高采烈讨论着下一步如何行动时，一棵大树突然夹带着树枝摩擦的声音从高处向郎建民站立的位置砸去。年深日久，那棵大树的根部已经大面积枯死、朽烂，只是上部仍然活着，单等着某一天的某一刻最后一根稻草压来，而轰然倒下。巧的是,那最后的时刻,正“安排”在郎建民领人到来的时候。几个人谈兴正浓，哪里注意到那么多细节？只有郎建民，凭着眼睛的余光和敏锐的听觉，感觉到了那道巨大的黑影和高处的杂音带来的危险。他一个箭步蹿到了3米之外对面的人群里，就在人们还懵懵懂懂一无所知时，郎建民已经逃过一劫。瞬间，大树正好砸在郎建民刚才站立的地方。后怕之余，人们不由得感慨这些动物保护人员的机敏，也不由得感慨山林环境的危险。在这样的环境里工作，人类必须把自身的潜能开发到极致，像动物一样，敏锐地感知周边的一切信息，而教会他们这一切的，正是山林，这个严厉的老师。

（五）

午后一点，我们终于爬到了一座大岭的制高点，可以歇下脚，吃点食物。

山下就是珲春市哈达门乡。这里是东部山区与珲春平原的过渡带，由于人类与野生动物都习惯于把这一带当作自己理所当然的领地，所以交叉或冲突的概率大增。于是，这里也就成为野生动物保护工作的重点和难点区域之一。不仅清山清套的工作量大，虎豹与人类冲突、受伤动物救助等突发的事件也比较常见。

2018 年 9 月那个野生东北豹“造访”农舍的事件，就发生在哈达门乡东方红村。

当天中午 12 点左右，村民于彦启和朋友正在屋子里吃饭，忽然听到院子里的黄狗狂吠起来。他起身查看，却被眼前一幕惊呆了。一只野生东北豹“造访”了他的葡萄园。当时，人们既紧张又好奇，都躲在室内用手机拍照。从村民拍摄的画面中看，这只东北豹行动谨慎，但野性十足。

传到网上的视频，加在一起，也只有很短的一两分钟。视频中，那只豹子不断地用前爪扒挠着一扇落地的玻璃窗，表情野性、暴躁，并不友好。接下来有消息介绍，这只东北豹当天在农舍里盘桓不去，先后咬死、咬伤了近 30 只鸡，房前一只看门护院的黄狗在和豹子的争斗中颈部被咬伤，但东北豹并没有受伤迹象。珲春东北虎保护局马滴达保护站工作人员不久便赶到现场，并用烟雾将这只东北豹驱赶回山林。东北虎保护局专家认为，这是一只刚离开母体的亚成体东北豹，可能是由于捕食经验不足导致饥饿才进入该农舍。

消息到此为止，再无下文。

消息中提到的专家就是稍后赶到现场的郎建民和薛延刚。消息说豹子回归了山林，其实它只是离开了“作案现场”并没有走远。转身，它又去了附近的柳树河村，在那里又咬死了一些鸡，并蹲在路边不肯离去。一些过往的车辆都停在那里不敢继续前行。这种对峙不能太久，太久会影响人们的正常生活，对这只豹子的生存和安全也很不利。必须立即采取妥善措施加以解决。

经过研究，保护局决定将豹子麻醉，运送到山林里去。具体操作者，当然还是郎建民。因为以前没有先例，麻醉药的剂量成了一个难以确定的关键问题。如果用药量过少，对豹子起不到麻醉作用，或处于浅麻醉状态，当人接近时，它会伤人；如果药量过大，会致使它直接死亡。以往，都是根据动物的体重，来确定药量，但这也只是一个平均的经验数据，对个体来说，并不适用。因为野生动物对麻药的敏感度非常高，药量的微小变化都会造成很大的生理反应。而每一个体的体质又无法评估，比如身体的胖瘦、强弱、饥饱和是否健康等都是必须考虑的因素。郎建民根据这只豹子的表现和情况，决定按正常药量酌减，以防伤及它的生命。

郎建民找好一个角度，用专用吹管给豹子“吹”上了麻药。5分钟之后，豹子倒下了，人们开始对豹子进行捆绑。可是就在此时，豹子开始浑身抽搐，郎建民担心药量过大，造成心脏衰竭。救命要紧，立即用上了解药。马上，豹子就醒来了，用力一挣，两条前腿上的绑绳被挣开了，豹子的头上还蒙着衣服，只见它挥起前爪向空中一抓，郎建民的手就被它抓到了，还好，只是擦破了一点皮。为了保证车上人员的安全，马上把事先预备好的麻药又补上一针。这一次，一切进行得还算顺利，豹子安静地躺在车里，一动不动地睡着，也没有任何异常的反应。

傍晚时，他们把豹子送到了一片小型野生动物比较多的山林里，放在一棵树下，在远处等了一个多小时，豹子醒来后，摇摇晃晃地走进了山林深处。

豹子渐渐走远，但郎建民还没有离开，他还在继续向豹子隐去的方向张望。他是在担心这只幼小的豹子，不知道它能不能找到自己的领地，能不能学会独立捕食和生存，会不会继续被别的动物驱逐继续流浪。最后，他还是担心它能不能顺利地活下来。这深不可测的山林啊，任何深入其中的生物，前途和命运都将和山林本身一样，深不可测。

之后的一年多时间，郎建民不断地关注着这一带山林中的信息，留意着是否有这只幼豹的信息。至少，在一年来的信息反馈中，还没有它的坏消息。这就意味着，它仍然活着的可能性很大，这让郎建民的心多少感到了些许的安慰。

下午 4 点钟，我们在两道山梁的过渡带，发现了一行新鲜的有蹄类动物足迹。经辨认，是梅花鹿的足迹，估计应该有四五只的样子。这个季节的这个时间已接近傍晚，一些行动早的草食动物已经忍不住饥饿，开始四处觅食了。

郎建民习惯性地看了看手表说："我们也该收工啦！"山林管护日常工作的节奏就是这样，总要在动物们开始活跃时离开山林。这既是人与动物尽量减少接触和干扰的需要，也是人们自身安全和补充能量的需要。至此，我们早晨上山时带的食物和水也差不多和我们身上的力气一样，消耗殆尽。还有一个多小时的路程，可以轻装前进，赶到山下的路口，乘坐前来接应我们的车辆返回到镇上去。

现代化的交通设施真是厉害，一下子就把人的行走速度提高了几十或几百倍。50 公里的路程，50 年前要赶着马车或步行走上一天的时间，现在，在严格限速的情况下，用不了一个小时也就到了。神奇的速度，提高了行走效率，缩短了任意两点之间的相对距离，也压缩了过去的空间概念。只要坐上大型空客飞机，连地球都不算大了，昼夜之间差不多可以绕地球飞一圈儿。地球在人们的眼里，也不过是一个小小的“地球村”。

过去，从省城长春到边城珲春开车也要十来个小时才能到达，现在乘坐现代化的高铁，全程 3 个小时，便可轻松到达。偌大的山林，只要把高速公路、高铁、省道、县道、乡道一建，四通八达的路网就会像输水管道一样，载来四面八方的人流，很快把山林“注满”。人类迎来了前所未有的方便,但动物们呢?动物们会是一种什么感觉？到处是人啊，到处是神奇而可怕的人啊！到处是车呀，到处是妖怪一样巨大而轰鸣的车呀！夜晚一来，各种各样灯光刺目、飞速行驶的车辆，更是很清晰地把山林框在一个个光的格子里，让动物们站在黑暗里心惊胆战地看一会儿，马上返回到原来的林子里，退到被路网分割得七零八落的孤岛上。

这一天，当我们这个小组的工作结束时，整个保护区在山林里一天的工作也就全部结束了。在回来的车上，郎建民再一次表达了对保护区内路网的担忧。几条大的公路车流巨大，几乎昼夜都有车辆不停地奔跑，公路在建设时并没有考虑野生动物迁徙、扩散的需求，全程没有供野生动物行走的通道，像一道道长城一样，把很多野生动物，特别是行为谨慎的老虎的活动空间压缩在中俄边境的狭长地带，致使从俄罗斯境内转移疏散过来的老虎，始终无法向内地有效疏散。这个问题久不解决，很可能造成局部山林的老虎密度过大，从而导致局部食物短缺和疾病传播，甚至种群崩溃。

这确实是一个大问题。清山，清山，只有真正把这些血管一样，神经束一样，四通八达的庞然大物清除之后才叫真正的清山。目前，郎建民这一茬山林工作者大部分都已经接近了退休年龄,转眼,郎建民的退休时限已经进入倒计时。后来人是谁，怎么样，还很难确定，而眼前的问题却像大山一样明晃晃摆在那里，拷问着我们的勇气、智慧和信念。

未来的路究竟能走到哪里？这些问题是否能得到妥善解决？显然，这些摆在眼前的问题，我们几个人一时谁都无法“放下”，但在接下来的行程中，我们并没有就这些问题继续讨论。我们都知道，这些问题已经远远超出了我们的智力和能力范围。

当我们坐着车在路上“奔跑”，某一瞬间我突然有了一种奇怪的感觉，好像我们几个人就是几个小蚂蚁，正在一棵大树上匆忙地爬行。记得在来珲春之前，郎建民曾在朋友圈里发了这样一个分享：“每一次在山林间穿行，都像是一种告别。尽管内心里有种种不舍，怎奈青春不再。唯愿那山、那树、那水，还有穿梭在林间的每一个生灵能够记得住我，毕竟我把人生中最美好的年华都献给了它们……”是啊，是啊！人生总是短暂的，事业却是漫长的，很多事情的解决都不能只依靠情感和美好的愿望，有时还需要时间、能量和机缘。或许，一切都要寄希望于未来。

第十章

冲突与退让

（一）

8月天气，午后3点，阳光最毒辣的锋芒已经渐渐从人们的头顶上移开。三道沟村的张东，仍光着膀子躺在土炕上呼呼大睡。

我们弯曲着手指敲他家的玻璃窗，玻璃发出咚咚的声响，同时，玻璃撞击窗框又发出另一种哗哗啦啦的声音。没想到，这声音威力巨大，刚刚敲了四下，张东就从土炕上惊坐而起，仿佛来了野兽或敌人。大约是看到了窗外的人中有他熟悉的面孔，数秒钟之后，他恢复了沉睡后的平静与慵懒，慢悠悠下炕，迎我们进屋。

“大白天，睡的什么觉呢？”

精瘦的张东一脸苦笑，笑时黑紫色的脸仿佛一朵半开的菊花：“不睡受不了啊！这些天每天夜里都要去守地，全仗白天补觉了。”

一个月之前，林子里的野猪就开始下山了。这种动物很奇怪，在山上时，警觉得如胆小的兔子，很难抓到它们的影子。一旦下山，却像一帮起义军一样，勇往直前，无所畏惧。8月的玉米刚刚出缨不久，包叶里的玉米才绽出芽苞，野猪们便准确地嗅到了气息。三三两两或成群结队来“打牙祭”。进了农田不由分说，一口撂倒一棵玉米，再一口，娴熟地将玉米穗子含在口中，三下两下把玉米粒儿连同鲜嫩的玉米芯吃掉，只剩下几片空空的包叶。这个季节，大豆的秧苗也长到了一尺多高。与成熟的大豆比较，野猪们似乎更喜欢开着白花的豆秧，于是，兴之所至，一路连茎带叶地吃下去，一垄大豆就只剩下一溜儿茬口。

农民们心疼庄稼，又不敢对野猪“下狠手”，因为有新颁布的法令在那里制约着，只好守在地边，看野猪来了就大喊大叫或使劲儿敲打废弃的盆子，尽量弄出响声，驱赶野猪。开始，山民这么一咋呼，野猪就受到惊吓，跑掉了。可是到了后来，野猪摸透了规律，干脆对山民这一套不予理睬。你咋呼你的，我吃我的，你在农田这头咋呼，我向农田那头流窜，也算是对你的尊重，但要边走边吃。一群野猪所过之处，就如刚刚过去了一台大型收割机，田垄上留下的是一片齐刷刷的茬子。后来，农民们开始“投资”,狠下心去镇里买来鞭炮。看野猪进了农田，马上点着鞭炮，用棍子挑着驱赶野猪。还好，鞭炮的响声近似于连续的枪声，对野猪起到了有效的震慑作用。

7月下旬以来，张东已经用去了5挂鞭炮，但“斗争”仍没有停止，他一天也不敢松懈。守了这么久，只要一天被野猪钻了空子，以前的努力就白费了。每天日头一偏西，他就得赶往农田，晚上要住在临时搭起来的窝棚里，一夜不敢合眼，稍微迷糊一会儿就得起来观察田里的动静，一直守到第二天天光大亮。上午的时间野猪开始休息，但狍子和鹿开始活动，虽然它们不会像野猪那样大摇大摆，但也会偶尔光顾他的大豆田，只不过狍子和鹿胆子小，看到了人影就转身跑掉。

秋收之前，至少还有两个月的时间，张东每天都得这样熬着。过些日子，玉米成熟的时候，不但野猪不会离开，黑熊也开始下山了。黑熊下山，主要是祸害玉米地，它们凭着一身蛮力和壮硕的身躯，几乎为所欲为，无人敢惹，虽然山民们也会采取一些措施进行驱赶，但总的来说是无效的。黑熊愿意在乎，就悻悻走开，不愿意在乎就我行我素，一穗穗不慌不忙地掰下去。黑熊掰玉米，并不会在现场享用，它们要把玉米带到山里僻静处慢慢享用。它们每掰下一穗玉米都要夹在腋下，可一穗哪里够吃呢？于是就再掰，张开前臂夹这穗时，另一穗便落到地上。就这样掰一穗丢一穗，从玉米地的这头掰到那头，高兴时转过身继续掰，腻了累了，索性夹着最后一穗玉米扬长而去。好在，山上黑熊的数量并不那么多。

张东在讲这些的时候，我们忍不住哈哈大笑，没想到动物们如此好玩，如此有趣！

可是张东却一脸委屈，甚至有些愤怒。他说话的声音很大，且带着哭腔："你说，我们的日子怎么过，谁来体谅我们的难和苦？"

按照张东的说法，自从保护区成立之后，山民们就开始过上了"倒霉"的日子。保护区成立前，可以养牛，可以种庄稼，都安然无恙，除了养牛种田，还可以“靠山吃山”采一些山货增加收入，也可以打几只“山牲口”调剂一下口味或捞点儿外快。总体上说，山里的生活虽然闭塞，但还算有趣、满足。最近几年，随着大面积禁猎，野生动物越来越多，与山民的冲突日益激烈，人们越来越明显地感觉到，遭受了野生动物的“欺负”。

塔子沟一带，有一个最大的野猪群，八九十头野猪，常年集体活动、觅食。最高纪录一次糟蹋了10垧玉米地，三个承包户，集结了所有的人力，使尽了手段，从晚上7点钟开始驱赶，一直到午夜12点才把那群猪彻底赶出农田。

朝鲜族村民老金，有一次守地时遇到了一只带着幼崽的母野猪。它不但不惧怕老金的驱赶，反而转过身来开始攻击老金。被追赶的老金急中生智，爬到了农田边上的一棵大树上躲避，才免于被野猪伤害。但野猪并不离去，转身进地继续吃玉米。老金见状，也顾不得那野猪是否祸害庄稼，只想溜下树来悄悄逃走。结果，还没等他下到地面野猪又跑过来攻击他，吓得他又爬到树上。如此反复多次，老金便不再做逃跑的尝试，索性就骑着树杈在大树上过了一夜，直到东方发亮，野猪及猪崽吃饱，怒消，消失在山林，他才敢从树上下来回到家里。

野猪的猖獗自然引起了山民的愤怒，于是他们想出了很多应对办法，有的在自己的农田里扯上电网，有的养起了猎狗用于守地,等等。这些办法有时有效,有时无效。比如野猪成群时，虽然前边的野猪被电击，但不会危及生命，群体奋力一拥就把电网撞断。猎狗的作用也是有限的，如果在开阔地带，它们还能发挥作用，如果野猪钻进田里，横穿过玉米地时，野猪可以飞快地奔跑，并撞倒“一溜儿”玉米，猎狗却只能望而却步。

这些为了保护自己的农田而采取的“正当防卫”，有时自然会造成野生动物的伤亡，但由于毁田的补偿不到位也不及时，村民损失过大，积怨很深，所以便表现得理直气壮。这些政策、权益交叉地带的冲突和行为，一时让保护区的管理人员也无从客观评判和处理。要么，就不由分说，一律处罚，如此便会激发山民们更大的敌对情绪；要么，就睁一只眼闭一只眼权当没有看见，如此也只是把深刻的矛盾隐藏起来。

以前,张东是一个养牛专业户,一共养了大大小小43头牛。

2005年“五一”劳动节这一天，是一个重要节点。从这一天起，张东平静的生活开始发生了不易察觉却越来越巨大的变化。因为村里已经开犁播种，为防止牲畜毁田，张东将散放饲养了一个冬天的牛群沿林区公路一路向北赶，去十几公里以外的传统牧场放养。由于张东有摩托车，所以几年来他每天都是骑车上山照看牛群，从不在牧场附近住宿。除偶尔有牛被非法狩猎者布设的钢丝套子套住以外，从来没有发生过其他意外事故。

5月2日一早，张东觉得心里有一些不踏实，就骑摩托车再一次去牧场查看。及至牧场，却见他的牛已从昨晚的歇息地跑下来好几公里，且已经散群，个个带有惊慌之色。其中一头牛身上还有数条长长的伤痕，不停地渗出带有血丝的黄色液体。张东本能地意识到情况不对，此前牛群可能遭到了重大袭击。继续向前，不过500米，在去年发现了东北虎足迹的小河边，张东在河滩疏林草丛内见到了相隔20米左右的两头死牛。近前查看，周围泥地上可见杂乱的东北虎足迹。

见此情形，张东立即回村，打电话向保护区管理局报告情况。5月2日晚保护区管理局工作人员赶到现场，光线已经很暗，但仍可看出3头牛的颈部都有东北虎的咬痕。两天以后，张东在距现场数百米的树林里找到了另一头受了重伤的牛，其两条后腿均被东北虎咬断，已经奄奄一息，无法救治。这次事件张东共有3头小牛和1头大牛死亡、1头牛受伤。

保护局的工作人员来到现场之后，测量、验伤、记录、查看他们的远红外相机，忙得不亦乐乎，每个人脸上都挂着兴奋的神情，毕竟是捕捉到了大量东北虎的信息。可张东的心情却是黯淡的，虽然他也觉得东北虎的出现是一件好事，可老虎吃的是他的牛，只有他真真切切地感觉到了心疼。虽然事后张东的损失得到了一定的补偿，但补偿数额终究与实际损失有不小的差距。最重要的是，从此再也没有高枕无忧的日子了。

之后的数年里，电视上不断有东北虎活动的报道，也不断有东北虎伤害家畜的消息。同村和附近的几个养牛户的牛，陆续遭到了东北虎的袭击。每听到这样的消息，山民们都能感觉到山外的人一片欢呼，群情振奋；而每有这样的消息，张东的心里就是一紧，因为说不准哪一天，东北虎又会回来“祸害”到他的头上。

张东已经感觉到形势对自己越来越不利了，似乎有一种潮水一样的东西从不太遥远的地方一步步向他压来。或许明年或许下个月，他不知道什么时候会来到他身边，也不知道到来后会是什么结果，他只是内心有一些隐隐的不安。山货不允许采了；放牛的地方越来越受限制，牛也越来越难养了，将来要指望什么呢？莫名的焦虑让他看不到生活的前景。刚好，一双儿女要在城里安家立业，他干脆一狠心，分批把自己的牛全部卖掉，帮着子女买房买车，只守着手头的5亩山地，等待着那个结果的到来。

很显然，老虎种群从数年之前就已经悄然崛起，迅速发展，它们的存在和气场已经越来越强大，这让村民们感觉到了明显的压迫。张东虽然并不知道老虎存在的意义和这山林本应该归属于谁，但他却有一种直感，觉得将来有一天必然要把这块地方让给老虎。

现在，老虎的领域已经扩展到了村子的边缘。这个夏天已经有好几个村民不止一次看见老虎从容地从村头经过。对老虎的性格和习惯，村民是有所了解的。每当老虎出现或把存在的信息传达给他们，他们都会想起村庄刚刚建立时的往事。

那年,从“关里”新迁来的老刘,不懂山里的规矩,上山砍柴，遇到了一只不知被什么猎杀的死狍子，见有现成的“肉”就随手捡了回来。可是，已经快走到村子了，才发现有一只老虎在后边跟着。老虎就跟在他的屁股后面不远，晃晃悠悠，不慌不忙但却不依不饶。老刘正好遇见村中采山货归来的老者，一看就知道他拿了老虎的猎物，大声告诉他赶紧把狍子放下，还给老虎:“它是山里的老大，你敢拿它的东西？不要命啦？”这时，老刘才意识到了危险，乖乖把狍子放下，老虎才拖着狍子进了山。

尽管后来老虎被越来越多的人群驱逐得无影无踪，提起老虎，村民仍记忆犹新，无不感慨老虎的霸气，无不感到发自内心的畏惧。旧事重提,张东说了一句有些“先验”味道的话:“我早就知道，老虎还会回来的。”

然而，正是野生动物的回归，加剧了张东处境的艰难和内心的纠结，他被夹在过去和未来之间，看不到出路。按理说，5亩薄田，除去种子化肥和人工，平常年景也就能剩下三五千元的利润，如果赶上一次天灾或被山牲口糟蹋一番，不赔就算幸运。张东知道，这点田地是不能指望的，也不值得日日夜夜看守。怎奈一个祖祖辈辈种田的人，天生对土地有一种特殊的情感，他们常把土地比作自己的孩子。张东说：“明知道这个孩子体弱多病不能养老，难道你会把他捏死或扔掉不成？明知道他不值得守护，难道眼睁睁看着野兽把他叼去不成？”

说手捧着鸡肋不放也好,说钻进了一个观念的“套子”也好,张东已经下决心守着这几亩山地和自己的未来“死磕”。一双子女在城里做事，几次劝他和老伴去城里同住，安享天伦之乐，可他就是不去。一来是因为在山里生活了大半辈子，去城里生活适应不了；二来他心里也打着一个解不开的结：“我生在这里，长在这里，户口在这里，年轻时那么想离开这里，做一个城里人，国家都不允许我们离开半步，现在需要我们离开时，一挥手就想把我们赶跑？老虎和豹子是应该保护，那是国家的脸面和形象，可我们还是国家的主人呢！我们的利益不应该受到保护吗？我们离开这里，剩下的几十年靠什么活着？”

与张东告别的时候，我看见了他家前后园子都搭起了“大棚”，很显然只是钢构，并没有棚膜和其他的保暖设施。我回头问走在身后的张东：“你自己也在搞大棚蔬菜吗？”

张东似乎有一点不好意思地笑了笑：“这不是说保护区内的村庄都要移民嘛，村子里的人都提前扣上了大棚，我也扣了一个，指望将来补偿时能多得一些补偿款……”

举目一望，果然，村子里家家户户都搭起了大棚的钢构，十分整齐。当我们离开张东家的时候，我特意就移民的事情问了保护区的一名工作人员。移民，是动物保护专家们一直的呼吁；也是国家级公园建设的内在需要，更是山民们根据山区实际情况和发展趋势做出的判断，但目前国家层面还没有明确的意见。

保护区方面，则觉得面对山民们越来越高的补偿预期，没有办法应对，那么高的补偿要求全部满足简直难以想象。部分人员的意见，是按兵不动，就那样耗着。目前，许多村庄都已经变成了空心村，户数严重减少，年轻人基本全部走掉，最年轻的村民也都在50岁以上。如果没有移民的消息，可能剩下的人就更少了。本来山民们也已经在山里待不下去了，再耗他个七八年，山林里的村庄不迁自灭，何苦要费那么多的周折，花那么多的钱为那些“胃口”巨大的山民买单呢？

很显然，在搬迁和补偿的问题上，保护区和山民站在了对立的立场上。这不禁让人想到了那个典型的中国难题——拆迁。许多年以来，之所以纷纷扬扬，吵吵嚷嚷打得不可开交，就是因为拆与被拆的双方都只站在自己的立场上思考和做事。比如一场足球比赛，没有科学、公正的规则和标准，没有令人信服的裁判在场，自然，最终比的并不是球，而是脚。毕竟，这是一个国家项目，也许只有国家才能破解这个难题。

在离开三道沟去西北沟村的路上，我们特意从林间小路上绕行了几公里，转到张东家的大豆田里看看受灾情况。一片被山林环抱的大豆田，从远处看上去很像一个堤岸陡峭的绿色湖泊，但很明显，“湖泊”周边的“水”是浅的。大豆田四周秧苗，明显比中间的秧苗矮了很多。近前看时，那些矮下去的秧苗其实并不是真正的矮，而是从中间断掉的“半截子”秧苗。

阳光宁静地照在林、田之间，如果没有充足的调查了解，谁也猜不到，在这片宁静的山林间曾经发生过什么。那些喧闹的声音和激烈冲突的影像，都已在时间的流逝中被涂抹得一干二净，只有这一片狼藉的现场，如刚刚平息的战场，触目惊心，引人深思。只见秧苗下，潮湿的田垄间，印着深、浅、大、小不一的杂乱的野猪足迹，宛若一张草纸，写满了潦草难懂的字迹。

（二）

如果从每年绝对数量上统计，恐怕方圆百里之内没有谁比西北沟村农民何贵俭的损失更大。

何贵俭一人承包了20垧山地，每年被野生动物吃掉的庄稼在十分之一左右。去年是被吃得最严重的一年。种在李勇沟方向的那10垧玉米，一次就被野猪吃去了一垧多。小河对岸的那6亩玉米，靠山最近，每年都是野猪频频光顾的重灾区，一进7月，就得天天去巡查看护。8月，赶上了一段连雨天，小河涨水过不去，就中断了三天，没去巡护。结果雨过天晴河水消退后，过去一看，已经是满目疮痍，一片废墟，6亩玉米大部分已经倒下，最多剩下两亩完整的庄稼。一年下来，连大豆带玉米，何贵俭就有大约 3 垧地的损失。

保护区规定，对野生动物损毁的农田，视情节轻重予以补偿,补偿的幅度为每亩 400 元至 600 元不等,一般很难达到上限。就算补到了上限，也仅仅相当于种子、化肥和租地的平均成本，所以农民们还是要承担很大一块隐性损失。更何况，补给农民的钱只给一半，另一半什么时候给没有准确时限。去年应该补的 1 万多块钱还有一半没有拿到手，今年又有了被吃掉的庄稼，这么一年年往下压着，几年后就是一笔算不清的糊涂账。如果有关部门的人员一变动,连个底账都找不到,到时管谁去要钱?对于这种拖来拖去拖到无人负责的事情，农民们遇到得太多了，所以一遇到这样的情况，农民们就提心吊胆，却毫无办法，只能满心焦虑又茫茫无边地等。

西北沟村原来有 20 户村民，现在只剩下了 8 户，在这 8 户村民中，52 岁的何贵俭和比他小两岁的妻子是年纪最轻的村民。因为是种粮大户,和外界接触最多,见多识广,脑子又灵活,所以在遇到什么问题时解决办法就多，只是对损失评估和补偿欠款这样的事情，他一直觉得毫无办法，无能为力，想表达却无法表达自己的诉求和意见。

谈到当前的处境，何贵俭一声长叹，狠狠地骂了自己一句：

“报应啊！”

何贵俭 20 岁出头就回家务农，那时村子里人多地少，没地可种，一年中忙的时候少，闲的时候多，并且国家还没有全面禁猎，他就上山去打猎。牵着几条狗，满山遍野地跑，也碰不到几个猎物，什么狍子、野猪，都稀稀拉拉难得一见。由于他心性专一、执着，干啥就下劲琢磨啥，有一套别人想不到的办法，每次上山也能够小有收获。

后来，保护区成立，国家颁发文件全面禁猎，再加上山民们纷纷离开村庄进城生活，何贵俭便放弃了打猎的爱好，专心种地。除了自己家的几垧地，只要谁上了年纪不愿意种地，他就把那份农田转包过来。他的原则是“一个羊也是赶，两个羊也是放”，地多了正好可以进行规模化经营，所以，一放手就凑了 20 垧地。

“这倒好！”放弃打猎时，猎物却骤然多了起来；地到了自己的手里时，种地却没有从前那么省心、那么容易了。从前，是他领着猎狗到处撵野猪；现在是野猪将他和几条猎狗玩得团团转。于是，何贵俭最后得出这样的结论：“从前，是我祸害野生动物，现在是野生动物祸害我，你说，这不是报应吗？”

何贵俭在自己的院子里养了五六条狗，都是那种看起来比较凶悍有力量的狗。其中有两条是自己特意买来的，还有几条是山上种参人下山之后，带不走的狗留给了他，他就收编在自己的“麾下”。他养狗并不是为了当宠物,也不是为了看家护院，而是专门用来对付那些进地吃庄稼的野猪。

按照何贵俭的想法，让山上繁衍出那么多野猪干吗？够老虎和豹子吃的就行了呗！什么东西多了还不泛滥成灾，野猪太多，林子里装不下，它们不就得出来祸害人嘛！所以，他认为自己以狗治野猪是最好的办法——野猪进地后，把狗往出一撒，没被咬死逃回山林的，算它命大；如果咬死了，愿意怎么处理就怎么处理，只要他自己不往回捡，就不是偷猎而是抓“贼”。猎狗可能是伤害了野生动物，但那是“正当防卫”，并且那是狗的事情，和人没有关系，狗为了保护农田咬死了野猪总不会被抓去拘留吧？

事实上，野猪并没有他想象的那么好对付，大多数时间，他和猎狗都不能有效地制止野猪祸害庄稼。尽管他领着猎狗不断地跑来跑去，野猪们还是在他赶到农田之前或离开之后，大摇大摆地走进田里，饱餐一顿之后，扬长而去。即便偶尔与野猪相遇，他的猎狗也没有让野猪闻风丧胆，反而因为野猪群的无序逃窜踩倒、踩坏了更多的庄稼。

在无计可施的情况下，何贵俭只好四处打听，寻找防范野生动物的其他办法。听说，外国的牧场为了防止家畜外逃发明了高压电子围栏，目前国内市场上也有同类产品在销售，他便从网上购买了一套设备。购买一台质量最好的主机 1800 元，瓷瓶、电线和木杆等加一起 1000 元，一共 2800 元的投入，何贵俭就把靠山的那片地严严实实地围了起来。

自从装设了电子围栏之后，果然就没有野猪、狍子、鹿等野生动物进入农田了。但问题又来了，林业公安在检查时发现了这套设施，因为有伤害野生动物的可能，要求他限期拆除。此事，在他的据理力争下，不了了之，但毕竟还留有争议，说不准哪一天“上边”针对这些新情况制定出明确规定，一帮人拿着红头文件找上门来，到头来还是要无条件服从。

去年冬天，何贵俭听说曙光村有一个农民种了一垧高粱，尽管高粱田里也有野生动物常来常往，却没有高粱遭到践踏和伤害。也许是因为这个刚刚落户山区的新粮种动物们还不认识，不知道高粱好吃；也许高粱并不合它们的口味，它们不愿意吃。但不管什么原因，至少眼前还是安全的。今年，何贵俭也效仿邻村农民，把那 6 亩最“招”野猪、最操心的玉米地改成了高粱田。到目前为止，还没发现被祸害的迹象。

如果到了秋天还没什么意外的话，何贵俭打算明年把大部分农田都种上高粱。到了这个地步，也就不能过多考虑产量和效益的问题了。临近道别的时候，我忍不住向何贵俭提出了我的担忧——假如，野猪们哪一天因为突然觉悟，发现高粱的味道也不错；或本来它们并不喜欢高粱，但由于食物短缺或找不到其他食物，突然又“爱”上了高粱怎么办？

“怎么办？”何贵俭愣愣地望着我，在脑子里搜索半晌似乎也没有找到答案，最后只好无奈地摇摇头，“走一步看一步吧！”

何贵俭家的院子很宽敞，前后都有很大的空间，但并没有像其他村民一样种满了庄稼或蔬菜，也没有搭上蔬菜大棚的钢构。看来，他是没有做任何离开这片土地的打算。

下午6点多钟，太阳刚刚落山，我们开始和何贵俭道别。就在我们转过身，打算上车的瞬间，何贵俭突然在身后提醒我们，听，林子那边的狍子又开始叫啦！

我们停下来听了好一会儿，但什么也没有听到。我想，很多的声音，并不是谁都能听到的，即便听到了也不一定明白那声音所表达的含义。

（三）

封闭了两年之后，李勇沟已经彻底变成了一道荒沟。

粗重的铁管、生了锈的铁链、一把沉默的大锁，以一种坚决的态度告诫着人们，这里已经不允许行人和车辆继续通过了。

站在沟口这个大铁门前，我和李勇肩并肩扶着铁栏向沟里张望。不难想象，我和李勇各怀着迥异的心情。

我深深感慨于生物的顽强和生态的神奇，仅仅两年时间，曾经有车辆频繁往来的沙石路上，已经长满了荒草，有的地方甚至将以往的车辙都吞没了，而路边的河流，也趁无人干预之机，迅速地扩大着自己的河道，经过水流的冲刷，河床正一点点以塌陷的方式向道路这边靠近。河水淙淙，树木横斜，雾气掩映之下，野性毕露，俨然一个天生的虎狼之所。

而此时的李勇则神情黯然，一言不发。许久，才从一种深沉的情绪里回转过来，慢慢给我介绍了李勇沟的情况。

这条沟原来并没有名字，只因为10年前李勇开始承包此沟，用以饲养林蛙，人们便将其命名为李勇沟。承包之初，李勇对这条沟寄予了很大的希望，一心想着要把它打造成功能齐全，发展永续的林蛙养殖基地。在蛙苗的选购和投放、基础设施的建设上都花了血本，沟塘内的道路、房屋、生产设备等都是按照长久发展的标准进行配置。承包沟塘的当年，他就投入了 50 万元，用以大搞基本建设。以后 8 年，后续资金逐步跟进，沟内设施及生产条件日臻完善，再生产的基础也逐步牢固。

可是，正当他要在第二个承包期大干一番的时候，保护区成立了，保护区内涉及山林、生态的各种合同到期后一律不再续签。时间节点很是凑巧，刚好赶在投入期结束，该花的钱已经全部花完。李勇算了一下总账，8 年来投入产出刚刚超出盈亏平衡点，实现微利，基本等于白干。虽然满心的不甘与郁闷，又能怎么样呢？有些政策是从来关照不到历史和情感的。这个账，只能认！

“那么，之后你就再也进不了这道沟啦？”我指了指那道铁门。

“能，我还知道另外一条进沟的路，可是我进去干什么呀？”

“看老虎或老虎脚印啊！”我故意开了一个玩笑。

“那只是今天。平时我看见老虎脚印的时候多了，不稀罕，连老虎的真身我都看到过不止一次。”

李勇结束了养蛙合同之后，保护区及时跟进，聘用李勇为编外野生动物保护员，收到了一举三得的效果。一方面，在情感上又给了李勇一条和这片山林之间联系的纽带；一方面保护区可以借助李勇对山林和野生动物的熟悉更好地完成保护工作；另一方面也算是在经济上给李勇一定补偿。

除了耕种自家的几亩承包田和完成保护区交办的工作和任务，李勇也利用闲暇时间在山里找点“生计”。随着采伐区的减少，山林的密度日益加大，山上那些对生长条件要求苛刻的“山菜”却反而越来越少。由于上山采摘的人越来越多，蘑菇也不再像从前那么好找了，在出蘑菇的时段，两个人天天进山，一个季节的收入也不过千元左右。李勇最近和几个山民找到了一个好的资源，就是到山上寻找野蜂蜜。如果找到一窝蜂子，一般可以出到20斤至50斤蜂蜜，按每斤100元的市场价格计算，就是三五千元。

今年，李勇的运气很好，也很糟。他们三个人合伙进山，一共找到了6窝野蜂，就等“白露”一到，进山把蜜挖回来，一年的收入就可以锦上添花。可是前不久进山一看，一条山岗上的4窝蜂蜜全让提前行动的黑熊挖去吃了。有什么办法呢？他们感到很沮丧，但并没有生黑熊的气，本来这些野蜂蜜就是山林资源，山林里所有的生物都有权享用。如果按先来后到的排序，是应该黑熊生人类的气才对，因为蜂蜜正是黑熊们的传统美食，黑熊们在冬眠前能够饱餐一窝野蜂蜜，这一冬维持生命的能量就有了保障。

身高一米八五的李勇，是一个豁达的人，很少在一个问题上纠结很久。李勇转身，离开那道大铁门，开始兑现他此前说带我去看老虎脚印的承诺。他说，如果运气好，或许能在车里看到山林里行走的老虎。

他开着白色皮卡，在看不出道路的林丛中穿行。密密麻麻的柳树枝条和另一些叫不出名字的树木枝条，不断地隔窗向我们“抽打”着。我不时急速地俯下身，凭本能“躲避”着突然而至的袭击。李勇侧目看了看我，表情依然平静，没有做任何评论，估计在他眼里，我这些下意识的动作一定很滑稽。少顷，他对我说，也很像自言自语:“以前，这里是我和老虎共同的家，现在只是老虎的家啦！”

我侧目看了看李勇，但有点看不清他的表情，快速移动的光影不断在他的脸上变幻着。

我们在噼噼啪啪和吱吱嘎嘎的声音里绕行了大约 20 分钟之后，终于进入了一个开阔地带。李勇冲着树林那边一片无草无树的平场一挥手，告诉我从前这里坐落着一排漂亮的房子，那是他养蛙场的办公区和生活区。现在虽然只剩下一片白花花的土石混合物，但完全可以想象得出，当初是个宁静、优雅的美好家园。

李勇在离小河岸边不远的地方停下了车，打开手机，给我看一段视频。

这是几年前一个朋友用无人机给他拍摄的“李勇沟”风景。所谓风景，当然是以人居环境为主体。无人机先是在低空盘旋，围绕着房屋的前后左右拍摄，然后再一点点向上攀升……呈现在我们眼中的画面，先是那排房子以及周边的环境——白色的墙壁、红色的屋顶、错落有致的结构；有人在房屋和院子间进出；院前种有茂盛的花草；一条黑色的狗边走边摇着尾巴；房子左边是一片高大的蒙古栎，右边是一道闪着银光的河水……这是人的家园，一切山水树木，看起来都像“他者”，只是在人的家园里起到一个映衬的作用。

无人机开始向高空飞去，地面的景物被“推”得越来越远，越来越远。这时，森林里孤零零的一座房屋已经显得落落寡合，很不和谐，很像一个愣头愣脑的入侵者。它们先是在画面中变成一个小小的方块，如一片彩色的石头，之后继续缩小，成一个可以忽略不计的“点”。最后，房屋、道路、河流以及其他一切人工痕迹尽皆在画面中消失。于是，画面中一片苍茫的大山呈现出它原始、完整、天然、雄浑、壮美的气韵。

世间的事就怕琢磨，本来很简单的事情，只要一仔细琢磨就不再简单，就有了意味。那段视频让我生出了很多感想。

第一批山林承包合同到期之后，林业部门已经不再与那些靠山谋生的人续签合同，一大批包山打松塔、包沟养林蛙的以及种人参和养牛的“专业户”都陆续撤出山林。仅这一带山里，和李勇沟一同关闭的还有陈立敏沟和其他两条没有名字的沟汊。说来很奇怪，人类撤出之后，那里很快就有了很多的野生动物，包括老虎和豹子；人类撤出之后，也很快荒草丛生道路损毁。很显然，并不是路断人稀，也不是屋破人走，而是相反，人一走，屋就破；人一稀，路就断。刚刚过去不到两年的时间，李勇沟的变化已经令李勇本人目瞪口呆。

在小河的转弯处，那条在荒草下延伸的道路，突然就跃出草丛，与闪着光亮的小河拥抱在一起。我们不得不停下来，观察地形，看究竟有没有过去的可能。眼前的情景，仿佛是有意而为的一个“局”或一个刻意的阻挡。前方，不仅道路消失在河道之中，河道上还有一棵从山上倒下来的大树，跨过河面斜搭在河对面的岸上。李勇站在车前目测了好一会儿，又沿着河岸继续走了200米，去查看河道的变化。他快步走回来之后，也没说什么，很坚决地让我们上车。他决定把车开进河道，沿河道前行一段距离之后，再从较低的河岸上去。

开启了“四轮驱动”功能的“皮卡”，发出巨大的轰鸣，像一头铆足了劲的牛，向前冲去，明显的颠簸和震荡从车下不断传来。我甚至不敢想象下一秒会出现什么情况，不知这头冒险跋涉的“牛”会不会骤然停步，会不会一头栽向旁边。庆幸的是，下一秒之后，仍然只是下一秒，无他，我们成功地越过了那个惊险的路段。

车继续向前,居然有一点“撒欢”的味道,遇到了一个水沟，没有减速，呼啸而过，溅起了高高的水花，然后又以同样的速度冲上了一道高岗。过了高岗，前方是一片开阔、平坦的山间草地，李勇放慢了车速。他用手指了指前方的路面说:“这一带，地势平坦，视野开阔，是老虎最喜欢停留的地方。”我理解就是那种可以举目“雄视”的地方。

就是养蛙场关闭的那年，李勇时常在这段路上发现老虎的足迹，偶尔也能听到远处的虎啸。因为他往来多数开车，偶尔和几个工人一起在路上步行，也不用太担心意外事情的发生，所以就没有太在乎老虎的存在。李勇想得简单，人有人的事情和活动区域，虎有虎的“家域”和活动时间，只要互不侵犯，相互尊重，相安无事就好。正面的冲突倒也没有发生，可接下来的一个事件却让李勇受到了很大的震动。

那天，他忙得不可开交，实在腾不出手来给山里干活儿的工人送午饭，就随口打发自己的儿子独自去沟里完成送饭任务。可是，儿子走后还不到半个小时就回来了，按理说往返至少也要一个小时。儿子年少不知畏惧，神情上并没有惊恐，但问明原因，却把李勇惊吓得脸色骤变。原来，儿子提着饭盒刚刚翻过那道高岗，一抬头就看见有一只体形硕大的老虎，正趴在路的正中间在看着他。孩子犹豫了片刻，转身就沿着原路返了回来，老虎没有动，更没有从后面追上来。

这件事情，让平时大大咧咧的李勇内心里好一阵翻江倒海。假如，那只老虎当时正在饥饿之中或情绪烦躁，只要一个跳跃，他唯一的儿子就葬身虎口啦！如果因此而失去了儿子，这养蛙场的存在还有什么意义？人命关天啊！就算不是自己的儿子，换了一个普通的工人或打短工的农民，哪一天不小心让老虎吃掉了，这个养蛙场还有什么心思办下去？哪一个活生生的人，不比这么一个挣点儿小钱的林蛙场重要？

他当时倒是没打算立即关掉这个养蛙场。可是，紧接着林业局就提出要终止承包合同，他没做任何讨价还价，就心平气和地接受了。也许是机缘巧合，也许是某种必然，李勇就是在那个特殊的时间节点上撤出了山林。现在，回过头把几件事情联系到一起审视，李勇也有点搞不清楚自己最终的撤离是老虎的意愿，是保护区的意愿，还是自己的意愿。想一想，那只趴在路上一动不动的老虎，很像是来与他进行领地交接的，也很像是来目送他离开“李勇沟”的。

我们下车，到前边有一点儿泥泞路面上查看是否有老虎的足迹，走了 10 米没有发现任何痕迹。突然，李勇停在那里，在一处泥沙混合的路面上，他发现了一个深深的脚窝。他举起手臂，示意我过去，我赶紧跑过去仔细打量，掏出手机拍照。脚印看上去很大，也很新鲜。我们没有带尺进行准确测量，但目测掌面宽度能达到 15 厘米左右，应该是一只健硕的成年虎。我沉浸在对这个梅花足迹的欣赏中，李勇却扯了一下我的衣服，示意我立即上车离开这里。他根据老虎足迹的新鲜程度推测老虎不会走得太远，我们这样毫无防护地研究来研究去，是很危险的。而我，正兴致盎然，很不愿意就这么匆匆离开，所以面有不悦，行动迟疑，心想，并没有什么危险信号出现，何必如此大惊小怪、战战兢兢？

车已经离开一段距离了，我还是忍不住回头望了望印有老虎足迹的那段路面。偶尔转头，瞥见相距不足 20 米的树林里，有黑影晃动，心里猛然一惊。我不确定那移动的黑影是风吹树木造成的，还是真有什么动物在活动。如果，那里真是老虎的潜伏之地，谁能保证它不会在下一分钟因为领地受到侵犯而愤怒地扑过来呢？

第十一章

千里归心

4个多小时激烈的讨论已经接近尾声，郎建民手里还紧紧握着那张东北虎的照片；尤瑞·达曼先生一直埋头于他电脑上的那些图片和数据；我则按照他们的表述方式在笔记本上简单地记录下这样几条至关重要的线索——

T16，雄性，2012年1月与其母亲首次被拍摄于俄罗斯豹之地国家公园。

2014年8月被监测到单体向中国方向运动，寻找“家域”。

2014年9月1日之后，进入哈尔巴岭。

2014年9月11日，拍摄于汪清县天骄岭镇。

2014年9月30日,在黄泥河林业局威虎岭林场再次被记录。

此后，T16扩散到黄泥河北部的团北、马鹿沟林场，并在此区域定居，5个监测点位曾11次拍摄到它的身影……

最后，郎建民把目光转向了我：“总之，T16是一只具有特殊意义的老虎，在东北虎种群恢复和区域扩散进程中，它是一个勇往直前的英雄，它的迁徙路线和成长历程对人们研究和认识老虎都具有重要的参考价值。利用一个晚上的时间，中俄两国专家根据老虎的习性、生活规律以及现有的资料，对T16的成长和迁徙史进行了细致的推测和情景复原，相信作家先生有能力做出一个生动、合理的文学表述……”

“好吧，让我试试！”当我这样回答时，我看到尤瑞和郎建民都微笑着点了点头。

以后的3个多月的时间里，我反复翻看着数段黑白或彩色的影像资料、一沓讨论记录和数本关于东北虎的生存资料，让自己的思绪穿过岁月、穿过季节、穿过绵绵起伏的山川、穿过生生不息的林莽，去触及、去感受T16那一意孤行的生命。

（一）

记录：2012 年 1 月，俄罗斯豹之地国家公园，监测并跟踪观察了一只即将产崽的母虎。

4 月，大地回暖，地气升腾。沉寂了一个冬天的“豹之地国家公园”，被四面八方而来的春意所包围。

阳光，一天比一天更加强烈，如一声高过一声的呼唤，不断地鼓舞着山间的草木。植物们正在迎来又一次新生或又一季的繁荣。无处不在的隐隐绿色，已经透露出它们兴奋、喜悦的心情。云，开始乘着风的车辇在天上巡游，这流浪的王者，它停在哪里，哪一片天空就是它的“领地”。

虎，并不关心天空，也不太理会天空的云。在虎族 200 万年的生命进程中，祖先早已经把一个钻石般坚固的基因深深植入它的生命，并不断地提醒它——它只是山林里的王，它的领域永远在大地之上。也许正是为了一份恒久的标记，它们把一个来自生命原乡的文字世世代代刻印在头上——“王”——这是大地和山林的应许。

一只我们不敢随意命名的母虎，迈动优雅的步伐，仪态万方地走在高高的山梁上。它那棕白相间的毛皮，鲜艳而高贵，胜过人类任何一件禁不起风吹日晒的华服美饰；它流畅的曲线和健硕的体魄，蕴藏着令人生畏的力量；偶尔抬头，目光中透射出无悲无喜的坚毅和亦冷亦暖的神秘。

现在，它要找一个安静、安全之所，完成一件神秘而神圣的事情。

在一处向阳的石崖下，它停下了脚步。石崖是倾斜的，下方有一个石窝，像一座天然的房子。它进入石窝，紧靠石崖的根部趴下来，刚好向前倾斜的石崖把它的身体和云隔开，但前方苍苍茫茫的山林却尽收眼底，阳光也能穿过树木的缝隙照射进来。

这是清晨，很早、很早的清晨，连早起的鸟儿还没有开始鸣叫。母虎喜欢这样的时辰，世界安静得仿佛只有它自己，它心中的秘密和喜悦只有自己独享。它已经怀有身孕，它很清楚，它身上承载着种族的基因和使命。3 个半月的甜蜜、盼望与重负就要结束了，它凭着母性的直觉，已经感到了那个时刻的迫近。

她本想安静下来，守着自己的新家，静静地等待着那个时刻的来临。可是，它做不到，不知道是因为过度的兴奋还是隐隐的不安，它开始在石崖下来来回回不停地走动……俄而，它抬头，向四周打量了一下，低低地吼叫了一声，这低吟，是它内心情绪的宣泄或抒发。它对新家感到很满意，孩子们出生之后，只要一睁开眼，就能从这里望到整片山林以及无限的远方。

时间以其惯有的方式，化解着一切与时间有关的概念。当一切痛苦或甜蜜的过程结束，太阳高高地升了起来，暖暖地照在石崖之下。

新的一天真正开始。虎妈妈回头望了望四个新来的小生命，一个个虎头虎脑，棕黄色的绒毛上柳叶般的花纹清晰透亮，尤其是额头上那个“王”字印记，像一道咒符标注着它们高贵、神秘的族属和身份。一种从生命深处奔涌而出的情感瞬间将虎妈妈淹没，就如这浩荡的春风，一日之间吹暖了整座山林。

从此，它感觉自己不复存在，已经一分为四，分散于眼前四个小小的生命体之中。它们就是自己另外的身体、另外的生命，而自己只剩下了一个没有形态的意志。虎不懂也不会像人类一样给自己的孩子命名，它只是用气味、用血液将它们刻印在自己的心里。那么，我们就将那个最引人注目的小老虎叫T16吧！其他的，如果按人类的习惯排个序，最大的是女孩称为姐姐，老二是个男孩是T16的哥哥，T16是老三，它的身下还有一个小弟弟。

在秋天到来之前，母虎不用操心为小虎们去寻找食物，只要自己想办法吃饱，几个小家伙就没有挨饿之虞。这期间，母虎一直用奶水滋养几个弱小的生命。也因此，母虎的食量会大大增加，它需要大量补充营养，把食物转化成奶水。只有自己吃饱了才能保证奶水充足，小家伙们才能吃饱。

这期间，母虎的性情也会比平时更加暴烈。虽然，在山林里成年老虎没有天敌，但幼崽们太稚嫩、弱小，会有很多天敌。熊、野猪、豹子、非父亲的其他成年虎，甚至猞猁等都有可能把幼虎作为猎食对象。生死，只是瞬间的事情，母虎不可能给任何动物以任何机会，凡靠近幼崽的一切动物，都将是它的死敌。不管是有意还是无意，母虎都会认定它们是来伤害它的幼崽，并坚决予以驱逐或猎杀。

当然，更多的时候，它们都是放松和悠闲的。毕竟，凭借山林之王的威信，还没有谁敢轻易冒犯或铤而走险。一些敏感的动物，还没有探知是否有幼虎存在，早被老虎的气味吓得退避三舍。

饱食之后，虎妈妈将带着四个孩子玩耍、嬉戏。当然，也可以理解为生存练习。它要把自己身上的一切智慧和本领都传授给它们。有时累了，母虎就站在石崖前眺望远方，在它的生命里，似乎一直有一种久远的怀念或向往，深深地潜藏着，时不时就会显露出来，牵引着它，让它抬起头来向着远方久久遥望。

当母亲遥望远方的时候，几个小家伙，也会像它们的妈妈一样，向远方遥望。这并不是简单的模仿，它们必将和它们的母亲一样，一生受控于体内的某一个基因。那基因将如定期归来的月亮一样，周而复始地运行在它们的体内，在一些魂无所依的夜晚，猛然推涨起某种渴望的潮水。

有一个遥远的声音，会时常向它们发出亲切的呼唤。

毕竟，它们还小，一切难以理喻或莫名其妙的事物它们都可以先放在一边，暂时不需要搞明白，也不需要记挂和理会。现在，母亲是它们唯一的神，唯一的生命坐标。母亲大步在前边行走，它们就迈开小小的碎步跑起来，紧跟在母亲的身后。如果遇到横在森林里的倒木，小的，它们就努力着爬上去，然后再从倒木上滚落下来，爬起来继续跟着母亲前行；如果倒木太大，母亲就会用嘴一一把它们叼到倒木的另一端。就这样，它们走着、爬着、跑着、滚着，渐渐就长高、长大了。

两个月之后，它们可以不像球一样在地上“滚动”，可以真正地迈开步子了。偶尔，也会像妈妈那样优雅、从容地走上几步。但更多的时候，它们走路的时候还是要采取跑的方式，才不至于被母亲落得太远。

一天，虎妈妈领着几个孩子在林中行走，不知不觉已经走到了“家域”的边缘。突然远处传来一声低吼。这是一个很熟悉的同类的声音，虎妈妈停下了脚步，同时，嗅觉和视野也同步打开。远处一只健壮的成年公虎两只前爪伏在一棵倒木上，正在向这边张望。虎妈妈清楚地记得，它就是孩子们的父亲。但虎妈妈并不知道那只公虎为什么突然出现在它们的身边。

是纯属偶然吗？虽然它们两个的领地相邻，但平时在“巡山”的时间和节奏上已经完全错开，基本没有可能在某处相遇。这是虎族的规矩，一旦交配期结束，夫妻关系即刻解除，各守领土，形同陌路，绝不像人类一样旧情难忘或藕断丝连，成年老虎们要保持情感、行为和精神的绝对独立。大家都是自觉按照自己生命中的“律”来生活，孩子们的父亲可是生了一颗精确的头脑，怎么会突然在行为上出错和失误呢？

是另有企图吗？野生虎当中，两只老虎在一起交配产崽，孩子长大分离后，老夫妻依旧重逢，再续前缘，又生第二窝第三窝虎崽，这种可能性很大，因为有些雄虎的领地包括几只雌虎的领地，领地重合使几只雌虎都成为雄虎的妃子，它们可以持续很多年的性关系。但这个季节并不是约会和交配的时机。季节不到，母虎没有那个兴致，公虎也应该没那个兴致。

那么，它是想来看看自己的孩子们吗？似乎，这也不符合虎族的规矩，残酷的山林和特殊的生存智慧，并不支持老虎们心存私情。所谓的王者，所谓的孤家寡人，是不能有私情更不能让一切行为受私情干扰的。它们不能对自己的妻子和孩子有所留恋。一旦这种可怕的情感在它们心里滋生出来，它们就会在行为上变得软弱和脆弱下来，厄运，也许有一天就会因此而找上门来。也许，公虎只是好奇，只是想了解一下它妻儿们的生存信息。

不管怎么说，它们毕竟有着无法分割的血缘联系，总不至于因为疏远而成为仇敌，它们表面上很冷漠、很克制，但谁又能知道它们心底是否有着很深厚的情感呢？它们只是远远地对望了一阵子，没有继续靠近，也没有相互警告。然后，无声地转身，各奔东西，它们坚定、舒缓的脚步，透露不出任何情绪的变化，看不出是快乐，还是忧伤。

（二）

记录：2013年夏，豹之地公园第202、203号摄录仪先后4次在母虎的“家域”里拍摄到那只母虎，她的幼崽已经由4只变成了3只，并同时发现了一只东北豹的身影……2014年1月，母虎及亚成体子女依然在一同活动，另一只成年雄性老虎连续频繁出现……

夏天的时候，发生了一件不幸的事情。一天黄昏，趁虎妈妈外出捕食，一只觊觎已久的豹子闯到石崖下，将T16的哥哥猎杀在石崖下的巢穴中，并叼走当了晚餐。待虎妈妈回到家时，血迹尚在，但那只豹子和幼虎早已经消失得无影无踪。母虎对着黑暗的夜空长啸数声，表达了自己失去幼子的痛苦；也表达了对盗杀之贼的愤怒。天上的星星和山谷里的树木，随着它的长啸一起颤抖，那远遁的豹子想必也会被这震怒的声音吓得胆战心寒。现在，母虎的身边只剩下了三个幼崽：姐姐、T16和弟弟。

冬天来了，姐弟三个都已经断奶，能一起享用母亲从远处给它们带回来的猎物。刚开始，它们还需要母亲把肉从动物身上撕下喂到口中，后来，它们渐渐地变得强壮和有力，可以自己独立进食。

下雪的时候，是它们最快乐的时光，它们可以在雪地上尽情地打滚，互相追逐、撕咬，没完没了地打闹、嬉戏。一会儿你咬住我的尾巴，一会儿我掐住你的鼻子，一会儿说不上谁把谁一下子扑倒在地。有时，虎妈妈也参与进来，教它们在打闹时如何有效地将对方扑倒，如何攻击对方的要害部位。这些，除了让它们增强体魄和消耗掉过剩的精力，更重要的是学习和掌握捕猎的技能。当然，它们的攻击练习都是有分寸的，不会"闹着玩，下死手"真让对方受伤。

姐弟三个中，数 T16 成长发育得最快，两岁左右时，个子和体重差不多都快追上母亲了，已经出落成一个矫健、机敏的"大小伙子"。这时，几个小老虎都相当于人类 15 岁左右的少年。它们不但可以在生活上自理，而且已经成了母亲的得力助手，在捕猎一些容易对付的猎物时，已经完全可以独当一面，协同母亲对猎物实施围捕。

有一次，老虎一家圈定了一个小野猪，正好野猪朝着 T16 所在的位置突围。那天 T16 大显身手，只见它纵身一跃，准确地扑到了野猪身上，一掌打在野猪的头上，趁野猪倒下的一瞬，又以迅雷不及掩耳之势咬住野猪的喉咙，等另几只老虎赶来时，那只野猪已经不能动弹了。这算是T16献给母亲的第一份礼物。

每年的11月至来年的2月之间,是老虎一家最危险的时期。这个时间，正是老虎们的发情期，它们要在一种本能的怂恿下，谈情说爱，繁衍后代，完成虎族的基因传承。这是一场生命的盛宴。但带着幼崽的虎妈妈，由于抚养后代的使命还没有最后完成，身体里的欲望始终被一种“使命”压抑着，不肯苏醒。

于是，它便成了这个季节老虎中的另类，它拒绝参与这场公开的游戏，不接受任何一只公虎的求爱和骚扰。这将激怒那些急于交配的公虎，如果遇到谦谦君子，看到虎妈妈的坚决态度和它身边的幼崽，也就会转身离去，到别处另寻佳偶；如果遇到一个蛮横纠缠的主儿，就很可能对几个幼崽痛下杀手，逼迫母虎发情、就范。在这段特殊的时间里，母虎和它的孩子们，将彼此照应，形影不离。

杀子逼母，是动物们身上最原始的欲念。发情期一到，交配和繁衍的欲望就会压倒一切，无限复制自身基因的生物本能，支配着雄性们不惜一切代价，甚至流血、牺牲和杀戮，也要找到一个基因的承载体，完成自己那不可抗拒的诉求；而雌性本身也会受着母性本能的支配，超越一切理性，迫切地完成一种接受、承载、孕育的使命。就像人类中的某些女性，哪怕孩子的父亲是患有遗传性精神疾患的杀人犯，她也要坚持把孩子生下来一样，这是母性中不可理喻的一个侧面！非洲狮、美洲豹等野生动物，这方面的本能和表现都已经被野生动物研究者予以明确的记录和见证。某一个雄性个体，如果想与带着幼崽的母兽交配，会想办法把母兽为别的公兽生下的幼崽咬死，逼迫母兽发情交配，播下自己生命的种子。

1月中旬的某一个凌晨，一只游荡的雄虎还是进入了T16一家的“家域”。敏感的母虎立刻判断出这只陌生公虎的企图。公虎身上散发出的气息浓烈而又刺激，如果在以往的这个时候，母虎可能会把这些气息视为“香甜”，并被这气息深深吸引。现在，这种气息却让它心神不宁，十分厌恶，充满了反感和愤怒。它已经多次发出低吼，警告这个不速之客马上离开，但那公虎不但没有离去，反而更加靠近，并一边靠近，一边低着头发出气流和喉咙摩擦的声音。当靠得很近的时候，母虎主动向公虎发起进攻，一掌打在公虎的肩上，紧接着，三只小虎也摆出了进攻的姿势。尤其是T16，表现得极其勇敢，像个“大丈夫”一样，冲在前边，一步步逼向陌生的公虎，以强大的攻势迫使其落荒而逃。

分别的时刻终于来临。

在幼虎们满 3 周岁的时候，母虎开始不断向姐弟几个发出了驱逐信号。母虎不但不再同它们一起玩耍和捕猎，而且神情阴郁，拒绝它们靠近。如果小虎们仍保持以往的习惯，自觉不自觉地靠近，母虎就会开口对它们进行撕咬。虽然这样的撕咬，并不能造成伤害，但每一口下去，都有很大的力度，让它们感觉到了疼痛。动物们，界定嬉戏和打斗、友好和不友好的区别，就是疼痛与否。忍受、忍耐、冷峻、坚决、果断……复归并安守于最终的孤独和孤绝，这是母亲给它们上的最后一课。

欲望，终究会蒙住生命的眼睛。不知道母虎和它的孩子之间是否有这样的认知和交流，但它们的经验、记忆或基因，最终会督促、说服它们做出接受和永远分离的选择。

母子独处，各占自己的领地，其中一个理由，是为了独自拥有足够的生存资源。当大家都聚集在一处，而有限的生存资源只可供一个或少数个体存活时，动物们自知没有足够的理性战胜原始的本能，很难做到共渡难关或有一个主动放弃做出牺牲；另一个理由，是为了避免近亲繁殖。当儿子们性成熟之后，母子仍然混居一处，很可能在某一年的冬春交接之际，母子的发情期同时来临，在找不到其他性对象时，发生母子交配，近亲繁殖的情况。深藏于繁衍程序之中的基因告诉它们，一些生命的规则必须恪守。为了避免日后的骨肉相残和母子、父女乱伦，它们提前就启动了果断的防范机制。

母虎最后的驱逐已经不掺杂任何犹豫和温情。也许老虎也拥有着人类难以破解的智慧，也明白“当断不断，必受其乱”的道理。所以，母虎最后的表现是，果断、坚决、丝毫不念母子旧情，让小虎们没有一点幻想的空间和回旋余地。唯其如此，小虎们才能够没有遗憾、没有负担地离开。

在母虎的咄咄逼迫之下，几个小虎开始分头朝着不同的方向，一步三回首地走向自己的未来之路。姐姐选择了沿山脉向西偏北的方向；弟弟选择了东方朝向大海的一侧；而 T16 却听从了命运的神秘召唤，向南，向着中国境内的长白山脉行进。T16 不懂历史，它并不知道此行正是踩着祖先的足迹，在向自己生命和命运的原乡回归。

爬过一道山梁之后，T16 停下了沉重的步履，再一次回过头来。远处，那座石崖仍隐约可见，那是它出生和成长的地方，那里有给了它生命并以奶水、以血、以生命滋养、呵护它长大的母亲，那里也有曾与它朝夕相伴的兄弟姐妹，但如今一切都已经不复存在，即将渐行渐远，如渐渐消散的云烟。再见啦！

一朝分离即成永别，今生已经没有再见之日。

T16站在高高的山岗上，一动不动。没有人，也没有同类能猜测它的内心有没有无限的依恋、感伤或波澜。许久，它像是遥对前方的石崖，又像是遥对生命之初的往昔，发出一声凄厉的长啸。这也许是最后的道别。然后转身，展开了下一程的漫漫远徙。

（三）

记录：8月，T16离开母虎的“家域”开始向中国边境方向转移……月底，豹之地公园最边缘的一台摄录仪最后一次捕捉了T16远去的身影。

这是8月，北方的山野正在加快脚步向着秋天行进。山间的雨水渐少，树木下的泥土变得干燥、坚硬起来。去年的落叶还没有彻底腐烂，经过长时间的风吹日晒，变得干燥，又开始卷起了边缘，呈现出疏散蓬松的状态。偶尔有失水的黄叶或残枝从高处落下，与树下的泥土或早先落下来的叶子碰撞，发出微微的响声。

T16走在林子里，脚下时时发出脚踩树叶的沙沙声，这让它感觉很不舒服。它可不想让林子里的其他动物听到自己的脚步声，更不希望让它们通过这些有规律的节奏推断出自己的行走速度。它希望在必须暴露的某一时刻之前，自己的脚步声永远不被其他动物听到，自己的身影也永远不被它们感知、发现。最好像母亲一样，如一道移动的影子，可以对猎物接近再接近，一直到很近的距离，然后奋力一跃，扑它们个措手不及。于是，T16开始模仿母亲捕猎时才用上的步法在林子里行走。这样的行走，柔软又轻盈，每一只脚落地都近于无声，或仅相当于一枚树叶落在地上，刚一落地马上又腾在了空中。这回，T16对自己的步伐满意了，因为它走起路来，很像一阵行走的风。

其实，这是一个很可爱的季节，白昼，虽然秋阳如火，但风却是凉爽的。T16可以找一个背阴的凉爽处好好地睡上一大觉，等待夜晚来临。夜里，林中的空气沁凉如水，刚好适合它奔跑和赶路。临近黄昏，T16再一次从睡梦中醒来，感觉到腹内空空，它已经整整4天没有吃到东西啦！虽然这个空腹的时间并不是它的最长纪录，但这是一个临界点，从现在开始，就得考虑捕猎进食了，否则体力会越来越弱，捕猎的成功率也会越来越低。

天色将晚，T16在一片冷杉和落叶松混生的林子边，发现有一小群去河边饮水归来的马鹿。在没有想好是否要对其进行出击前，它先是很警觉地把自己隐藏起来。鹿群靠得更近时，它看清了这队马鹿的构成，除了几只成年的马鹿外，还有几只体形较小的亚成体。凭借T16的经验和能力，现在单独对付一只成年马鹿，还不是一件很有把握的事情。不打没把握之仗是老虎们骨子里的谨慎，T16也一样，它把目标锁定于一只落单的小马鹿。它已经做好了捕猎的准备，一边转动着雷达一样的圆耳朵，搜索着周边一切声音；一边目不转睛地盯视、观察着鹿群的动向；同时，俯下身，如同爬行，向着鹿群可能通过的小路，隐蔽移动。

然而，事情并不如预想的那么顺利。鹿群在离T16约50米远的地方停了下来。几只成年马鹿似乎察觉到了情况不对，纷纷扬起头，竖起耳朵观察周边的动静。这是一个十分尴尬的距离，如果再近20米，T16应该胜券在握。T16停下了向前的移动，等待着鹿群的情绪稳定下来。鹿群一定是预感或捕捉到了某种危险的气息，继续往前移动了一小段距离之后，变得更加烦躁不安。随着领头公鹿的一声鸣叫，鹿群开始向T16所在位置的相反方向奔跑。

这时，T16先行启动了脚步，向前跃出十多米。鹿群已经看清了危险，却由于道路和树木的阻碍，一时无法进入全速奔跑状态。待队伍后边的小鹿进入全速奔跑的状态时，T16已经离它们只有几米之遥。但已经晚了，在前几十米的奔跑中，T16已经消耗了优势能量，现在它的速度已经明显落后于鹿群，距离越拉越远，在距离达到20多米时，T16选择了放弃，不再继续追击。

事实上，老虎在野外捕猎的成功率一直不是很高。由于地形和各种条件的制约，老虎总体捕猎成功概率在16%左右，最多达到30%。因为老虎的体形庞大，肺却很小，肺活量不大，不善于长跑。在这个生理特点上，老虎逊色于豹子。老虎靠瞬间的爆发力，在两三百米之内的距离扑出去，抓住就抓住了，抓不住就失败了。通常，鹿的奔跑跨度是5米多一点，老虎奔跑时的跨度一般是5米逊一点，正常情况下，虎并不占速度优势。在捕猎的瞬间，虎迅疾地冲过去，狍子或鹿会有片刻的犹豫或因其他因素而不能全速奔跑，往往就是这几秒钟的时差，决定了成败和生死。

这是一个精到的设计，也是一个微妙的平衡。就因为那么一个小小的速度之差，被捕食者便因为有了逃生的机会而免于被天敌赶尽杀绝；捕食者也因为无法百分之百成功而为自己的未来留下了可续食源。自然设计者的本意正是如此，在捕猎能力和逃生能力之间，必须设置一个合理的差距，既不能让被捕食者逃生能力过强，直接导致捕食者因无法获得食物而灭亡；也不能让捕食者能力过高吃掉所有的猎物，终因猎物种群的灭亡而导致自身的灭亡。这是自然进化过程中适应或调适的哲学。

不管怎么说，这都是一个沮丧的夜晚。T16 边向前走，边注意周边的动向。突然，一声同类的低吼来自不远处的树丛。T16 停下脚步，向那边望了望，一只身体并不是很健壮的小虎，情绪激动地站在树下，正在向它示威。估计这只年轻的小虎，也是刚刚离开母亲在这里建立起自己的“家域”。正满心沮丧情绪低落的 T16，本想和那小虎打一架。如果交手，那只小虎肯定不是 T16 的对手，打，不仅可以排解一下捕猎失败的郁闷，还可以顺手牵羊占领它的“家域”。

T16 稍微迟疑了一下，低头嗅了嗅身旁的树干，树干上有那只小虎圈定疆域时撒下的尿液，T16 一嗅就判断出那是一只很年轻的母虎。瞬间，T16 放弃了和对方打斗的打算，转身离开了小母虎的“家域”。在虎族，大多数的老虎都会像 T16 一样，选择尊重别人的主权和领土，避免同类间不必要的争斗。

T16沿着一大片针阔混交林的边缘继续前行，不出10公里，已经进入了另一只老虎的疆界，通过老虎一路撒下的标记判断，这是一只体魄健壮的成年公虎。还好，这只公虎刚好从这里过去一两天的时间。这时，它应该在“家域”的另一端，不会在附近出现。T16并没有过多地流连，立即从这只公虎的疆域里走出去。如果躲闪不及，恰巧与领主相遇，很可能就会发生一场争斗。一旦争斗发生，后果就会很严重，虽然不至于断送性命，但遇到林中强手，流血、受伤总在所难免。

饥饿持续到第六天的时候，T16有些睡不踏实了。

午后，它在一块石头后面小憩了一会儿，正准备起来赶路，突然听到一片轰隆隆的声音从远处传来。在寂静的森林里，一群野猪潜心觅食所发出的声音，往往不亚于一台机器的轰鸣。对于听力极其敏感的老虎来说，可以说震耳欲聋。但现在，T16却觉得这声音比音乐还要美妙动听，如果这声音由远及近飘到眼前，就意味着一顿丰盛的晚餐。这是一个好兆头。T16突然变得精神抖擞。它悄悄转到巨石的侧面向声音传来的方向望了望。至少在200米以外，一群野猪正埋头在一片橡树林下捡食落地的橡子，一边哗啦啦拱起树叶，一边咯嘣咯嘣地咀嚼，同时从它们长长的鼻腔里流溢出惬意而满足的哼唧声。

T16开始悄悄向野猪群靠近，这一次，它汲取了上次失败的教训，绕了一个大圈子，转到风口之下，逆着风向逼近野猪群。这个方向也正好是野猪群行进的后方。橡树林的面积不大，周边是低矮的灌木和松树、桦树交错的稀疏林带，刚好适合它隐蔽和跑动。野猪群吃得高兴时往往会放松对周边的警惕，这给T16靠近创造了良好条件。

100米，50米，靠近到30米时，猪群似乎还没有发觉异常。它继续谨慎靠近，约15米时，T16突然从灌木丛后边跃出，直奔一只体形偏小的野猪扑过去。在T16即将冲进野猪群时，野猪群才开始启动脚步向前奔跑，但T16已经把它的目标一掌击倒，死死地咬住野猪的颈项。只是片刻的工夫，野猪已经浑身瘫软，放弃挣扎，大约颈椎骨已经被T16咬断。T16一边继续加力紧咬住猎物，一边将失去行动能力的野猪拖向隐蔽处。

这时，一个突然的情况发生了。野猪群向前跑了一小段距离之后，一只重达几百斤的野猪突然母性爆发，转回身来，试图解救那只小野猪。当T16发现那头大野猪时，它已经快撞到T16的身体，T16想放下口中的猎物躲避，已经有些晚了。就在T16跳起的一瞬，野猪的额头撞到了它的身体，T16从半米高的空中摔在地上。

顺势在地上打了一个滚之后，T16忍住疼痛开始反击，在野猪头上拍了两掌，但野猪的力气很大，只是后腿弯曲，在地上坐了一下，并没有倒下。随后，马上就站了起来。这时，T16已经跳到了野猪的身后从侧后方上去，咬住了野猪的颈项。T16边咬，边用力向下按压，试图将野猪放倒，但体形巨大的野猪一直以嘴抵住地面做支撑，坚持站立不倒。

僵持了几十秒之后，野猪突然发力，猛一甩头，竟然把T16扔出去半米远。T16从地上爬起来之后，野猪开始反攻，直冲T16而来，T16马上跳到一侧避开野猪的攻势。可是，这一个回合结束之后，野猪也受了伤，它并没有继续攻击，而是虚晃一枪，落荒而逃。经过几次撞击，T16的身上已经多处负伤，只是还没有流血。另外，它已经有了可食之物，就不需要继续杀生，即便野猪现在受了重伤很轻易猎杀，T16也不一定要穷追不舍、大开杀戒，这是山林里的游戏规则。T16有一些吃力地走向那只被它捕杀的小野猪，但它的右后腿已经明显不敢承力。

刚刚完成身体发育的T16，是食量最大的阶段，一顿可以吃下30公斤的肉。那头不足50公斤的小野猪，差不多可以让它饱餐两天时间，它要严格遵守每天只吃一次东西的虎族铁律。

T16 安稳下来，开始躲在一棵倒木的背后，慢慢地享用自己的劳动成果。在日落之后，月亮还没有散发出光明之前，T16 已经把那头小野猪吃掉了一半。现在，T16 可以守着剩下的食物好好地睡一觉，把时间留给体内那个看不见的“医生”，让“医生”在自己睡眠期间抓紧把体内的伤痛治愈。它现在并不需要赶路，虎的一生并不是以赶路和征战为目的，而是要随遇而安，安身立命。T16 现在要考虑的是，可否在这里扎下根，建立一个稳固的“家”。

月光如水，在山间和林莽间流淌。渐渐地，就有乳白色的雾气从树木的暗影中升腾起来，像一个巨大的幕布掩住了大山的梦境。这是山林里各种生灵最活跃的时候，也是一切秩序得以运行和重建的时候。

突然，有一只什么鸟儿，在附近的树上狂野地大叫三声，T16 便从浅睡中醒来。它发现剧烈疼痛的肌肉或筋骨，已经大大恢复，可以不影响正常的行走和活动。它从倒木后站起来，开始在附近的树林间走动，但不能走得太远。它很清楚，只要它一离开，就会有很多动物或鸟类纷至沓来，分享它的食物，其中包括其他同类、豹子、豹猫、黄鼬、青鼬、狐狸等等，没准儿这会儿就有一只赤狐躲在某一棵树后，随时准备扑上来大吃一顿。

T16边向前走，边打开感觉系统，收集这片林子的信息。它走走，听听，看看，嗅嗅。于是，这里有没有狍子和鹿的气息，大约有多大一个群落在这一带活动和路过，那群野猪是偶尔从这里路过还是常来活动，等等，便了然于胸。它通过各种痕迹的密度和空气中残存气息的浓淡，判断这里的生态。

一圈走过之后，它回到进食地，稍事休息，然后，又朝另一个方向走了很久。这是一块理想的安居、采食之地，丰富的动物活动气息，让T16生出了建“家”之意，但不知为什么，它心中仍有些莫名的不安，情绪一时还无法安然、稳定。日出之前，它在距离倒木十几米的地方趴了下来，尝试着小睡一会儿。

正午时分，T16起身将剩余的食物全部吃光，只剩下一个裸露了骨头的猪头、部分内脏和几块粗大的骨棒。T16起身朝林子的深处、动物活动信息密集的区域走去，它要用自己的脚再次确认此地当去还是当留。可是，越走它越感觉气息不对，这里似乎早已经被一个体形巨大的动物——棕熊所占据。虽然T16从来没有和那种动物交过手，发生过冲突，但它身体里遗传自祖先的基因告诉它，拥有这样强大信息的动物，尽量不要去冒犯，更不要试图将它战胜或消灭。

这是森林中那些大型动物身上本能的觉悟，它们都深深懂得对强劲对手的尊重，懂得和平共处、各安天命之道。这也是它们穿过漫漫岁月最后还能够存活下来的重要原因。你有你的领地，我有我的领地，这世界从来都不是由某一种生物独有、专享，只有恪守天意和本分，才不至于自取灭亡。

T16 又向纵深领域行走了一段距离，远远地，它听到了一声雄浑的吼叫，那是从一个硕大的胸腔里发出的剧烈震动，是信心和力量的双重宣告。T16 慢慢停下了脚步，它回想起在母亲身边时的情景，在很多大敌当前的关键时刻，只要母亲一声长啸，都能收到化险为夷的效果。那些时候，并不是对手不够强大，而是对手懂得对生存法则的敬重，选择了自觉退出。T16 知道，这里再也不可久留，已经到了离去的时候。

（四）

记录：2014 年 9 月 3 日，中国珲春自然保护区马滴达工作站接到山民在“无虎”区域目击老虎的报告，断定有一只“新”虎入境。

翻过一道山岭之后，T16 进入了一个宽阔的河谷地带，穿过一片茂密的混交林，远远地听到了水流的声音。它不知道自己已经走到了哪里，反正这世界对它来说都是陌生的，山川、河流、森林、道路……它不知道世界原来是个什么样子，更不知道世界上还有一种叫作国家和边境的东西，它只是跟随着生命的指引或召唤，哪里可以让自己存活，就在哪里安顿下来，如果没有这样的地方，就一直寻找下去，直到最终找到或生命终结。

“卧息”的时间到了。T16 的体内好像生下来就被安上了一个特殊的定时器，每走 10 千米左右，那个定时器就会提醒它要停下来歇息一下。T16 也和所有老虎一样，会乖乖地遵从着那隐秘的指令。在一棵青杨树和两棵紫椴之间的三角形空地上，它稳稳地趴下来。经过简单而娴熟的调整，它摆出了一个十分标准的卧姿——两条前腿向前斜着伸出，一腿稍前，一腿稍后，侧身着地，身体呈浅弓形，两条后腿交叉叠放在一起。这样的卧姿，并没有谁特意教给 T16，但它生来就知道必须这样，因为只有这样，才能让静止下来的身体保持安详、惬意、舒适和自在；也只有这样，才能在遇到危险时，保证两条后腿一蹬，一个巨大的身躯能顺利地飞蹿出去。这个神秘的卧姿，很像是经过了精确的计算和优化之后，在老虎的族群里固定下来的。

经过短时间的卧息，T16的体力得到了有效恢复。它站起身来，拉伸了一下四肢，慢慢走到了小河边。在小河转弯处的稳水段，停下脚步。秋水澄澈，清明如镜，T16想俯下身来喝几口河水，可是刚把头伸过去，水里就出现了另一只虎，一副威武雄壮的样子，竟然一下子靠得这样近。这让T16既警惕又嫉妒，甚至还有一点儿小小的愤怒。于是，它本能地伸出前爪，向对方抓去。就在它击打到水面的一瞬，那只虎一下子就消失了。原来，它竟然这样胆小。T16抬起头向空中仔细嗅了嗅，并没有嗅到另一只老虎的味道。和人们信奉眼见为实不同，老虎只信奉嗅到为实。可是，另一只虎明明是不存在的，怎么又会出现在眼前呢？真是奇怪！如此反复几次，T16便不再理会它了，自顾自地低下头喝水，可是那只老虎也太不懂规矩啦！竟然也把嘴伸了过来。干脆，T16转身离开，去了一个水流湍急的地段。这回，那只讨厌的老虎没有出现。

T16离开小河一段距离，但始终与小河保持着平行。它沿着河谷向南，在隐约的水声中顺流而下。在一处河谷沼泽地附近，T16感受到了越来越密集的动物活动信息。树丛间野猪、梅花鹿和狍子的粪便随处可见，林间草地已经让那些有蹄类动物踩踏出深深的沟槽。它们一定是在每一个清晨和黄昏都成群结队来小河里饮水。对于一个猎食者来说，这样的好地方无异于一个天然餐厅，只要找到一个有利地形，守在这些小路附近，一天之内必有不止一次的捕猎机会，这当然也是一种诱惑。从上次捕获那头野猪之后，T16 已经很久没有吃到东西了。一种强烈的饥饿感，突然在体内作起祟来，从胃里蹿到了口腔，又从口腔钻进了大脑。但它是有耐心的，它不会因为身体里发出一个小小的信号就乱了方寸。

T16 依然不慌不忙，迈着优雅、稳健的步伐，走走停停，边走边环视四周，观察地形。它在寻找理想的埋伏之地。在距鹿道二十几米远的地方，有一簇密集的山杜鹃，杜鹃丛的后边，有一个向下凹陷的洼地，T16 就在那里停下来。现在，离日落还有一段时间，T16 完全可以在这里打一个盹儿，恢复一下体力，等待着黄昏的来临。

太阳还有两丈高的时候，林中有了声响，几只梅花鹿从高坎上鱼贯而下，但走到距 T16 几十米的地方，带头的一只母鹿突然停了下来，向四周张望了一圈，一声鸣叫，转身蹿上了高坎，慌乱地走远。两刻钟之后，又有四只狍子从梅花鹿逃走的地方，沿着那条窄窄的鹿道走了下来。这大概是几只口渴得非常厉害的狍子，从土坎上下来之后，几乎没有犹豫和停留，直奔小河而去。

狍子们刚刚从 T16 身边过去，T16 便从狍子的侧后方发起了攻击。狍子们在巨大声响的惊扰下回过头来，还没等明白过来到底发生了什么，T16 已经近在咫尺。狍子们开始慌乱逃窜，短时内出现了混乱和拥堵，前边的狍子挡住了后边狍子的路。只是几秒钟的迟缓，老虎已经将队伍最后边的狍子扑倒，一口咬住它的喉咙。几乎没有停留，直接将那只不幸的狍子拖到了杜鹃丛后。狍子还在微微抽搐，它便开始用前端的牙齿“拔”狍子身上的毛。

这是一道仪式性的程序，每只老虎在撕开猎物之前都会先把猎物身上的毛拔去一些，然后再从那里撕开动物的皮，开始它们的饕餮。这个奇怪的象征性动作，为什么会从古到今一直延续，并没有哪个动物专家给出过确切的解释。其实，在老虎进食过程中，动物大部分毛发都会被它吞到肚子里。

一天之后，T16 穿过河谷向西行进，遇到了两个奇怪的动物。和山林里其他动物不同，他们直立行走，虽然并不算巨大，但看起来却很高。T16 看到的是人。在动物们眼里，人类之所以要以一种特殊的方式行走，一定有特殊的本领，所以它们普遍对人类有一些畏惧。动物们不懂如何对人类这种动物进行命名，它们也没有工具、武器和“科技”的概念。T16只能依据世代的家族基因所传承的直感，做出大略的判断。在它的信息系统里，人类的大致的面貌应该是这样的——这是一种神奇的动物，他们就像动物里的妖魔一样，会施展各种奇特的法术；并且能够在很短的时间内召集起不可计数的同伴，蜂拥而上，纷纷露出比任何动物牙齿都要锋利的“利齿”，攻击和杀伤对手。所以老虎们世代把这种动物当作山林里的大动物看待，敬畏并尊重，不轻易与人类“交恶”、交手，不到万不得已之时，要尽量回避，避免相遇或冲突。

好在，人类的感官系统非常迟钝，有时离得很近他们都没有察觉。T16只是在两个人附近停下了脚步，两个人无知无觉地过去了。等两个人走远，T16又沿着一道铁丝网走了很久，穿过铁丝网的间断带，进入一片茂密的次生林。

这是一片弥漫着诱惑气息的山林。除了T16惯常所熟知的中小型有蹄类动物外，这里还到处游走着一种大型的有蹄类动物。这些动物头生两角，动作从容、迟缓，大部分时间都在埋头吃着林子里的树枝和青草，很少抬起头来。偶尔抬头，眼睛里也充满了温驯、柔软的光。那些好闻的气息就是从它们身上发出来的。但它们的从容不迫和对周边信息的漫不经心足以证明它们的自信和力量，这让T16有些心生畏惧。

更为奇怪的是，在这些大动物所散发出来的气息中，还混杂着那些直立行走的动物的气息，以及其他一些奇怪的气息。这种复杂的气息和感觉，让T16一时无所适从、无从选择，是在这里留下来做长久打算，还是要继续寻找理想的居留之所？当诱惑和危险同时显现的时候，老虎们的原则是首先规避风险，它们从来不会铤而走险。T16的选择是继续前行，一方面追逐着那些具有诱惑力的“芳香”,一方面尽量远离那些危险的气息。

（五）

记录：2014年9月6日，汪清兰家工作站接到下河村村民报案，一只没有记录的老虎吃掉了村民的一头牛。9月11日，汪清县天骄岭工作站拍摄到一只扩散新虎；9月30日，在黄泥河林业局威虎岭林场又一次拍摄到它。此后，它扩散到黄泥河北部的团北、马鹿沟林场，并在此区域定居。5个监测点位曾11次拍摄到它的身影……

一天清晨,T16还在睡梦之中,突然被一片杂乱的噪声吵醒。空气中充满了危险的气息。有“嗒嗒嗒”钢铁撞击或机器旋转的声音,有利刃撞击树木的声音,有人类大吵大嚷的声音,同时,空气中也传来了刺鼻的烟气和浓烈的人体气息。

T16本能地做出应激反应，四肢和浑身的肌肉绷紧，防御系统全面启动，时刻准备采取下一步行动，但那些声音和气息并没有停留在一个地方或继续靠近T16，它们在向相反方向更远的地方缓缓移动。

那是一群打松塔的人，一边开着拖拉机，一边嘻嘻哈哈地说笑着，朝远处一片红松林方向而去。T16不确定这样的事情会不会接连发生，更不知道这样混乱、难以把握的环境里，危险会不会突然来临。T16悻悻地站起来，向人群远去的相反方向继续前行。

T16开始在各种声音的缝隙里穿行，像躲避密集的风雨一样，躲避着时时传到耳中的杂音。一直到中午时分，它没听到林中动物，比如狍子、鹿或榛鸡的一声鸣叫，断续传来的都是与人类有关的声音，陌生而刺耳。但同时，那种大动物的气息却断续在空气中飘荡，并且越来越浓厚。T16被那种气息深深吸引，不自觉地循着那种气息的引导继续深入。

突然，一道带刺的钢丝网竖在T16的眼前。它凑上去嗅了嗅，太多人类的气息让它马上又把头缩回来，认定这是一道不可逾越的屏障。它只好沿着这道“墙”继续前行。当T16终于离开铁丝网走到一片安静的柞树林时，它很快就找了一个隐蔽处趴下来，可能是到了它的休息时间，也可能是因为在人类的领地里行走，让它感觉到极其疲倦。

夜晚再一次降临。T16从沉睡中醒转过来，伸了伸懒腰，对着夜空长啸了一声，又恢复了以往的活力，精神抖擞。它向前走到了一座山梁上，向四周望了望，觉得这山的姿态和面貌、这树木的品种和模样、这温柔凉爽的天气、这泥土里散发出来的气息，以及进入感官和情感里的一切，竟然都是那么熟悉和亲切，隐隐的激动和莫名的喜悦，像大海中突然掀起的一个巨浪，一下子打湿了它的灵魂。它被撞击得不能自已，又对着夜空长啸一声。

T16现在突然感觉自己已经很饿了。它没有天数的概念，但知道时间在体内行走的路程和长度。捕食的意念一起，第一个在T16头脑中闪现出来的就是那些陌生而“芳香”的大动物，它们就像巨大的糕点一样，零零散散地分布在山林的各处，很像上天仁慈而精心的安排，只是不知道它们归属于谁。

虎按照自己的逻辑在“思考”这些大动物存在的用意或深意。它们为什么出现在这里？在这片自然的山林里，它们和其他动物有什么不同？既然也和其他动物一样享用自然的赐予，是否也要和其他动物一样，遵循自然的法则？如果这片领地被另一个同类或其他大动物占据，这些大蛋糕自然就属于它们。但现在，这一区域里，除了自己并没有哪个强壮的动物做出任何标记，也许，这就是天意。

T16决定要在这里建立起自己长久的“家域”。它是森林里的王者，它的血液里流淌的是王者的基因，这就决定了它必然要遵循王者的逻辑。今晚，它要遵循着“上天的安排”，在这祖先的森林里验证一个王者的权力和威严。

T16顺着一条平坦的林间小路稳步前行，小路上密密麻麻地积满了那种大动物的足印。时而，就有几行足印拐出小路，向树木更加浓密的林中延伸。T16循着一行气息较浓的足印继续跟踪。它刚刚拐下小路，就有几只狍子闪着一片小灯笼一样的目光，在不远处跑掉了。T16并没有去刻意追赶，从它坚定、沉稳的步伐可以看出，它预想的目标不久即将出现。

果然，不出500米，在一片林间开阔的草地上，有五个那样的动物或伏或立正在休息。T16放慢了脚步，不敢有半点大意，借助树木和草丛的遮挡，一点点靠近它们。在距离只有十几米的时候，那些大动物发现了 T16，但它们并没有像其他动物一样，因受到惊吓而四处逃窜。难道它们并不害怕吗？还是天生不会奔跑？既然不跑，T16 就从捕食的状态改换成“搏斗”状态，继续谨慎靠近。

然而，距离更近的时候，T16 才看清，对方并没有进攻之意，只是挤在一处战战兢兢地躲闪。它们的举动，暴露了它们胆怯、懦弱的信息，这给 T16 以极大的鼓舞和勇气，它不再谨慎、犹豫。对准这个群落边缘一个体形较小的个体，它奋力扑过去，重重的一掌正击中对方的头，咔嚓一声，对方的颈骨就断裂了，身体颓然瘫倒在地上。这时，另一个体形较大的动物掉过头，想用角来抵 T16，T16 回过身，对准它又是一掌，那动物忍着疼痛转身躲开。T16 趁势咬住倒下的那个动物的脖子，将它拖到了 100 米以外的一棵大树后边。

T16 并不知道，它在那棵大树下吃了整整三天的动物正是著名的延边红牛，它也不知道，这些在它眼里脆弱又好吃的“大动物”每一头都有归属，它们分别属于不同的人类。让 T16 更想不到的是，对这些牛，它拥有隐性的“免责”“免费”享用权。一旦它吃了延边红牛，不但人类没有权利惩罚它，或为死去的红牛向它复仇，而且，政府还要拿出一笔钱付给牛的主人为它买单。人类为了自身的需求，正在把一部分山林陆续归还给老虎，并制定了法律对可预见的贪欲加以制约，对这些规则和程序的执行，T16 并不需要领情，也不需要感恩戴德。现在是人类向老虎归还山林的进程之中，本不应该把属于自己的家畜继续寄放于山林。既然还没有及时撤出，暂时又没有办法和老虎明确这些“财产”归属于谁，就只能允许老虎把这些家畜当作自己的猎物享用。这也是“命”与“运”运行到一定阶段的必然结果。T16 赶上了一个历史上的最“好”的时代。

其实，仅从这一点上说，也无所谓“好”或“最好”。老虎归属于自然，当然也要在自然法则之内承受必然的因果。如果因为它们没有很好地遵循“得到必有相应付出”的规则，总是无风险地坐享人类的家畜，将来也必然有一天因为失去野外生存能力而受到严厉的惩罚，甚至付出生命的代价。

接下来的这个夜晚，对于 T16 来说，可谓惊心动魄了。

绕过那个大湖之后，T16 走到了一个村庄的边缘，这是它第一次接近人类的居住地。T16 朝村庄的方向用力嗅了嗅，没有继续前行，也没有离开。对它来说，那是一个不可思议的地方，可怕的和可爱的东西杂糅交织，紧密地纠缠在一起。从村庄里射出的刺目的灯光，把厚重的夜空捅出一个个“大窟窿”，感觉上比火的威力还要大上10倍；从村庄某个高音大喇叭传出来的声音响彻天空，那声音很像人类发出的声音，可又不像，穷尽所有经验T16也猜不出那突兀的声音是怎么发出来的，为什么要发出来。

从村庄里飘逸出的复杂气息妙不可言，猪呀，鸡呀，羊呀，牛呀，还有那汪汪叫的狗呀，各种各样的气息都有不同风格的“芳香”，充满了诱惑。只有人的气息，是奇怪的，T16无法按照虎的标准为人类的气息做出定义，说它臭，还有一点儿香，诡异又诱惑，T16一闻到那种气息就生出了一种恐惧和好奇交织的情感。最后，让T16远离村庄走向那座高高山梁的，正是这种天堂和地狱混杂到一起的气息。

T16走到半山腰的时候，发现远处有两团光，同时从两侧快速向自己所在的位置移动，光团越来越近，越来越大，T16被这突如其来的巨大恐惧所笼罩，它用尽了全身的力气向山顶跳跃奔跑，可是那光团却突然在身后消失了。它感觉到了脚下的山体在微微颤动。莫非那两个神秘的光团没有击中自己而击中了山？T16疑惑地站在高处向下观察，远处又有巨大的光向这边移动，但并没有直对着自己，移动了一定距离之后又神秘地消失了。可能像我们人类遇到了天空中的不明飞行物一样，T16也许永远也猜测不到那些光团的来历和用意，但无论如何它也没有勇气再一次进入这个光团神秘显现又神秘消失的领域。

就这样，从一个涵洞之上，T16奇迹般穿越了车水马龙的“鹤大高速公路”。这是一个很难发生的小概率事件，如果不是在密集车流的间隙从高速公路封闭网的空隙直接越过涵洞，很少有野生动物能越过这样的屏障。这也是一个“壮举”，因为这样一个行为，T16成了虎族中第一个跨越这道屏障的英雄，也可能成为一个无朋无伴的牺牲者。

它已经走得太远啦！越过“鹤大高速公路”就出了“保护区”的边界，进入了普通的山林。这里是野生资源比较单调贫乏的“无虎区”，对于一只老虎来说，虽然不能叫“绝境”，也已是“孤境”。成功穿越高速公路这样的小概率事件，对于行为谨慎的老虎来说，一生中很难发生第二次，T16重返“保护区”的概率已经很小。它注定要像孤胆英雄一样，在一片广大的山林里为虎族坚守着一块虽古老却鲜有人知的疆域。

T16一路行走，一路留下自己的体液和气味。这个年轻的领主，在这片祖先遗存却被人类占用的山林里，孜孜不倦地标注和巡护着自己的领地，从吉林的敦化、汪清到黑龙江的宁安……在目前的虎类中，它拥有着最广阔的疆域。800 多平方公里的“家域”面积，它不停地走，也要花去差不多半个月的时间才能巡视一遭。但它并没有不停地行走，它会在每一个捕食地点做三五天的逗留，然后再走向下一个捕食地点。走走停停之间，要两到三个月的时间完成一次大循环。

T16 的“家域”边线已经比较接近人类的生活区域，有一些地方甚至与人类的领地有交叉，但 T16 并不放弃，因为那些有“交叉”的领域正是家畜放养的密集区。T16 认定在自己疆域内的动物就属于自己，所以它在吃够了狍子和野猪时，偶尔还会吃一吃牛和狗，换一下口味。守土有责，是虎族认定的信条，它们是山林里的王者，不会轻易放弃尊严将领土割让给别人，更没有理由放弃上天应许的利益。

至 2018 年底，T16 已经快满 10 岁，这个年龄相当于人类的 40 岁左右。至今，它在自己的疆域里还没有收集到同类的信息，更不要说异性。一年又一年孤独地行走，它始终没有遇到自己的伴侣。每到年底这段时间，都是 T16 最惆怅的日子。在这些冬春即将交替的季节里，T16 体内负责生命传承的基因成为身体的主宰，时时督促它，先放下对疆域的巡查和对食物的寻找、追逐，为自己生命里那些不安分的基因找到合适的宿主，以此将自己的生命和精神传递到更加深远的时空。在这样的季节，这样的诉求已经不再是利益或某种需要，而是使命。

月明星稀，万籁俱寂，这是北方最寒冷的冬天。

T16站在高高的山岗上，对着幽暗的星空和沉雄的大地，以身体内积存下来的全部热度与能量——仰天长啸——这声音饱含着生命最原初的渴望与诉求和最后的期盼与忧患，潮水般，漫过山川，漫过林莽，漫过广袤的平原，直达千里之外，在空旷与寂寥之中寻找着渺茫的回声。

第十二章

命运共同体

(一)

雨过天晴，从对面建筑上反射到室内的微光照在尤瑞·达曼的脸上，让这个小个子的俄罗斯虎豹研究专家看上去乐观而又明亮。

大概是担心翻译不能充分表达他那些专业术语和想法，他对我大致介绍了东北虎保护的有关情况后，绕到了桌子的另一端，打开了电脑里的一个 PPT 文件。转过电脑，一边配合着各种数据、彩色图表和虎豹及野生动物的图片，一边和我交谈。

在我们的交谈接近尾声的时候，他长达 40 个页面的 PPT 文件也播放完毕。于是，一张醒目的照片覆盖了几乎半个页面。中国国家主席习近平和俄罗斯总统普京紧紧地握手，目光平和、坚定，站在那里，像达成了什么协议，也像在宣告什么。旁边是两个国家的国旗和一幅颜色不同却被一条粗重的红线圈在一起的地理版图。照片顶端设定了一行英文大字，翻译成中文：中俄跨界国家公园——“大猫之乡”。

这是 2019 年 7 月 30 日，第九个“世界老虎日”的第二天，尤瑞·达曼带着《关于加强虎豹跨境保护合作哈尔滨共识》给他的鼓舞和兴奋情绪，向我转达了来自 19 个国家、12 个国际组织及机构的 300 多位代表和专家关于虎豹跨境保护的共识和呼吁。

早在 2010 年 11 月俄罗斯圣彼得堡召开的“保护老虎国际论坛”（即“老虎峰会”）上，来自孟加拉人民共和国、不丹王国、柬埔寨王国、印度尼西亚共和国、老挝人民民主共和国、马来西亚联邦、缅甸联邦共和国、尼泊尔王国、泰王国和越南社会主义共和国、印度共和国、俄罗斯联邦、中华人民共和国等 13

个全球野生虎分布国的政府首脑和代表会聚一堂，通过了一项重大的联合行动计划——《全球野生虎种群恢复计划》，并联合发表了《全球野生虎分布国政府首脑宣言》，倡议共同努力促进野生虎及栖息地的保护，并将每年的 7 月 29 日定为“全球老虎日”。从此，每年的这个日子，老虎都成为一个世界性共同话题；每年的这个日子，人们都在认真地思考着人与老虎、自然的关系，也都在谋划着为老虎做点什么事情。

在访谈结束的时候，尤瑞·达曼表情神秘地指着电脑屏幕上习近平和普京的照片，说了一句大大出乎我意料的结语：命运共同体。没想到一个俄罗斯的动物保护专家竟然会了解和运用这个“中国概念”。

2013 年 3 月 23 日，习近平主席在俄罗斯的莫斯科国际关系学院首次向世界提出“人类命运共同体”重大倡议，呼吁国际社会树立“你中有我、我中有你”的命运共同体意识，之后，广泛引起了世界各国人民对人类未来、命运的关注、警醒和思索。但今天，这句话从尤瑞·达曼的口中说出时，我却一时搞不懂他的具体所指。从他没有方位的表情里，我猜不出这个命运共同体是泛指人类、中俄两国、人和自然、人和野生动物、各国虎豹专家，还是为老虎的生存而奔走呼吁的各界人士，似乎哪种可能都有，哪个指向也都合情合理。但在这个特定的语境里，我只能沿着人与虎豹或野生动物的方向去解读。

关于命运这个概念，人们一般都不太愿意过多地纠缠。因为这是一个太过复杂的问题，就像一盘围棋，眼前的胜负、得失都可能与结局无关，而结局又总是埋藏得那么幽深。人类的懒惰、贪婪和自以为是，只能让人类不遗余力地抓住眼前利益，就像鱼不顾一切地奔向一粒饵或更多的饵，而不去考虑、面对那些更长远和更复杂的问题。只有很多的事情或事件堆积到一起，堆积成难以更改的运势时，才想起来后悔、反思，但多数都悔之晚矣。

埋头于追逐既得利益的人类，不论为了国家也好，为了群体也好，为了个人也好，都需要有人在适当的时候敲响一口悬在头上的警钟——别再一意孤行啦，再走下去，后果很严重，会面临很大的危险或灭顶之灾！

在人与自然的关系中，老虎就是自然的使者。在人类不能自觉或无法做到自觉的前提下，它们时刻站在食物链的高端，警示着人类。一旦它们难以生存或无法生存时，就证明整个生态已经衰弱得无法支持野生动物生存了，也就是山、水、空气都出了我们能够看见或看不见的大问题。再不觉醒、停手，人类自身也将无法在自然中安身立命。虎是一个昭然的象征，是一个深刻的隐喻，是人与自然之间关系的风向标。

也许，人类并不需要爱老虎，但必须热爱和尊重我们赖以生存的自然，如果我们不想受到自然的惩罚，不想在一个崩溃的自然环境里走向覆没，就有理由对老虎多存一份爱护和敬畏之心，把它们当作提醒我们，佑护我们，使我们不至于走向自我毁灭的神灵。

自职业生涯开启，尤瑞·达曼就一直致力于虎豹的研究和保护工作，几乎一生的荣辱、沉浮、快乐与烦恼件件与虎豹有关。近年来，俄罗斯境内虎豹数量能以 25% 的速度递增，而中国境内虎豹数量几乎以几何速度恢复，其中也凝聚了尤瑞的一份心血和汗水。自 2001 年起，达曼博士开始与中国合作，努力营建中俄跨境虎豹保护区。这些年，中国在虎豹保护方面的重大、重要活动，尤瑞作为国际专家几乎没有一次缺席。如今，他已经是 62 岁的人了，仍然受聘于俄罗斯豹之地国家公园，继续与虎豹为伍，以虎豹为念。2017 年，他被推选为全球老虎论坛荣誉成员。

尤瑞有一个理想，那就是打通中俄边境的虎豹活动的廊道，让那些适合虎豹生存的地域都成为虎豹的家园。他在接受我的采访时，曾在电子地图上画一个大圈，从俄罗斯的锡霍特山脉到中国的张广才岭之间，北起小兴安岭，南到中朝边界的长白山北麓，其间的广大区域都在这个圈的框范之内。而100年之前，在一个几十倍于此的更加广大的区域里，曾有近3000只老虎在自由地繁衍、生息和活动。此情此景，不禁让我想起最后的印第安人和他们所剩无几的“保留地”，经受了大肆屠杀和驱逐之后，那一小块避难所一样可怜的领地是否还会以各种理由继续被侵占和压缩？事已至此，我们只能在心里默默祈祷，老虎的领地能大一点儿，再大一点儿，它们的生存和繁衍能够得到恒久的尊重而不是怜悯。

中国的东北地区是东北虎的原乡，东北虎作为一种被广泛接受的文化符号，也牵动着国人的信念和情感。但在动物学界，对东北虎的命名却并不一定按我们所希望的方式——在虎之前都冠以“东北”二字，而是以其实际生存、活动的地域来命名，也就是说，老虎走到哪里就会被命名为哪里的虎，诸如西伯利亚虎、阿默尔虎、朝鲜虎、东北虎等。究其根源，皆因它们在一定的历史时期纷纷离开了原乡，四散而去，在原乡缺位。现在，中俄边境频繁穿越的东北虎“身份”很独特，只要到了中国境内，它们就会被命名为东北虎，而到了俄罗斯境内，它们摇身一变就会有另一个名字，被称为阿默尔虎。

尽管如此，尤瑞·达曼还是和我们的愿望一致，期盼并呼吁活动范围被压缩于俄罗斯远东狭窄地带的老虎们能有一个更大的生存空间。如何命名，其实从来都不重要，重要的是这些可爱的动物会如在人类的童年时期一样，于山林之中，远远地陪伴着人类。一个世纪或几个世纪之后，我们的子孙们不但能在书画中欣赏到东北虎形象，而且能通过实体获得这些有趣、神秘的大猫给他们带来生物多样性的乐趣和益处以及美的享受和生命的启迪。

2000 年 10 月，“东北虎野生种群恢复国际研讨会”在哈尔滨召开，开启了中国野生虎国际合作保护的先河。基于这次研讨会上提出的恢复野生东北虎计划，在吉林省林业厅和国际野生生物保护学会（WCS）的共同努力下，2001 年 12 月一个新的保护东北虎、豹的保护区——吉林珲春东北虎自然保护区成立，3 年后又成功升级为国家级自然保护区。

转眼，尤瑞·达曼已经介入并指导中国东北虎保护工作达十多年的时间。从 2003 年 1 月 25 日，首次在中国境内拍到野生东北虎的照片，确认还有东北虎活体的存在，到目前的状态，尤瑞·达曼的理想已经部分得到了实现。虽然打开北部锡霍特山脉与黑龙江完达山之间的通道还需要做进一步的努力和大量工作，但南部豹之地公园与中国虎豹公园之间，东北虎豹的扩散已经大面积展开。实际上，这两个国家公园已经在某种程度上被整合为一个野生动物可以自由往来的“跨国公园”。在这个小区域之内的近百只东北虎,除了有39只定居于俄罗斯境内，其余的都已经或正在向中国的内陆深处逐步扩散。

（二）

“虎为百兽王，谁敢触其怒？唯有回归路，一步一瞻顾。”

不知道是谁有感于东北虎豹的回归，写了这样一首诗。从这首诗里，我们感受到了民情民意对东北虎豹这山野精灵的感怀和期待。但这仅仅是民间和民众意愿，如果我们把视野展开，投向更加广阔的历史和现实背景，我们还会在一个宏大事物的推进过程中，感受到一种国家意识和国家意志的存在。

在过去100多年里，全球野生虎豹种群的数量和栖息地急剧下滑，就像一个从山顶滚下来的大雪球，这个时候，谁肯果断出手，救生态系统顶端的虎豹于危亡的边缘，谁就主动接受了一个世界级的巨大挑战。中国政府能够建立如此规模的东北虎豹国家公园，不仅体现了主动履行国际义务的大国担当，同时也体现了全面保护和恢复生态系统的巨大决心和信念。

当我们展开一张为期 8 年的国家级虎豹公园建设和推进时间表，耳边即刻响起了令人振奋的巨大轰鸣——

2013 年 11 月，党的十八届三中全会《中共中央关于全面深化改革若干重大问题的决定》明确提出:“划定生态保护红线，坚定不移实施主体功能区制度，建立国土空间开发保护制度，严格按照主体功能区定位推动发展，建立国家公园体制。”

2015 年 5 月，《中共中央国务院关于加快推进生态文明建设的意见》强调：“建立国家公园体制，实行分级、统一管理，保护自然生态和自然文化遗产原真性、完整性。”9 月，中共中央、国务院印发《生态文明体制改革总体方案》进一步强调：“建立国家公园体制。加强对重要生态系统的保护和永续利用，改革各部门分头设置自然保护区、风景名胜区、文化自然遗产、地质公园、森林公园等的体制，对上述保护地进行功能重组，合理界定国家公园范围。”

2016 年 1 月 26 日，中央财经领导小组召开第十二次会议，习近平总书记在听取国家林业局关于森林生态安全工作汇报后特别指出，要着力建设国家公园，保护自然生态系统的原真性和完整性，给子孙后代留下一些自然遗产。

4月8日，中央经济体制和生态文明体制改革专项小组召开专题会议，研究部署在四川、陕西、甘肃三省大熊猫主要栖息地整合设立1个大熊猫国家公园，在吉林和黑龙江两省东北虎豹主要栖息地整合设立一个东北虎豹国家公园。

10月17日，《建立国家公园体制试点领导小组第4次会议纪要》明确，国家林业局要重点负责大熊猫、东北虎豹、云南普达措国家公园体制试点。

11月2日，国家发展改革委等13个部委联合下发《关于强化统筹协调进一步做好建立国家公园体制试点工作的通知》。

12月5日，习近平总书记主持召开中央全面深化改革领导小组第三十次会议，会议审议通过了《关于健全国家自然资源资产管理体制试点方案》《大熊猫国家公园体制试点方案》《东北虎豹国家公园体制试点方案》。

2017年1月31日，中共中央办公厅、国务院办公厅印发《东北虎豹国家公园体制试点方案》。

2月，中办、国办印发《东北虎豹国家公园国有自然资源资产管理体制试点方案》。

7月，中央编办、国家发展改革委印发《东北虎豹国家公园国有自然资源资产管理体制试点实施方案》。

8月19日，东北虎豹国家公园国有自然资源资产管理局和东北虎豹国家公园管理局挂牌成立。

9月，中共中央办公厅、国务院办公厅印发《建立国家公园体制总体方案》。

2018年6月底前，主要完成健全资源环境管护责任制、野生动物肇事补偿工作、制定产业准入负面清单、制订零散居住农户和林业职工搬迁安置方案、制订承包经营与工矿企业有序退出方案、加大财政转移支付力度、建立中央投入为主的资金保障长效机制。

12月底，完成80%以上国有自然资源资产确权登记。完成功能区标识设计、规范沟系承包经营、清理非法生产经营活动。

2019年有效保护和恢复东北虎豹栖息地生态环境，建立“生态友好型”生产生活社区，有效提升国家公园保护管理和运行能力。初步形成生态体验和自然宣教功能。研究建立东北虎豹国家公园自然资源资产调查、监测、评估制度，组织编制实施专项规划，探索建立国有自然资源资产有偿使用制度等。

2020年对试点进行总结评估，试点结束，正式设立一批国家公园。

一个令人向往的节点，正如某个大型猫科动物，迈着匀称而稳健的步伐，在时钟的嘀嗒声中一点点向我们靠近。我知道，时间不会给我们描绘出美好动人的图景，但美好动人的图景却一定会在时间中渐渐显现。

（三）

刚进 8 月，于贵臣的苹果园就呈现出一片丰收景象。枝头的苹果挂果均匀，密度适中，个大圆润，色泽青翠，向阳的一面已经微微透出红晕。栽种于两垧多地上的 1500 多棵苹果树，看上去似乎有了很大的规模，给人一种没有边际的感觉。

于贵臣半猫着腰从苹果树下钻出来，边走边用手拨开挂了苹果的树枝。每拨弄一下，都能让人感到那些树枝回弹得很吃力。真担心他拨弄的幅度大了，会让苹果的重量折断树枝。笑意就漾在他的脸上，仿佛苹果一样的甜。

这是一个很热情、很有亲和力的人，一见面就老朋友一样和我们亲切握手，爽朗地交谈。未及谈到主题，他先是态度真诚地表示了遗憾，说我们来得有点儿不是时候，如果能再晚来一个多月，就可以自行到园中随便采摘些熟透的苹果。这是典型的东北礼节，说过了就当是请我们吃过了。没吃，也觉得心里挺甜的，亲切呀！

个头不高，但显得精明强干的于贵臣从来都是一个能人。他并不避讳对我们讲自己大半生的沉浮，包括长达 30 多年的行猎史。

早年，于贵臣家住蛟河前进乡，从 16 岁开始就在张广才岭的西侧打猎。那时，生态环境固然也受到了一定破坏，“棒打狍子瓢舀鱼”的时代已一去不返，但从小兴安岭到长白山系的广大山林中，野生动物还不至于到匮乏的程度。猎手中的一些佼佼者总会有所收获，有时碰到好运气可能收获还会很大。

于贵臣就是猎手中的佼佼者。年轻时，枪法准，体力好，脚步快，身体灵活。别人一天走 50 里，他一天能走 100 里；别人可能几天打不到一个猎物，他只要出去就不空手；别人动不动就被野兽伤到，他却从未受到“丁点儿”的损伤。

“靠山吃山”是世世代代山里人脑子里根深蒂固的观念，在他们眼中，打猎，从来都不是什么坏事和不光彩的事，反而还是“能耐”的体现。所以每到冬季农闲，山林中的农民就会摇身一变成为猎人。冬天一到，每一个村庄都会出一伙或几伙打猎的人。一些合得来、靠得住、关键时刻肯“玩命”上的亲朋好友，稍一撮合，七八个猎手就结成一个小小猎帮。说走，伙伴们带上干粮、猎枪、猎犬，就开始了大山深处的行猎之旅。

打猎曾给于贵臣带来不少实惠，也带来不少荣耀。那些年，农民的生活很艰苦，常有猎获的于贵臣却在困苦的冬天里让自己的家人有口肉吃。尽管在外头打猎很苦、很累又很危险，但只要带着猎物回到村子，被村民、家人、亲戚簇拥着、赞美着、艳羡着，他内心就充满了自豪感和荣耀感，仿佛自己就是一个得胜归来的英雄。

回首30多年的打猎生涯，于贵臣大致盘点了一下自己的得失。这些年的猎获，小的野鸡、野兔不算，光是大一些的熊、野猪、狍子、鹿总共也有上千只，可谓丰厚，但日子却没有过出与之相对应的富足。相反，随着野生动物的锐减和消失，他的生活却每况愈下，眼看着一点点滑向贫困。后来，他见别人都离开山林进了城，过上了舒心日子，自己才如梦方醒，决定试试运气,改变一下生活方式和世代“遗传”的穷命。借机也“给孩子们挣个城里人的身份”。

1992年，趁边境城市珲春大搞开放、开发之机，于贵臣举家搬迁到了珲春市。

出发之前，于贵臣决定封枪。他一共有 3 杆猎枪，有一杆枪是他自己多年来须臾不离身的宝贝，又是难得的小口径，枪杆已经磨得锃亮。另外两杆则是早早就为两个儿子备下的，他曾经希望儿子们能接过他手中的枪，驰骋山林。三杆枪在手，他左右掂量，放弃哪一杆枪都觉得于心不舍，毕竟那几杆枪代表了他过往的生活方式和大半个人生。

于贵臣是一个干脆的人，他并没有过多犹豫。短暂的情感波动之后，当机立断，迅速将三杆枪全部“出手”，该卖的卖，该送人的送人。不丢掉旧牵绊,哪来的新生活！现在,他很庆幸，当初自己做了一个正确的选择，否则，就不知今天的日子会过成什么样子。作为一个禁猎时代的猎人，也许，最大的可能就是成为一个无用的闲人，还敢奢谈生活吗?

日前，我在采访印度动物保护学家乌勒斯・卡伦斯时，特意向他请教、探讨了捕猎者的生存状态和命运的问题。乌勒斯・卡伦斯先生明确地告诉我，在他所认识的印度猎人中，没有一个人借助亲手猎杀的野生动物使生活和命运得到过正向改善。他认为，任何一个国家的猎人，印度的也好，俄罗斯的也好，中国的也好，情况应该都是一样的，他们在猎物身上所获的利益，从来都只是微不足道的“附加”。虽然他们都曾经“荣耀”一时，但最终的结局，却都逃不出贫、病、伤、亡。

想来，这种结果确实令人深思。尽管我们并不知道“天意”使用了怎样的一条绳索，但我们却明明白白地看到，猎杀者和猎物之间的命运竟被紧紧地捆绑在了一起。在我采访过的猎人中，于贵臣的结局算是最好的，这大概与他及时觉醒和收手有关吧！

到了珲春之后，于贵臣才发现，自己根本就不是经商的材料，但这时再想回到蛟河去种地，原来承包的土地却已到期，承包权被收回。他只好把户口迁到珲春，辗转承包了林业局的果树场，承包几年后，干脆购买了经营权，大干起来。

这些年，随着生态环境的改善，果园里的蜜蜂也多了起来，不但不用担心苹果授粉不均的问题，而且因为授粉太均匀、充分，坐果率太高，每年还要适当进行疏果，以保证苹果的个体生长充分；加之雨水丰沛、及时，没有旱情，年年不愁产量、收入。一年忙下来，虽然收入不算多，却十分稳定，平均总可净赚 4 万块钱左右。这样平安、顺当、没有波折的日子，对于贵臣来说，是 30 年前连想都不敢想的，所以就没有理由不感到心满意足。

岁月在流逝，生活在改变。随着境遇的改变，于贵臣的性格也在悄然地发生着变化。原来脾气火暴、争强好胜的于贵臣，在一点点变得温和、随性。不但不再对家人或外人乱发脾气，而且还愿意助人为乐，主动做一些善事和好事。除了经营自己的果园，周边谁家的果树有了毛病，他就过去帮助义务诊断、救治；谁家的苹果卖不出去，他也会利用自己的资源，帮帮忙、牵牵线，救人于危机之中。

在搞苹果合作社时，于贵臣认识了一个推销本地特产的人，叫张春林，因为他总帮助于贵臣销售苹果，便往来相熟，并且聊得很投机。一天，俩人聊完苹果之后，张春林开始动员于贵臣参加他的爱虎小分队。张春林成立爱虎小分队的事情，于贵臣早就知道。他认为这个爱虎小分队也不过是借给保护区做事的机会拿一些什么“好处”，顺便也得一些好名声。小分队已经成立很长时间了，没有几个人参加，活动也搞不起来。说心里话，他对此很不感兴趣，“我一个打猎的，专门杀生，转身就干起了保护，谁信啊？”但张春林说得恳切，并针对他的疑惑做出了合理解释——小分队纯粹为了保护老虎和其他野生动物，大家一起做一点儿积德行善的事情，没什么报酬，偶尔保护区会给那么一点点费用，也都用在队员的简单装备和活动上。

之后，于贵臣认真琢磨了好几天。睡不着的时候，眼前一会儿闪现出在林子里跑动的那些生动活泼的生灵，一会又闪现出他曾经杀害过的那些动物。当他想起把扎枪和猎刀刺向它们的瞬间，心里就不由得翻了一个个儿。直到接受我们的采访，提起杀生的事情，他还忍不住流下了眼泪："每一次我拿着扎枪、猎刀扎过去，它们就那么瞪大了眼睛看着我，眼巴眼望的，有的眼睛里还有泪，不知道窝里是不是还有小崽儿。现在我经常梦见那些眼睛，一双双的，直直地看着我……"

于贵臣终于想通了，不管别人想通过爱虎小分队做什么，反正自己就是想弥补一下以往的罪过，参加！于是，当天他就给张春林打了一个电话："以后你们有什么活动叫上我吧，我和你们一起去。"

从2015年冬季开始，于贵臣就当起了清山清套志愿者。这种爬山、走路、找套子的事情，对其他人来说可能很累很难，但对于贵臣来说，"跟玩一样"。因为于贵臣山上走得太快，大家都跟不上他。而保护局规定，任何人上山都不能单独行动，防止出现大型野生动物伤人事件。没办法，于贵臣就只能走一段站在那里等一阵子，等得不耐烦了，他就兜个圈子看会儿山，再回来找他们。

当初，于贵臣是下套子的高手；现在，他是清套高手。从前，有人在山里下了套子，自己记不住找不到了，就来找于贵臣，他到现场转一圈儿就把套子找了出来。特别是下在牛围栏里的那些套子，到了春天还不清出来，牛群一上山，就会造成牛的死伤。因为牛被赶进牛围栏之后，好多人就没有时间和精力过去查看。一段时间以后过去一看，牛被套子套住后不能活动，活活饿死了。有些套子明明已经下过，就是找不到了，怎么办啊？这类事情就只能求助于于贵臣。只要于贵臣到场，哪怕套子被春天新发的青草掩埋在草丛之中，他也能靠他那双“火眼金睛”把它找到。因为这个特殊本领，大家都管他叫“清套大王”，记得刚入山清套时，他一个人最多一天清除四五十个套子。3 年下来，粗略估算，他一个人清出去的套子也差不多上千个。

队员进山清套一般吃住自己负责，补贴给到张春林手里，不给队员。不过，于贵臣并不在乎，他认为：“既然选择了这条路，给不给钱都无所谓，国家有这个补贴给我呢，我就接着，不给，我也不提，因为我并不是为了钱才当志愿者的。”

闲暇时，于贵臣也不愿意待在屋子里，他会到果园里或附近的林子里走走，看看树，看看鸟儿，看看在树枝间穿来穿去的松鼠和花栗鼠。特别是冬季，没意思时就去山上四处走走。突然有一只山鸡或野兔从脚下蹿出，他心里就会一阵翻腾或一阵喜悦。偶尔会看到狍子和梅花鹿在林子里出现又跑远，心里简直会狂喜起来……如果是过去，他就会产生打猎的想法。但现在，他不再有那个念头了，更何况他已经是保护野生动物志愿者。从心底里，他也讨厌和惧怕起杀生："动物没了，人也就没了，最后什么都会没有的。"

有时，他躺在床上睡不着，就琢磨自己到底是怎么回事。为什么那么喜欢看到那些鸟兽的身影？琢磨来琢磨去，也没有更多的解释，就是喜欢，仅仅是喜欢，因为它们的生动、可爱而莫名其妙地喜欢。可能是太喜欢了，就想归为己有或握在手中。过去，总想不让它们在山上乱跑或落入别人手中，抓到了，打到了，它们就是自己的了；现在，他不再那么想了，他改变了观念和心态。现在，他更愿意站在远处欣赏它们，让它们纯净的神态和优美的跑动、跳跃给自己带来欣喜和想象。

（四）

我突然很想去感受一下山里的生态情况。我说的"很想"，是已经有了一点儿渴望和冲动的意味。

其实，在北京师范大学冯博士的监控里，我已经看到了一些从保护区里传来的视频。视频里有成群的野猪，有从容行走的老虎和豹子，有在黑夜里排着队走过摄录点儿的狍子，有成双成对觅食或打闹的棕熊，有在倒木前埋头吃东西的黑熊，还有成群在那里盘桓不去的梅花鹿……如今的山林，野生动物太多了，丰富又生动。但仅仅从视频里看还是觉得不过瘾，只在视觉上得到了一定的满足，还是无法真正感受。总觉得那些画面或视觉片段，像一个个孤立的文字，还没有通过真实的感觉连接成段落或篇章，还不能让我从整体上领会到这片山林的完美和玄妙。

于是，我和几个动保工作者一起住进了保护区设在山林里的基地。

那是一个不大的院落，坐落在大山深处。一栋简易的二层小楼，用于动保工作者起居和办公；两排带有封闭围栏的单层平房，用于被救助的野生动物们临时“住院”。

基地有电，但用处不是太大。在山里，白天的阳光和夜晚的星光，似乎都比电灯发出的光更富有诗意。也不用看书，那些来自宇宙的或强或弱的光里都有比文字更加丰富的内涵。特别是在夜晚看星星的时候，我会一边看一边不由自主地感动。那时节，来自黑暗中的光亮幻化成闪闪烁烁的记忆和声音，既遥远又亲切，纷纷随森林里溢出的凉意进入了我敞开的情感。

基地的楼里没有上下水系统。其实也不是没有水，而是水不在房屋之内。出楼门绕到后面的山脚下，也就30米的距离，相当于穿过一个开放式的露天大厅。那里有一条日夜流淌的小溪，清澈，透明，无任何杂质。如果不是在一直流淌，不是在流淌中发出微微的声响，它就是一弯液态的空气。走下几个台阶，俯下身，掬一捧洗脸，再掬一捧饮用，脸上的灰尘和体内的杂质便荡然无存，人就觉得从内到外俱如溪水一样干净、透彻。

行于林下溪边，常有不知名的鸟儿在头顶的不远处鸣叫，亲切如动听的咒语，只清清脆脆的三五声，就把人的感觉系统扰乱了。鸟儿飞来又飞去，轮番地驻留，又轮番鸣啭，仿佛远逝的亲人，又仿佛儿时的伙伴，一一从面前走过，或淡然或热情或有意或无意地打着招呼。清脆、尖细且圆润的如妙龄少女，雄浑豪壮的如血气方刚的青年，沙哑粗粝的如沧桑老者……虽然我看不清他们的面容，已记不清他们的名字，更不知道他们是否还记得我，但我知道在逝去的和未来的浩瀚如海的时光里，在与时光同时延伸的难以捉摸的命运里，我们一直有着难以断绝的牵连。

凌晨3点半，我们匆匆从床上爬起来，在溪边简单洗漱后，陆续到楼前集合。前一天已经约好，今天由研究所的虎豹专家郎建民带我们去林子里进行一次巡查，感受、观察一下虎豹公园目前野生动物的生存和分布情况。

一部棕色的四轮驱动越野车，停在楼前，郎建民先跳上车，早早地启动了发动机，等待最后两人从小溪边走过来。那是郎建民前年刚刚购买的私家车，车况很好，近两年的山林活动全仗它的“南征北战”。在城市里，我一直觉得它像一头安静的骏马，温驯、健壮、干净、不事张扬，只在主人需要的时候，平稳、迅疾地向前奔跑。但这个早晨，我对它的印象却发生了很大的改变。

汽车刚刚发动，我就觉得它简直是一头咆哮的狮子，旋转的发动机发出巨大的噪声，仿佛院中的树梢都在随着它身体的颤抖而沙沙作响；从车后部喷涌而出的尾气，却无孔不入地侵略着人们的嗅觉，让我感觉到无法呼吸。宁静的院落，经过它的搅动，仿佛瞬间变成了一个正在开足马力生产的工厂。

当我把这种很不美好的感觉说给郎建民时，他不以为然地笑了笑：“那不是汽车的问题，汽车在哪里都是一样的。那是我们自己的感官发生了变化，在山里待久了，每一个人的感觉都会变得如此敏感，如此脆弱。回到城市再待两天就好了。我的车，又会变成了一台安静的好车……”经郎建民一说，我才醒悟，原来，自己已经在山里待了将近一周的时间。

清晨的黄檗沟，薄雾蒙蒙，车在林间小路上低速穿行。如果时间倒退 3 年，我们这样地走马观花，注定会一无所获，连一个动物也看不到。但今天一出门郎建民就告诉我们，可能路上随时都会有各种野生动物出现。在上一次的巡视中，频频出现的野生动物，让郎建民对林子里的情况有了一个实实在在的底数，所以，对这一次巡查，他信心满满。车离开基地还不到 10 分钟，他就提醒我们准备好手中的摄录设备。

一只白鹡鸰，像一个恪守职责的前导员一样，低飞在车前，始终与我们的车保持着 2~5 米的距离。低飞一段，落在路中间，等车迫近时继续向前低飞，落在前方等着我们，反反复复不离不弃。这有趣的小鸟深深地吸引着我，我坐在副驾驶的位置，打开照相机的摄录功能，开始对它进行拍摄。正当我努力在摇晃的汽车和白鹡鸰之间寻找着平衡和焦点时，郎建民突然踩住了刹车。前方有三只狍子横跨过路面一闪而逝。

我有些懊悔，没有集中注意力观察前方，让一只小鸟耽误了大事。郎建民却不在意，他觉得前边一定还会有站在路边的狍子或鹿。依据那些动物的脾气，它们对一种陌生的事物一定要看清楚。特别是狍子，它们甚至会在奔跑中停下来确认，当它们意识到并不安全时才会转身跑开。

车再开动时，那只白鹡鸰已经不知道飞到哪里去了。现在，飞在汽车前头的是一只野鸽子。尽管它和先前的白鹡鸰一样，对我的好奇心有很大的牵引作用，但我还是拿定主意，把相机的感光度和焦距调到最大，端在手中，等待远处的某一个陆生动物出现，不再理会眼前这飞翔的鸟儿。

10分钟之后，郎建民再一次踩了刹车，车骤然停下。“左侧”，他短促地小声提醒我们。果然在左侧的密林里，有一些活动的身影在黑黝黝的树干和墨绿的树叶间显现。透过树的间隙，隐约可见棕红色的动物皮毛上，印着点点白色的“梅花”，那是一群正在觅食的梅花鹿。紧靠林子边缘的两只梅花鹿形体健硕,应该是成年雄性个体,靠里侧的是一些母鹿和幼崽。很快，鹿群就发现了异常，在几头高大的雄鹿带领下，迅速转身离去，几十秒的时间，已经在树丛中消隐得无影无踪。

在一处被河水冲塌的小桥边，道路中断，我们停了下来，弃车，踩着露出水面的石头和水泥板过河，继续徒步前行。这时，对面的太阳已经升上树梢，有一些阳光仍被挡在树木之后，形成浓重的阴影，有一些则从长长的运柴道上汹涌而至，同时将道路两侧的树叶和挂满了水珠的草纷纷照亮，抬头远望，满眼一片光明。

我们几个人跟在郎建民身后，鱼贯而行，一边走一边侧耳聆听林子里断续传出的各种声音。我惊奇地发现，只有走在静悄悄的清晨，才知道清晨的森林竟然如此的不平静——

我们的脚踩在沙石上发出的沙沙声，在遇到浓密的树丛后反射回来。它们和风吹过树梢以及一些不知名的动物在草丛或树枝间穿过的沙沙声混在一处，难辨彼此。有一只叫不出名字的鸟儿，从灌木丛后边的树林里发出清脆的鸣叫。每隔四五秒钟，鸣叫重复一次，那音质类似于拖着细细尾音的柳笛。渐渐地，那一缕清音，已经越来越小越来越缥缈了。那鸟儿一定是一边飞行一边鸣叫。紧接着，林子的两侧同时传来了梅花鹿或狍子的鸣叫。那声音一出现，就让人联想起巍峨的山峰之间那些悠远、空旷的回声。但仅仅是三两声，就再也没有任何动静，森林里出现了短暂的寂静。

走过一段路程之后，林子里突然传出了几声音量更大也更加急促的鸣叫。这些声音与之前出现的声音，大不相同。一时，竟连郎建民也没能辨别出到底是什么动物发出的声音。我觉得这并不奇怪，因为林子里的野生动物在不同的情况下都会发出不同的叫声，觅食时、遇到危险时、发情时以及呼唤同伴和幼崽时，叫声都有很大的区别。有时，就连经验丰富的猎人都难以分辨。少顷，有几只星鸦从我们前方的树梢上飞过，然后是两只雉鸡急急地冲出林子，降落在前方的道路上，几乎一刻没有停留，就一头钻进路边的树丛……动物们频频发出慌乱的信息，据郎建民推测，一定有什么大动物从不远处的林间走过。

因为开车进山，人员又多，临出门前谁也没想到要随身携带喷火筒。此时，如果我们继续往下走，很可能遇到意想不到的麻烦，况且，我们已经走得很深很远了，也应该返回了。于是，我们后队变前队，开始沿原路向沟口撤退。

往回走时，郎建民一言未发，表情明显不快，大家都不知道什么原因。直到返回基地吃午餐时，他才对我透露了沉默的原因。他认为，凭他的感觉，理应收集到更多令人振奋的信息，早晨的情况让他很不满意。我暗自思忖，这已经很令人欣喜啦！还有什么样的效果才能达到他所说的“令人振奋”呢？真希望下一段行程的巡查能如愿以偿，出现他所期盼的景象。

第二天凌晨3点，手机里的闹钟相继在几个敞着门的房间里同时响起。10分钟之后，我们的汽车准时向西北沟方向进发。

我们今天要赶在动物们“起床”之前到达林子。

天还没有完全亮起来，林间仍然有雾，但车轮旋转的速度还是比前一天急切很多。车进入沟口之后，道路明显变窄，但郎建民并没有减速。继续前行不到10分钟，郎建民突然来了一个急刹车，我们已经清晰地听到了尖锐的刹车声。不用他提醒，我已经看清了前方50米左右的树林边有两只梅花鹿。它们正要穿过道路去另一侧森林，却在刹车声中骤然停下了脚步，犹豫不到5秒钟，回身逃回原来的树林。

这是一个好兆头，证明我们今天选对了时间，也选对了地点。接下来，我们的前行显现出格外的小心谨慎。为了防止尖厉的刹车声惊吓到路边的野生动物，郎建民那只控制汽车油门的脚开始轻起轻落。这时，匀速、缓慢前行的汽车便有了一点蹑手蹑脚的味道。

我仍然把照相机调好，举在汽车挡风玻璃的后边，时刻准备着。一旦发现目标，只要手指一动，就能抢拍到它们的影像。行在直路，前方的情况一目了然，我还感到轻松些，毕竟开阔的视野，可以为我提供更大的回旋余地；但每遇到转弯处，我都要紧张一阵子，仿佛一转弯就会有一只或几只意想不到的动物出现在那里。

一个小时的时间过去，我们所过之处却一直空空如也，没有鸟儿，也没有狍子或鹿，更没有黑熊和虎豹，甚至连青鼬和獾子这样的小动物都没有看见。我悬在空中、举着相机的手臂，感觉到了异常的疲劳和酸楚。10分钟之后，汽车穿过了密林来到了一片开阔地，路就在这里戛然而止。已经到了中俄边境线，必须马上返回了。

“怎么会呢？”郎建民一边开车往回走，一边自言自语，眼睛却依依不舍地睃寻着侧前方以及侧面的树林。我猜，他心里的失落和不甘，定如一次失败的约会之后无奈返回时的情形，明明知道等待的对象已经不会再来，却总忍不住要一步三回首，不自觉地期盼着奇迹出现。

40多分钟之后，我们在刚刚走过的路边，打开一台归保护区管辖的远红外摄像机。从摄像记录中可以看到，就在我们过去不到20分钟，有三大两小五只梅花鹿来到了摄像机前站了好大一会儿，有一头梅花鹿甚至还用鼻子闻了闻摄像头，几十秒之后才慢慢离去。再往前翻倒、查看，三五成群的狍子、鹿、野猪十分密集，三天前还有一头黑熊带着幼崽从这里经过。回头，看路边的泥地，各种动物的踪迹，密密麻麻，相互叠加，不可计数。

“怎么就看不到东西呢？”郎建民的情绪有一点激动。

看来，今天我们还要继续寻找下去，可是到底在寻找什么呢？那些野生动物虽然我们没有亲眼看到，它们存在的确切信息已经在那里，我们为什么要执着于眼见为实呢？一个时期以来的山林行走经验告诉我，就算我们真见到了几只或更多的野生动物实体，也只是一部分，并且并不能依据这一个上午的巧遇而推测全部和全貌。况且，那些胆小、警觉、四处游走的野生动物根本就不可能按照我们的想法，站在路边等着与我们邂逅。

在接下来的寻找中，我们弃车步行走向一个荒草丛生的沟塘。我们在勉强可以称作路的泥沙里循着不断出现的各种足迹断续前行，半小时过去，却始终没有见到留下这些足迹的实体。

突然，在两片林子间一处狭窄的通道上有两只梅花鹿飞奔而过。我们立定，不敢继续前行。转眼，又有一只漂亮的鹿，以同样的姿势和速度飞驰而过，紧接着是第四只、第五只……一共十七八只的样子。当所有的梅花鹿全部“飞”过之后，我们谁也没发出任何声音，也没有移动脚步。我们还在翘望前方，等待着奇观延续或重现。但一切终归于平静，似曾发生，也似未曾发生，梦幻般闪现又消失。

这山林里的事情，可真是不可思议！仅短短的几年时间，一片贫瘠的山林竟然变得如此丰富和生动。如此多的野生动物到底是从哪里来的呢？是慢慢繁殖起来的，还是从天上掉下来的？奇怪的是，老虎、豹子和其他的野生动物，捕食者和被捕食者，竟然同步增多起来。我们根本无法破译这自然中的秘密，很难猜测它们究竟遵循着怎样的规律在相生相克的交融中，一同衰微又一同兴盛。都说是因为有蹄类动物多起来之后，虎豹也多了起来；那么，我们可不可以反过来说，虎豹多起来之后，其他有蹄类动物也多了起来呢？

（五）

明天，我将离开这里。我站在基地房间的窗子前，望着连绵无际的山林，突生惜别之情，感慨万千，意犹未尽，但一时又不知道自己应该做些什么。尚有半天的闲暇时间，我决定下午再和郎建民一起去山里走走。

与这一带许多沟塘一样，土里沟也是一年前就已经被封闭。因为不允许车辆通行，所以细密的沙石路面之上，杂草丛生，看不到任何辙迹。很像一片废弃已久、人迹罕至的园林，极静。

我和郎建民每人手上握着一个防身用的喷火筒，并列走在废弃的道路上，无言，却打开所有感觉系统。听觉、嗅觉、视觉包括触觉全部进入紧张工作状态。突然，一阵噼噼啪啪的声响，一只花尾榛鸡奋力拍打着翅膀，从脚边的草丛中飞起——惊悸之余，我看见它的花尾巴在眼前一闪，迅疾越过旁边的灌木丛，在视野中消失。

继续前行，不远，又一只花尾榛鸡飞起来，又一次袭击了我们的听觉。

15 分钟之后，郎建民突然伸出手臂，示意我停下来，顺势用手指了指远处的路面。

隔着荒草，我看见有一个隐约的黑影，略微迟疑一下消失在路边草丛。我们一边走一边盯视着前方，到了黑影消失的地方，停下来，寻找可以捕捉的痕迹。仅凭远处一个模糊的影子，很难直接判断出是什么动物，可能是野猪，可能是黑熊，也可能是虎豹等大型动物，但我们并没有在坚硬的沙石路面上找到任何可供借鉴的痕迹。这让人很是疑惑，或许我们脚下并不是那个动物停留的准确地点。

走了三四十步，我突然看见路面上土质松软的地方有几个较浅的老虎足迹。我招手，将郎建民叫到跟前。经他确认之后，我们接着在路上搜寻，又找到了几个足迹，都不是很深、很清晰，却感觉很新。因为上午在西北沟泥水路面上已经拍到了一串清晰的老虎足迹，我就没有再继续用手机拍摄。

我们对这几个足迹认真琢磨了一会儿，郎建民认为是一只过去不久的母虎。至于过去多久，很难判断，或许是昨晚，或许是早晨，但应该不是当下。当时是下午 4 点左右，并不是老虎频繁活动的时间段，我们俩谁也没有想到，那只老虎会刚刚过去。

离开那串足迹，继续走不到 30 步，突然，在我们身边的灌木丛后，传来一声可怕的低吼："呜——"那声音太恐怖啦！很像有一股粗重的气流从一个结实的胸腔和喉咙间冲撞而出，紧张中夹带着几分恼怒。

小时候，我经常与狗遭遇，略知动物如何用声音表达自己的情绪。耳边的声音一出现，我想起一条硕大的狗在向人来之前那种低沉的呜咽。很有一点儿恐吓的味道，如果继续向前，也许灌木丛后就会有一道巨大的身影蹿出，迅猛地扑上来。

我和郎建民四目相对，几乎同时发出低语："老虎！"

"撤退，但不要跑动！"郎建民发出简短却不容置疑的指令。

我们两人同时转身，他负责身后的警戒，我负责前边。两人手中喷火筒的拉环，都已经紧紧缠在手上，只要老虎的影子一出现，马上拉开。

就在这时，又有一声低吼传来：“呜——”

因为我们已经退出10步有余，感觉那低吼的力度较前一声有所降低。

我们稍微加快了一点步伐，但仍然保持着原来的队形，一直走出有30多米的距离。这时，第三声低吼传来。这一声吼，让我们稍稍感觉有了一点底。

一般来说，老虎如果想对猎物或人发起攻击，不会发出任何声音，更不要说刻意制造声音。按照老虎们的习性，如果它们真想发起攻击，早已经悄无声息地扑上来了。像这种低吼，尽管情绪已经很激烈，仍属于某种谈判或对话的性质——只要你们不再继续“进犯”，即可相安无事。

然而，这一切都是以往的经验和人类一厢情愿的推测。凡事皆有例外，万万不可掉以轻心。我们仍然保持着高度的警觉，一边走一边回头观察，看那只老虎是否跟了上来。突然，一阵撞击和扑打的声音，撞开身边的树丛。立时，我和郎建民都把头转到发出声音的地方。原来，又是一只受到惊吓的花尾榛鸡。

这个下午，哪里来了这么多这种讨厌的鸟儿？许久，我仍然感觉自己的心在怦怦跳个不停，看看身边的老郎，额头上也沁出了细密的汗珠。

接下来，百米之外的另一声低吼，已经变得有一点儿隐隐约约了。我和郎建民不约而同地放松下来，倒竖的毛发悄悄复位。我们可以一边向沟口撤离，一边交流了。

回顾当时的情景，估计，我们与那只老虎相遇时，最大的距离不会超过 30 米。最有参考价值的第二声虎啸提醒我们，当时，仅仅十多米的距离都在我们与老虎拉开的距离中占有相当“可观”的比例。如果不是那段路和林子之间隔着一道由龙芽葱木和暴马丁香混杂而成的茂密树墙，我们和老虎之间，都会发现对方近在眼前，已没有躲闪和回旋余地。冲突，很可能在所难免。

据郎建民说，他在山林里奔走 18 年，一共遇虎 9 次，这是第九次，也是最危险、最紧张的一次。

尾　声

走出土里沟，再回首，猛然间发现，自己已然站在一个特殊的时间节点上。

这是一个下午的结束，也是一段行程的结束。至此，我在山林里一年多的行走，也已接近尾声。

在沟口等车的大段时间里，我向着这片曾用双脚探查过的山林，再一次放飞了自己的目光和思绪。掠过眼前弯曲、幽静而深入丛林的小路；掠过小路两侧浓密而错落有致的山林；掠过托举着树木并奔腾起伏的山峦；掠过一座座山峦集合而成的浪涛；掠过海一样汹涌澎湃的林莽……我已经隐约地感知到了，这片宽广无边的绿荫下，那潜隐着的无限生机。

有一只金雕，突然尖叫着从林中跃起，展开它宽大的翅膀，直冲云天。那一瞬，我甚至恍惚，不知道它是山魂所化，还是我的思绪所化，但也就在那一瞬，我幡然顿悟，真正领会了那几声虎啸中所蕴含的奥义——

那是一种诉求。

虎，穿过200万年幽深的岁月，走到今天，依然是虎。而手握科学技术权柄的人类，却难以确定40万年之前，自己到底是什么。2010年12月27日有媒体报道，以色列考古学家在该国一个洞穴中发现了距今约40万年的数颗现代人的牙齿化石和其他遗迹，这是世界上已知年代最早的现代人化石，而此前在非洲找到的现代人化石仅有20万年历史。由此，我们有理由相信，较之年轻的现代人类，古老的虎更懂得自然的真意，也能够更加准确地领会和踩准自然的节奏。

人与虎，已经在和平与和谐的基调下共同度过40万年时光。而在过去的100多年历史中，老虎面对“晚生”并日益强盛起来的现代人类，面对突然被打破的自然平衡，却不得不一再规避、退却，割让自己的领地，赔付自己的皮、骨。

如今，虎已经退到不能再退的世界一隅。素有山林之主之称的老虎，早已经没有了，也许从来就没有过，称霸山林的野心；它们只是为了延续自己的种族，按照某种必然的自然法则，在只属于自己的那一片山林里做自己的主。这是自然应许给每一个独立物种起码的生存权利，这是最后、最基本的诉求。回想树丛后那一声老虎的低吼，我心惭然，赧然，为我那些得寸进尺的同类。

那是一种警告。

人类自从掌握了先进的工具、武器和科学技术之后，便开始四面出击，无限制地攫取。森林、草原、山川、河流、湖泊、海洋、大地、天空以及一切动物、植物、微生物，无不成为人类利用或伤害的对象。

当我们看到一种资源接着一种资源衰败或枯竭，当我们看到一个物种接着一个物种濒危或灭绝，我们还敢理直气壮地认为，我们对自然、对世界没有做错什么吗？即便世界万物皆可没有限制地为人所用，可当万物尽皆消失之后我们还将依托什么而生存？难道这一切都是自然设计者的本意吗？

人类与自然之间究竟应该保持怎样的尺度和分寸？当一只

躲在灌木之后的老虎，近距离对我们发出怒吼时，不正是它代表自然向我们发出的警告吗？此时此刻，我们应当猛醒，认识到自己已经走得太深、太远啦！我，应该转身离开；人类，应该转身离开。

那是一种宣言。

当一只虎拥有了自己的“家域”,它就是一个拥有了自己“国家”的王，它就代表了整体的“国家”而不是“国家”中的某一个个体。虎是一个国家的隐喻,一只虎的意志就是它的“国家”意志。它在自己的领土上执掌生杀或维持秩序，是上天赋予它的权力，也是自然和生态保持均衡、繁荣的内在需求。

200 万年的生存史已经证明，一只不受打扰的老虎，本来就握有促进“家域”兴盛的“密码”。并不需要他者的介入和干预，它从来都能顺应自然的节律和秩序，维持这山林百花齐放、百鸟争鸣、百兽兴旺的勃勃生机。

老虎在林中虓然一吼，无疑在向世界庄严宣告——天经地义的“主人”在此，请所有无意入侵的外来者，住口，住手，停住自己惯性前移的脚步。我理解，那正是虎之为虎的尊严。

这个惊心动魄的下午，既在我的期盼之中又在我的意料之外，它悄然为我长达数千公里的寻虎之旅画上了一个完美而意味深长的句号。但有一事，却让我铭记心头，似乎永远也不会过去。那就是不论何时、何地、何种境遇，我们都要像大山那样，像河流那样，像森林那样，理解、顺应天意，敞开自己宽广、包容、仁爱、悲悯的心怀，对相遇、相伴的生命予以理解和怜惜，对置身其中的自然予以尊重和敬畏。

后 记

至2020年9月,《虎啸——野生东北虎追踪与探秘》的初稿已经完成一年有余，其间经过自己的手和朋友们的手，已经修改、校对12次之多。此时，我的思绪仍在坚硬的理念和柔软的文学以及国家意志和自然伦理之间徘徊。我还不敢确定，关于野生东北虎这个既是生命实体又是精神象征的独特存在，是否能够通过我的笔而得到完美的展现。因为我的思考、理解、感悟和起伏波动的情感都已经被自己转换成了尚无统一解码的语言符号。

直到有一天，我的责编张引墨在阅读文稿之后从北京打来了电话。40 多分钟的长谈之后，我久久盘旋而不得落地的心终于找到了平稳的支撑。释然之余，却不得不深深感慨，作者与编辑之间、作品与读者之间、人与人之间的沟通、理解和认知总是要讲究机缘和感应的。所谓的见仁见智，无非是通过文字的解码实现心灵与心灵的对话或打通。

在作品即将付梓之时，我要特别感谢胡竹峰先生，感谢他在阅读《虎啸——野生东北虎追踪与探秘》首发在《人民文学》上的节选之后，那一番入情入理的交流；也感谢他以至诚至美之意为我介绍了出色的编辑。他让我因此感受到了孤独的文学之旅中，来自同道、共情的温暖和慰藉。同时，我也要感谢那些和我一同为这部作品兴奋过、期待过、斟酌推敲操劳过的友人们。

在长达近一年的行走和采访中，得到了吉林省林草局和动保专家郎建民先生的鼎力支持，他们不但为我的野外寻访提供了支持和保障，还为《虎啸——野生东北虎追踪与探秘》的成书提供了宝贵的图文资料。在书籍的采访、写作、编辑出版过程中，也得到了陈晓雷、李月安、敖浩特、高旭升、李志兴、杜建平、王志生等朋友的特别关注和大力支持，在此都一并表示衷心的感谢!

作家的每一次创作，都是一次堂吉诃德式的拼搏和努力，其情其态，不啻激流里令人绝望的泅渡。一次次奋力挣扎无非是梦想着在短暂与永恒、忽视与接纳、不可能与可能、难以完成和完成之间拉近一段距离。心心念念、苦苦甜甜，只在于时空深处的一声回响。但愿有更多的读者、更多的有缘人愿意并能够听懂《虎啸——野生东北虎追踪与探秘》试图传达的关于生命的美好与无奈、哭歌与悲欣。

图书在版编目 (CIP) 数据

虎啸：野生东北虎追踪与探秘 / 任林举著. -- 北京：北京十月文艺出版社，2021. 7
ISBN 978-7-5302-2097-9

Ⅰ. ①虎… Ⅱ. ①任… Ⅲ. ①纪实文学—中国—当代
Ⅳ. ① I25

中国版本图书馆 CIP 数据核字 (2021) 第 039583 号

虎啸——野生东北虎追踪与探秘
HUXIAO——YESHENG DONGBEIHU ZHUIZONG YU TANMI
任林举　著

出　　版　北 京 出 版 集 团
　　　　　北京十月文艺出版社
地　　址　北京北三环中路 6 号
邮　　编　100120
网　　址　www.bph.com.cn
发　　行　新经典发行有限公司
　　　　　电话（010）68423599
经　　销　新华书店
印　　刷　北京盛通印刷股份有限公司
版　　次　2021 年 7 月第 1 版
　　　　　2021 年 7 月第 1 次印刷
开　　本　880 毫米 ×1230 毫米　1/32
印　　张　13.5
字　　数　220 千字
书　　号　ISBN 978-7-5302-2097-9
定　　价　68.00 元
质量监督电话　010-58572393
如有印装质量问题，由本社负责调换。